动了情

一个有着军旅生涯的传媒人的心路历程

王长元 ◎ 著

陕西师范大学出版总社

图书代号　ZH16N1460

图书在版编目（CIP）数据

动心动了情/王长元著．—西安：陕西师范大学出版总社有限公司，2016.11
ISBN 978-7-5613-8721-4

Ⅰ.①动… Ⅱ.①王… Ⅲ.①随笔—作品集—中国—当代 Ⅳ.①I267.1

中国版本图书馆 CIP 数据核字（2016）第 271395 号

动心动了情
DONGXIN DONG LE QING
王长元　著

责任编辑 /	张建明　徐惠琳
责任校对 /	杨东芳
封面设计 /	鼎新设计
出版发行 /	陕西师范大学出版总社
	（西安市长安南路 199 号　邮编 710062）
网　　址 /	http://www.snupg.com
经　　销 /	新华书店
印　　刷 /	西安市建明工贸有限责任公司
开　　本 /	720mm×1020mm　1/16
印　　张 /	17.25
字　　数 /	235 千
版　　次 /	2016 年 11 月第 1 版
印　　次 /	2016 年 11 月第 1 次印刷
书　　号 /	ISBN 978-7-5613-8721-4
定　　价 /	39.00 元

读者购书、书店添货或发现印装质量问题，请与本社高等教育出版中心联系。
电话：（029）85303622（传真）　85307864

长元先生的诗和远方

高建群

大路上走过来一个人。问他从何处来，他说从来处来；问他到何处去，他说到去处去。那么"来处"是哪儿呢？来处是娘亲的肚子；那么"去处"是哪里呢？去处是山冈上那座凄凉的坟墓。人生苦短，一个人不管你是谁，有多么伟大，这一来一去，短短一段路程，就把自己交待了。

我们都是俗人。我们庸常的一生充满了许多无奈。屠格涅夫说，一想到漫长的平庸的黑暗的一生在等待着我时，我就不寒而栗。鲁迅先生则说，他的一生都在和生活中无所不至的庸俗做斗争。而诗人海涅则朗声吟诵道：再见了，油滑的男女，我要登到山上去，从高处来俯视你们！

那么高处在哪里呢？在远处，在诗和远方。现在网络上流行一句话，叫"生活不止有眼前的苟且，还有诗和远方"。从这个意义上来说，我的朋友王长元先生的这本书，就是他的"诗和远方"。是他给心灵一角，安放下的一块文学的牌位。

我细细地拜读了这本书。本来我想用"廿年一觉长安梦，学书学剑两不成"这句话作标题，调侃这位老朋友两句，后来觉得不妥。因为每一朵鲜花都有开放的权力，至于这鲜花开得大与小艳或素，那是另外的话题，不是么？从这个意义上讲，每一个有目标的人都是成功者。

长元的著作分为四辑。第一辑是他的文学创作，以散文为主，第二辑也是文学创作，不过偏重小说和报告文学，第三辑则是他长期担任影视界官方大员时发表的一些评论，第四辑是一个名曰《平凡的足球》的电影剧本。

我在阅读中最初曾想用《王长元先生为我们奉献的四菜一汤》来作为序言的标题。四道菜,再加上我用来开胃的一道汤,来构成这本书。

长元书中的那些关中平原纪事,我可以说太熟悉了。爷爷的故事,奶奶的故事,父亲的故事,母亲的故事,伯父的故事,村庄和四邻八乡的故事,这些我也都经历过,而且我的平原故事平原人物和长元描述的十分相似。比如我的祖母,她信佛忌口,后来在儿女的劝说下,才恢复了饭中可以调盐。我记得有一次,她在织布机上踢踏,早晨,一只苍蝇老在她眼前飞,赶走了又来。"我是欠谁的债呀?"她自言自语地说。后来想起来了,停下织布机,去给人家还钱。

长元说的那段新疆军旅生活,我也太熟悉了。他说他们部队驻在天山通往库尔勒的垭口,那里当时有铁通兵,我记得那年铁道兵入疆,修南疆铁路。长元书中谈到的坦克团我也熟悉,记得有一次坦克在公路上转弯,炮塔一转,把那个经过的小汽车砸扁了。而他说的军事测绘我也知道,一个测绘兵曾到我们边防站来,我陪着他骑着马在中苏边界我们管理的地段走了一大圈。至于长元书中谈到的那些地名我也熟悉,呼图壁是什么意思呢?是皇帝册封的御用高僧的意思。而巩乃斯冰大坂,去年我率陕西作家丝路采风团,还曾翻越过,时值八月大雪弥天。

长元书中一个重要部分,是谈他主持陕西出现的一些重要影视剧时的经历和评论。关于电视剧《关中匪事》,关于电视剧《大秦帝国》,关于电视剧《白鹿原》等等。我们是观众,只知道这些东西变成了好看的电视剧、电影,而不知它们问世时的艰难。长元的书告诉了我们里边的许多事情。

长元的书要出版了。从案牍劳碌中抽身望望窗外,望望诗和远方。我想,这是我们每一个混迹尘世间不能自拔的普通人的一种奢望。长元有心,前面说了,他给自己心灵的一角,安放着艺术的牌位,文学的牌位,那一块地方是神圣不可侵犯的。这样经年经月下来,便有了这本结集的出版。这本书语言生动,风趣幽默,时代感强,有励志精神,很适合有同样阅历的人士和媒体工作者及在校大学生阅读。

今天是国庆长假第四天，昨天用一天时间看完长元的书，今天再用一天时间，用《长元先生的诗和远方》为题，写下这个序。

从来处来，到去处去，这是佛家的话。这话里边有一种知生知死的达观人生情绪在内。

祝贺长元先生的著作出版。是为序。

2016年10月4日　西安

（高建群，陕西省文联原副主席，陕西省作协副主席，当代著名作家）

CONTENTS 目录

1 第一辑 真情逸致

家族的偶像 / 3

绝 吻 / 9

五爷的新疆情 / 13

父亲的嗜好 / 16

往事如烟情如缕 / 18

妻不在家好潇洒 / 20

上阵父子兵 / 22

与儿签约 / 25

可"哀"的孩子 / 27

短暂的民兵历史 / 29

同桌的她 / 31

洋戏匣子 / 33

关中土炕 / 35

小寨变奏曲 / 38

三秦地形酷似兵俑 / 40

感悟音乐 / 42

蒙古人的宰羊术 / 44

朋友来了有小吃 / 47

关于狗的有趣话题 / 49

假如让我重新选择 / 51

尊敬的粮食 / 53

我与电视剧《白鹿原》/ 57

当新兵的日子 / 61

学雷锋做好事 / 65

夜宿天山 / 68

在电波盲区 / 70

戈壁野炊 / 72

日出戈壁照我行 / 74

高炮五七一连纪事 / 76

两个战友当和尚 / 80

生死一念间 / 83

人生只有前进挡 / 87

2 第二辑 文学情怀

戈壁中崛起一座青山 / 93

远　村 / 103

小个子连长和大个子兵 / 138

小连长情话 / 142

一包草药 / 149

"老抠"进城 / 151

闷棍炮 / 153

花　瓶／155

3　第三辑　有情有议

吹响"影视陕军"冲锋号
　　——评电视剧《号角》的突破效应／159

热播不衰的"红色经典"
　　——评电视剧《激情燃烧的岁月》的标杆作用／162

关中题材的开山之作
　　——评电视剧《关中匪事》的题材创新／165

细节传神　细节传情
　　——评电视剧《保卫延安》中彭德怀形象塑造／168

换个角度更精彩
　　——评电视剧《西安事变》的现实意义和艺术魅力／172

讴歌华夏文明源头的生命张力
　　——评电视剧《大秦帝国之裂变》的史学价值／175

热爱命运　拥抱生活
　　——评电视剧《阳光灿烂周三强》的普世观点／179

铁三角撑起一台大戏
　　——电视剧《上门女婿》的主创团队／183

旋律高奏传心声
　　——评电视剧《空巢姥爷》的宣传定位／187

平凡之中有美丽风景
　　——评电影《美丽的大脚》的主要角色／190

两个谎言圆一个梦想
　　——谈电影《桔子的天空》的策划艺术／194

新闻节目更要创新

——评陕西电视台新栏目《今晚播报》／197

贴近生活增艺术

——评陕西电视台栏目剧《都市碎戏》／200

情到深处功自显

——评电视新闻《千米井下的掌声》／204

准确　简洁　响亮　合韵

——评广播电视新闻标题／207

准确也是新闻的生命

——再评广播电视新闻标题／210

第四辑　影视情结

平凡的足球／215

后　记／264

第一辑

真情逸致

我出生在20世纪50年代的"大跃进"的岁月，幼年时期经历了三年自然灾害，青少年时期全部淹没在十年"文革"的动荡之中，这就是我人生的第一阶段。命运之神没有眷顾我，将我童年的天空涂抹成一片灰暗的雾霾，除了单纯和天真之外，能留下来的就是饥饿、混乱和无知等印象。

1976年末，国运回转，大地盎然，我踏上西去的列车，携笔从戎，进入了人生的第二阶段。我在军营的大熔炉里锻炼成长，为祖国奉献了二十多年的青春年华，祖国给予我荣誉和社会地位，入了党，提了干，增长了知识才干，有了责任与担当。这段激情燃烧的岁月，我体会到付出的艰辛，但更多的是收获带来的欣慰。

铁打的营盘流水的兵。1997年我脱下军装，转业到广播电视行列，开始了人生的第三阶段。如同打仗转换阵地，我努力适应，接受命运的挑战，开掘生命的后黄金时段，在意识形态的波涛中直挂云帆，激流勇进，到达了事业的彼岸。几十年人生我悟出了一个深刻的道理：真正的上帝是自己，每个生命都是一座富矿，而自身的努力才是发掘价值的钥匙。

岁月如歌，往事如烟，我用记忆回放过去的日子，用文字打捞生活的片断，并把这些往事收藏于一篇篇散文之中，这既是我的心路标记，也是我的前行足印……用今天时尚的说法，就是要晒出来，赏自己之心，悦他人之目，岂不快哉美哉。

第一辑　真情逸致

家族的偶像

　　水有源，树有根，缅怀祖宗有子孙。这本书开篇一定要从爷爷写起，他老人家是我们全家的根目录，是家族历史隧道的入口处，这一尊大神无论如何绕不过去，他在世的时候是一个八面威风的乡绅，死了他的上级是阎王爷，就更不敢招惹了。

　　假如爷爷活到今天，就120岁了，可惜他早早地死了，死在1971年秋天，享年76岁。我与爷爷总共只有15年的交集，除了不懂事的幼年时期，重叠部分大约只有8年。我和他之间的心理距离不能用代沟度量，简直就是隔着一座大山，我不能走进他的世界，无法推开他心里那扇沉重的大门。他从来不理会我，压根儿就把我当成一个小屁孩。

　　爷爷与中共历史上一个重要人物——王明重名重姓，童年时候小伙伴欺负我，只要喊一声王明是大坏蛋，我立即像皮球泄了气。我那时候感到很屈辱，认为给他当孙子简直是倒了八辈子霉。

　　历史是最好的显影液。岁月流逝，时间的海水退潮时，有关爷爷的生活片断一一浮现出来，像贝壳一样摆放在沙滩上。从村上老人们只言片语和父辈们口口相传中，我才知道还有这么一个伟大的偶像级爷爷，虽然他们回忆时轻描淡写，尽量把他说成一个很平凡很普通的人，但在我眼里他就是一个顶天立地的男子汉，是家族英雄和后代的荣誉，我自豪自己的身体中流淌着他的血液。

　　英雄不问出处，但出处能决定英雄的名气。我想如果爷爷出生在上海而不是关中农村，那以后出名的就不一定是杜月笙和王亚樵，电视剧《上海滩》中许文强的形象一定非爷爷莫属。爷爷是我们那一带的"人物"，不错，他的绰号就叫"人物"，类似陈忠实笔下《白鹿原》中的白嘉轩。他的人气磁场和勾兑能力超强，身边成天围着一帮臭味相投的小喽啰，这些老炮儿不是死狗烂娃，就是牛筋肉煮不熟，提起一长串，放下一大堆，横行乡里，惹是生非。但在爷爷的调教下，他们都变得仁义起来了，说话口吐莲花，孝悌忠信、礼义廉耻一套一套的。兄弟分家，财产纠纷，族内矛盾，乡村大事，都由他们居中执裁或议定，吐唾成钉，无一偏倚。我的脑海中常常浮现出这样的画面：爷爷手持乌木杆玉石嘴儿烟锅，光亮的脑勺上夹着铜腿儿石头墨镜，身穿藏色长布衫，脚蹬圆口白底鞋，裤子用绑腿扎在脚腕处，露出一丁点白袜子，迈着罗圈腿在农村转悠，喝五吆六，说东家长，道西家短。年底，在王家祠堂门口支一个大油锅，炸上几千根麻花，给王姓长牛牛的每人分上两根，剩下的拿来祭奠祖宗。

爷爷成为人物，不是靠拉帮结派欺压百姓或者日鬼弄棒槌，而是靠胆正义气，敢作敢为的人品，这中间就有几件可圈可点的事情。20世纪20年代，爷爷三十出头血气方刚，正是大展身手的年纪，而那时我家也进入了小农经济的上升期。据说当时已经有了几十亩地和马牛驴骡子等大牲口，还有一挂叫人羡慕不已的木轮大车，这在当时可不是一般的资产，放在今天其意义绝不亚于拥有一辆保时捷或者劳斯莱斯。好啦，家产说多了有炫富嫌疑，单说那匹青骡子吧。用当下时尚流行话说青骡子就是小鲜肉、小帅哥，英硕矫健，肢体修长，四个蹄子如四个小碗扣在地上，坚定有力。一身白加黑的毛色犹如披了一件雪花呢斗篷，鬃毛从颈项一侧瀑布般流泻下来，像艺术家的披肩发。浑圆的屁股上及前胸腱子肉一块一块的，在蚊蝇叮扰中不停地抖跳，如一台发动机突突突地转动。总之，现在一看见它就一定会联想到葡萄牙的足球明星C罗。爷爷十分珍爱这匹骡子，每天都要给它加喂一升豌豆仁，骡子却错误地理解了爷爷的好意，娇生惯养，桀骜不驯的臭脾气日渐养成，最终难以驾驭。最叫人头疼的是它专咬男人的头发，时间长了，没有人敢使唤它。

爷爷脑后留了一根清朝大辫子，又粗又长，乌黑发亮，与青骡子的鬃毛堪有一比，让男人女人们神魂颠倒。青骡子本来就有咬男人头发的嗜好，对爷爷的辫子早已垂涎三尺，羡慕嫉妒恨，由此产生了

我们家的大车就是这样的

干掉爷爷大辫子的强烈念头，成天眼睛盯着爷爷的脑袋滴溜溜转。危机四伏，箭在弦上，他俩的冲突终于在一次犁地时爆发了。那是农历八月的一个清早，爷爷套上青骡子驾着犁来到我们家刚刚新买的一块二亩地里，这块地离村子比较远，爷爷打算深翻一遍秋后种上回茬麦子。刚开始青骡子似乎很配合，毕竟身后是对它宠爱有加的人，咬还是不咬呢？它心里也很矛盾。骡子拉着木犁轻快地走着，黄褐色的土浪在犁铧上翻滚，不到半晌，一小半翻过的土地散发出淳朴的泥香。

爷爷累了，停下来蹲在地头点了一袋烟吸着，放松了警惕，青骡子被他的大辫子诱得无法自控，迅速从犹豫中清醒过来。趁爷爷不注意从后面奔扑过去，两条前腿搭跪在爷爷的双肩，露出两排洁白宽扁的门牙好像空姐在微笑，接着就一口咬住了爷爷的大辫子。青骡子是有备而来的，一开始就占了上风，它把爷爷压在地上，狠狠地揪嚼着他的头发，几乎要连头皮撕扯下来。村上人远远地看到了这一幕，喊着叫着跑了过去，一时又赶不到。爷爷在下面痛苦地挣扎着、呵斥着，企图中止骡子的鲁莽，保住那根心爱的大辫子。青骡子这时候已经执迷不悟，在错误的道路上越走越远，它全然不顾平时开小灶吃豌豆仁的情谊，好像是既然已经撕破了面子那就干脆将错就错六亲不认了。消耗挣扎僵持，爷爷终于腾出身来，他反手抓住骡子的口嚼子，拼尽全身气力一扭，一个鲤鱼打挺站了起来，骡子的头被向上转了180度，四肢朝天翻仰在地上。双方都站起来仇狠地对峙着，青骡子开始认怂了，低着头耷拉着耳朵凑了过来，想对刚才的误会表示歉意，但爷爷还不解气，冲过去抱住它的头再转一圈，青骡子又被扭翻在地，像鲨鱼搁浅在岸上大口地喘气。这时候人们才远远地赶了过来，一个个惊讶得说不出话来。

爷爷后来干脆剃掉了大辫子，光亮的脑袋让青骡子心理得到某种平衡，从此它改邪归正，咬人头发的毛病被根治，不光对爷爷马首是瞻，忠贞不贰，连爷爷的儿子——我大伯也是服服帖帖，绝对服从。它任劳任怨，不用扬鞭自奋蹄，简直就是畜生中的积极分子和劳动模范，在我家发迹的过程中，常常发挥中流砥柱的作用。当时除了农业，我家还有一项主要收入来自长途运输，往降帐火车站运粮食，每天一趟来回八十里。青骡子的职责是驾辕拉车，它对我家那辆大车十分熟悉，每天早上吃了豌豆仁会自觉走进驾辕的岗位，就像领导的专职司机早早坐在驾驶座上等候。驾辕拉车，不仅要有强大的力量，而且要胸怀大局把握方向路线问题。它似乎掌握了畜生之间的沟通语言，能恰当地协调它们的分工与配合，关键时刻当仁不让地成为团队的定海神针，其作用就像美国NBA职业队的乔丹和科比。有一年秋天，我大伯赶着大车上了降帐西边那面长坡，突然间乌云翻滚电闪雷鸣，风雨交加、道路泥泞，大车陷入沟边岌岌可危，掉下去后果不堪设想。两匹挂梢拉套的驴马已经筋疲力尽，青骡子被压在车辕下，几次努力起来都功亏一篑。它喘着粗气叫唤与拉套的驴马彼此呼应协商，好像体育比赛暂停时教练与队员切磋交流，谋划绝杀方案。最后冲刺时候到了，我大伯的鞭子像旗帜一样挥舞，"叭"的一声甩响了命令，青骡子听到了冲锋号角，鬃毛竖立，前腿强撑，屁股一撅，嘶鸣排空，力挽狂澜，把大车拉出了烂泥沟。青骡子在危难之中大显身手拯救了一个家庭，爷爷像迎接英雄一样捧着豌豆仁等着它归来，它看到爷爷时像见到了领导，略带委屈的眼神流出一股士为知己者死的泪水。

爷爷年轻时对秦腔的痴迷，不亚于秦腔戏曲研究院院长。只要哪个村子唱戏，不分远近几十里也要跑去看，吃了晚饭走，回来时鸡都叫了。大凡乡村唱戏都在麦收忙罢安上秋，有了空闲，一般都有集会庙会，走亲串友，说媒结亲，交流信息，交易物品，唱戏是最能吸引人的。庙会由各个村社轮流坐庄，和现在举办奥运会差不多，唱戏的信息一旦传出去就必须兑现，除非下了雷雨冰雹。如果人家几十里地赶来看戏被放了鸽子，那后果是不堪设想的，轻则人死了没有人往地里抬，重则女子找不上婆家小伙子寻不上媳妇，直接现实后果就是生产资料遭受严重破坏。有一年离我家三十里地的杜城村过庙会，传出消息要唱大戏。爷爷当时已经是八社（八个大自然村联盟）会长，风头正劲，就带着十几个小伙子兴致勃勃赶去看夜戏，到了村子黑灯瞎火连个鬼影子也没有，显然被骗了，这帮人受到奇耻大辱，一肚子气没有地方发

爷爷当年看秦腔的戏楼

泄，就把愤怒的气力变成破坏的行动。爷爷一声令下，毛头小伙子都动了手，把人家碾麦子的碌碡滚进涝池，把碾地的石头碾子架在树杈上，把出村的路全部挖断，末了留下姓名，让人家第二天提上烧酒来道歉。在今天看来这些恶作剧确实过火，但爷爷向来对不讲诚信的行为是深恶痛绝的。

爷爷还有一段死里逃生的传奇故事。有一年腊月二十三，他带着两个本家兄弟到甘肃灵台县做生意，想顺便办些年货。就在他们踏进县城的前一天，这里刚刚发生了一桩灭门惨案，追拿凶手的通缉令就贴在城门上，还有三个嫌疑犯的画像。爷爷他们刚到就被抓了个正着，最要命的不仅是关中话对上号，连三个人也与画像上的人一模一样，所有条件都与案件严丝合缝，几乎就像是专门来投案自首的。跳到黄河洗不清，浑身是口也难辩，县长熊正清红笔一勾，立斩！并且传消息回来，叫家里人去收尸。那时候没有法律程序，更没有律师辩护，县长断生死，全凭一句话，摊在老百姓身上只能认命。全家人无计可施，准备置办棺材安排后事。最小的三爷刚刚新婚不久，我三奶坚决不干，她提出亲自救人，条件是用青骡子驮一口袋银子去。三奶年方十八，是十里八乡的绝版美人，简直可用闭月羞花沉鱼落雁来形容，如果当今的女明星们遇见她肯定会自惭形秽。熊正清膀大腰圆，是一个荷尔蒙爆表的花痴，三奶性感妖冶风情万种，诱惑如洪水猛兽般势不可挡，一个晚上就把他拿下。爷爷兄弟三人毫发无损，银子一个没有少，反而多了一口袋灵台土特产。这个电视剧一样的情节传出去对我家影响很负面，所以在严守口风的同时调整为另一个版本，说是熊正清县长苦于抓不住凶犯去一个道观抽签算卦，那个黑衣道人捋着胡须解卦说你冤枉了好人，真正的凶犯已经朝西南方向跑了，熊正清县长差人急追三日果然破了案。老百姓直呼县长英明善良、公正清廉，不收礼银，不枉好人。结案时他还"春意盎然"，意犹未尽，又以调查为由，把我三奶多留了两天，年富力强为民除害的县长几天工夫就消瘦了一大圈，眼袋发黑变成可爱的熊猫。大年三十，青骡子驮着银子和土特产趾高气扬地凯旋，我三奶从骡子背上滑溜下来，满面桃花红润无比，只是双腿有点儿外八字，走起路来一撇一撇的，进门时还细叹了一声：两天骡子把人骑得腿疼的。

风光无限的爷爷也有走麦城的时候，那是民国18年，关中大旱，三年颗粒无收，他带着奶奶和四个孩子逃荒到陇县，把出生不久的二伯卖给一

个姓赵的富裕人家，奶奶给马步芳部下军官孩子当奶妈才渡过难关，逃荒回来，他又用独轮车把二姑推到咸阳卖给人做童养媳。这段艰难的经历，对德高望重坚强如钢的爷爷不啻是沉重的打击。两个孩子一个在东一个在西，牵肠挂肚，不在眉头就在心头，直到咽气时还在念叨他们的名字。

俗话说，凤凰落架不如鸡，猛虎下山被犬欺。爷爷人生命运高开低走，大开急合，晚年受到了最大的打击，使他的后半生黯然失色，风光不再。解放初，我家在富裕的康庄大道上大展宏图，已经兼并了五十多亩地，另一辆大车材料已经备齐，准备打造，再迈一小步就进入富农的行列。共产党一脚急刹车踩下来，就让他的人生进程戛然而止，发家美梦成为一枕黄粱。初级社、高级社、人民公社步步紧逼，眼看着半生心血要拿去充公，尤其是心爱的青骡子，当然更舍不得。于是批斗会三天三夜连轴转，爷爷招架不住，乖乖向集体缴械投降。骡驴马团队组合随之解散，驴马们很快融入平均主义吃大锅饭的日子，逍遥自在，但青骡子对一大二公的集体所有制很不适应，尤其是取消了奖励机制，吃不上豌豆仁，脾气焦躁不安，见人连踢带咬无法驾驭，只有我大伯使唤时才肯给面子。生产队见有人出大价钱就把它卖了，我爷爷因此受了刺激患上了癫痫，后来发展为老年痴呆，英雄淡出江湖，犹如灿星陨落。

爷爷没有文化，但他深受孔孟之道和儒家思想的影响，张口孔夫子闭口孟夫子，动不动就给我批发真理，什么尊人尊自己，对朋友不说假话，对妻子不漏真言，多干活少说话，腿胜过嘴，等等，让我受益匪浅。记得小时候有一次我对他说，延安离咱家那么近，你为什么不跟着毛主席闹革命？你要是去了，弄个师长团长干干，我也是城里人吃商品粮。他说你个碎屁娃知道啥？世事变化无常，三十年河东三十年河西，打墙的板子上下换，我去了也不一定是好事，说不定吃枪子儿连你也不知道在哪个世界。我茅塞顿开，爷爷真不愧是人物啊，他说出了一个大人物要说的至理名言，如此精辟富有哲理，甚至让我怀疑他的老年痴呆症就是装出来的。

生当作人杰，死亦为鬼雄。我相信，以爷爷的为人做派，就是在阴曹地府混也差不到哪里去，CEO（总裁）的阅历明摆着，爷到哪里都是爷。

绝　　吻

　　写了爷爷当然不能落下奶奶，她与爷爷同甘共苦相濡以沫，经营人生也经营了我们这个家族，使之根深秆壮叶茂花繁。最多时我们全家共有21口人，还不算已经出嫁的两个姑姑和早年送人的二伯。春夏秋冬，油盐酱醋，吃喝拉撒，缝补浆洗，奶奶为了这个家付出了太多，操尽了一生心思，更值得一提的是她一个小脚女人，用一双小脚从19世纪走进20世纪，从一个年轻姑娘走到人生暮年。

　　奶奶年轻的时候中国处在最黑暗的年代，军阀混战，荒年连续，疾病流行，饥寒交迫。她跟着爷爷到陇县逃荒，无奈之下把二伯送了人。这一段经历可以说是精彩的情感大戏，展开讲超过任何一部电视剧的故事桥段。二伯离开家的时候才一岁多，离别的哭声撕裂奶奶的肺腑，为了生存，她不得不到十几里外的马步芳下属军官家里当奶妈。奶奶也是母亲呀，自己的孩子吃不上奶，还要喂别人的孩子，残忍的苦肉鞭子抽在她流血的心上。长夜绵绵思念难熬，她产生了给二伯再喂一次奶水、弥补心中亏欠的想法。于是她只用右边乳房喂别人的孩子，把左边乳房的奶水积攒下来，两天之后，这个乳房盈满鼓胀。她趁人不注意连夜赶了十几里路，给自己的孩子喂了个饱，她当时是多么满足幸福啊。我的脑子里出现过这样的画面：在一个月朗云疏的夜晚，一个少妇在山间疾行，为了表达痛彻心扉的母爱，她把一切危险都置之度外。她的一只乳房干瘪下垂着，像个倒尽粮食的口袋，另一个乳房用左手托着，浑圆丰满，那里面饱盛的不仅是奶水，更是与心房紧贴的一腔挚爱，随着她心脏的急迫跳动，奶水几乎快要喷薄涌出。我敢断定，这是世界唯一的用心血描绘的不对称之美，顶级艺术家在这幅画前都会自叹不如。奶奶急切地抱起嗷嗷待哺的儿子，迫不及待地完成了乳头与小嘴巴的对接，情感的闸门一下子提举起来，爱的洪流随乳汁夺门而出，尽情地输灌过去，如甘霖弥合了龟裂的旱田。酣畅淋漓的释放几乎使她痴醉眩晕，直到四十多年后她给我讲这件事时仍然无法平静，仿佛又回到了过去，身体不停地悸动，最后长长地舒了一口气，前胸明显地塌了下去。我想，如果爱也能够透支，奶奶一定会全部提现。

就是这只乳房，又一次成为我幼儿时代画饼充饥的道具。我出生在1957年秋天，那是个火热的年代，总路线、大跃进、人民公社、大炼钢铁赶英超美，天天放卫星，全国处于涡轮增压状态。人们像打了鸡血干劲冲天，不分昼夜。怀着我的母亲过度劳累加上营养不足，也许是时代的召唤，还不足八个月的我便瓜不熟而蒂落，迫不及待地早早来到这个世界上。我生下来弱不禁风，头发稀黄，闭眼不睁，耳朵像蝉翼一样软薄。看来只能自生自灭，等断了气再扔到壕沟里喂野狼狗，那时候，夭折的孩子都是这样的结局。就在生死存亡的关口，我突然哭叫起来，控诉人世间的不公，发泄被抛弃的不满。好像灾难中发出的SOS求救信号被奶奶捕捉到了，她似乎看到了希望，用小勺子给我喂了几口糖水，我的小嘴巴开始蠕动，如一台小汽车打着了火转动起来，双腿和胳膊蹬舞成了风车。

大慈大悲的奶奶把我作为低保对象，从此格外同情偏心，悉心照料。如小苗得到了阳光雨露，我展开了枝叶健康成长，后来奶奶干脆把我抱进她的被窝。母亲晚上常常加班开会，吃不上奶水的我又哭又闹，奶奶把她的奶头塞进我的嘴里哄，这只曾经喂养过父辈而且用它挣过钱的奶头，对于我已经失灵。由于过去掠夺性超采，乳腺彻底干涸了。我对她干瘪的奶头没有兴趣，只把她乳房下面当成冬天取暖的地方，我发现两只冰凉的脚丫子放在那儿正好，真舒适。

到现在我都不明白奶奶是因为善良才去念佛经，还是因为念了佛经变得更善良了，她那张脸已经镌刻在我的脑海中。那是一张充满爱意温润慈祥的脸，没有一点杂质和虚情，连皱纹都是那么真实可亲，简直就是识别奶奶人品的二维码，我们只要用目光在她额头一扫，就能透视到她的心田，那是一片盛产真善美的土地啊，

奶奶当年烧香拜佛的龙泉寺

专门收获仁爱善良,而且纯度极高。奶奶是个佛信徒,经常到庙会上烧香拜佛,即便在家里也是小初一大十五,晨昏三叩首,早晚一炉香,虔诚不二,嘴里念念有词,什么"阿弥能扭天河转,阿弥能把阴阳翻……念过百遍身离难,念过千遍村离难,村离难,难离村,观音老母来护身",等等。她年纪大又不识字,就带上我帮她记词,我几乎成了她的复读机。周围的庙宇是我的幼儿园,佛经是我的启蒙课本,以至于我上小学后背课文时一不留神就串了味,嘴里经文连篇,语文老师惊恐万丈又莫名其妙。

上学后奶奶每天安抚我睡下,把潮湿的鞋子放进炕洞烤干,把冰凉的棉衣埋进被窝捂热,听鸡叫再看天上星辰的移位,估摸着差不多了再把我从梦乡中拉起来。那时候没有钟表,但奶奶把握时间很准,从来没有误过一次。今天我才明白过来,奶奶的生物钟已经被一种神奇力量所控制,这个力量就是爱,它为奶奶植入了超级时间芯片,精准无误堪比铯原子钟。记得有一天去上学我没有墨水写字,买又来不及,哭闹不止,奶奶急中生智,把她染衣服的染料用开水化开,给我自制了一瓶墨水,颜色介于深蓝和纯蓝之间,写出来的字好看极了。

小时候嘴馋又没有好吃的东西,一颗水果糖能叫人兴奋半天,舍不得一次吃完还要用糖纸包起来下次再吃。奶奶有一个楸木老柜,大概是她结婚时的嫁妆,里面除了放衣服外还放一些糖果饼干,有亲戚送来的也有儿女孝敬的。柜子上有一把清代铜锁,钥匙就揣在她衣襟口袋里,她深信人不在时铜锁会像门卫一样尽职尽责。饥馋驱使我开始琢磨锁子的构造,终于从中发现漏洞掌握了开锁技巧,用一根铁丝就能轻而易举地捅开。我每次偷吃都很克制,尽量地不让她发现。但时间长了奶奶还是发现东西少了,却找不到原因,就怀疑是老鼠作的案,用最恶毒的语言咒骂老鼠们不得好死,还对柜子翻腾检查。为了转移视线,我殷勤地建议把姑姑家里的猫抱过来,显然她被我蒙蔽了,还夸奖了一番,她老人家不知道中国有一句古训叫家贼难防啊。贼不走空,我又一次把罪恶的手伸向铜锁,刚取出饼干就听到门外有动静,赶紧把赃物塞进被窝。奶奶进来见我神色慌张有

奶奶柜子上的铜锁结构简单

点不对劲，以为我病了拉开被子让我上炕睡觉，这一拉露了馅被抓了个现行。人赃俱获，奶奶就抡起她的桑木拐棍把我痛打了一顿，让我第一次见识到奶奶心慈手不软，勤劳更勇敢。她对我深恶痛绝好像觉得看走了眼，说三天不打上房揭瓦，小时候偷油长大偷牛，小时候偷针长大偷金。从此我再不敢偷吃她的东西，即便她故意把钥匙"忘"在柜子上，我不仅能做到目不斜视，还会咽着口水把钥匙送还给她。她见考验收到了成效，反而拿出好东西给我吃，如今我一吃饼干就会想起奶奶把好饼干全部给我，自己只吃饼干渣渣的情景。

我上初二时，秋季的一天，是爷爷去世一周年的忌日，两个姑姑都来了，还有奶奶的胞妹——我的姨婆。姨婆比奶奶小许多，1941年她刚刚结婚，丈夫就被抓壮丁上了中条山与日本鬼子打仗，第一天就阵亡，留下一个遗腹子，孤儿寡母艰难度日，她经常来我家看奶奶，消磨时光。那一天母女四个人欢聚一堂，兴奋得像打麻将凑齐了腿子。表面的欢愉潜伏着危机，阎王爷在给她们提供最后一次见面机会的同时派出了催命鬼收编奶奶。那天晚上和往常有点不一样，奶奶睡前无比高兴，幸福得像花儿一样，把过去的佛经从头到尾诵念了一遍，陶醉得像一个活菩萨。我睡在炕另一头不愿意提供复读功能，使她们的诵念无法顺利进行，不是磕磕绊绊就是颠三倒四。我与奶奶因此发生激烈矛盾，在被窝里和她蹬了一会儿仗，在她三寸金莲尖脚攻击中败下阵来，就把冰凉的脚伸到她的乳下报复。

鸡叫了天快亮了，这一回奶奶破例没有叫我，就在我起床的当儿，她的大病暴发，上吐下泻肚子痛得直叫，还尿在了炕上。我上学去的时候一步三回头，这一天我满脑子全是奶奶，老师讲什么一点听不进去，直觉让我有了不祥的预感。放学后一口气跑回家，奶奶已处于弥留之际，她好像一直在等我回来。我哭喊着来到她跟前，她终于睁开眼睛，双目放光，挣扎着坐起来，双手将我搂进怀里，在我脸上深深地亲了一口，就咽了气。

奶奶死了，在清理遗物时打开了铜锁，除了糖果饼干外，还有一个毛主席语录塑料皮，里面夹了四块钱。大姑说，你婆再也不能叫你起床上学了，你就用这钱买个手电筒自己上学去吧。我后来用这钱买了手电筒，在上学的路上，我常常晕晕乎乎感到奶奶一直在前面给我带路。奶奶，你哺育我成长，我该如何感恩报答，待到有一天咱们婆孙相逢阴间，我一定要还你一个吻。

第一辑 真情逸致

五爷的新疆情

在关中老家的五爷，已经七十多岁了，可他对新疆的感情却是那么炽烈，连我这个半拉子新疆人也有点不可理解。

五爷和我爷爷是同一个爷爷的孙子，在族内排行老五。虽然是爷字辈，但他和我伯父的年龄不相上下，幼年死了爹娘，是爷爷奶奶拉扯长大的。

五爷是个十分神秘的人物，村上男女老少都知道他去过口外（新疆），加上他有两件口外人用的家什：一把腰刀，一双毡靴子。还有他常常把肉炒的半生不熟，嚼得"咯吱咯吱"作响，都说他八成变成了胡人（新疆人）。还在我上小学时，奶奶就告诉我，民国18年，关中发了大灾，五爷染上了抽大烟的瘾，欠债累累，卖了房子卖了地，又把自己卖给了保长，到新疆当了壮丁。二十来年杳无音讯，新中国成立后孑身而归，无处安身，成了生产队的五保户。

五爷从新疆带回来的毡靴和刀子

由于我和五爷有着明显的"代沟"，因此，共同语言很少。直到我应征入伍到新疆当兵的时候，五爷和我的关系一下子热乎起来了。临走那天晚上，他兴奋地对我说："我算了一下，咱们这族人与新疆有缘，隔一代要到新疆去一个人，我爷去过，我去过，现在你又去。"我有点蔑视地对他说："有缘分但不一样，我爷爷的爷爷当的是清朝的兵，你当的是国民

党的兵，我当的是共产党的兵。"

"有啥不一样？还都不是到新疆守边关去了。"五爷一下子话多了起来，他滔滔不绝地给我讲新疆的风土人情，讲他到新疆后的经历。第二天，又一跌一磕到公社送我上汽车，不知内情的人还以为他是在送亲孙子参军哩。

我回家探亲过春节，先给家里发了电报，告诉了到家日期，由于工作原因又推迟了几天才启程。到村口下车时，不见家里一个人，却有五爷一个人站在寒风中等我。他告诉我，家里人以为我回不来了，不再来接了，但他觉得一定会回来的，口外到家几千里路呢，哪有那么顺当。他连续等了三天，我很感动，问他为什么这样做，他说："我想早早知道新疆。"

刚坐定，五爷就像小孩子一样问这问哪："迪化（乌鲁木齐）的西河街还在吗？"

"西河街？我不知道。"

"就是河滩边上那条街。"

"奥，知道了，那儿已经没有河了，修成了河滩公路，架起了立交桥。"

"你看看，你看看，世事变得这么快。"五爷很惊讶。

话间，五爷又问起昌吉、呼图壁、玛纳斯、乌苏，他对这一带的地方记得很熟，七十多岁的人了，还能按顺序说出来。我告诉他，这些地方现在变化更大，公路能并排开几辆汽车，铁路也通到了乌苏。五爷越听越兴奋，简直像在说他自己的事。"嘿，真的不得了，我在新疆时，呼图壁还没有咱堡子大，满街都是土，当地人把那叫鬼地方。"

"五爷，你是怎么从新疆回来的？"

"先当了几年伙夫，后来队伍散伙了，我到了迪化，帮人种了几年地。临回来那年秋天，我得了要命的拉肚子病，发烧害冷，昏昏沉沉，多亏街坊邻居的照顾，才没死掉。有个维吾尔族老者，给我熬沙枣汤治病，我回家时他见天冷，就把他的高筒毡靴子送给了我，我到死都忘不了他。"五爷说着，眼睛有点发潮。

我告诉五爷，现在国家号召开发大西北，新疆的前途大着哩，改革开放以来，民族团结越来越好，不出二十年，说不定比内地还要美。

五爷听得入了神，不住地夸政府的政策好。这时，我想起刚进村时看到他门上新贴的春联："古稀正逢好政策，八旬再现盛世事"，就对他说：

"五爷,你不是要现盛世事吗,新疆有,咱们一起去,我陪你去看个够。"

五爷拍了拍大腿,唉了一声:"不行了,我是在新疆白跑了一趟,没干出什么,你在那儿好好干,替五爷补上这份心,我是死了也甘心。"五爷的言语中流露出无限的哀苦。临别时我送给他一瓶伊犁大曲,他揣在怀里回去了。

正月初五,五爷知道我要回部队,专门叫我和他吃饭,而且只叫我一个人,样子很诡秘。他见我不解,忙说:"只管咱爷儿俩事,与外人无关。"

饭菜很简单,一盘炒鸡蛋,一听梨子罐头,两碗抓饭。五爷有点歉意:"我没做什么,让你在家吃点新疆饭。"说着,把抓饭递给我,又从坛子摸出我送给他的那瓶酒,满满地斟了两茶碗。

"喝吧。"五爷举起了茶碗,颤巍巍的洒了一地。

这时我发现他那两眶热泪终于盈不下,顺着纵横交错的面纹一直淌到了腮下,"我是快进棺材的人了,活了今日没明日,明年你探家回来,兴许就见不上我了,但到了阴间,我也忘不了新疆。"

啊,我不由心里一震,这是一颗多么执着的心,五爷,我一定把你的心带到新疆,带给巍巍天山、滔滔塔河,带给每一棵草每一粒沙……

前一阵子,我收到五爷托人带来口信,说他身体很好,还能等到我下一次探家。

父亲的嗜好

其实，抽烟喝酒对父亲来说算不上什么嗜好，仅仅是生活习惯而已。关中农村老人，有几个不抽烟几个不喝酒？烟是他们生活中的道具，酒是思想和感情的润滑剂，没有这两样东西，精神世界将是多么苍凉和空虚。

在我刚刚记事的时候，就看到父亲抽烟，那时候他不抽香烟，用一根30厘米长的烟袋，火种是用玉米线拧成火绳。父亲把烟锅塞进烟袋，隔着烟袋揣摩一阵子，然后用火绳点燃，吸溜着口水，似乎很香。袅袅青烟，恰如他眉头不展、心事重重时的缕缕思绪。我当时不知道抽烟的害处，总把父亲抽烟当作他劳作回来的家务活动。长大后我才发现，烟不仅是父亲生活中的一部分，而且能敏感地反映出我家的经济状况。一般情况下，父亲都抽自己种的土烟叶，只有招待客人才用香烟。当时最便宜的烟有"羊群""经济"两种，每包八九分钱。偶尔也买一角九分钱的"宝成"烟，那是很稀罕的了。

俗话说：烟酒不分家。父亲除了抽烟外，还要喝酒，当然酒的档次很低，基本上都是老白干。父亲喝酒的频度远远比不上抽烟，一年大约有三四次。他喝酒分两种情形：一种是极度兴奋，比如喝喜酒；另一种是无限忧愁，排遣苦闷。记得我上高中那一年春天，青黄不接，粮食成了大问题。一天晚上，母亲告诉父亲，玉米面只能吃两天了，父亲听了出去转了一圈回来，取

父亲后来继承了爷爷的衣钵，当了十几年"八社会长"

出酒独饮。昏暗的煤油灯把父亲的身影投在墙上，如一个巨大的包袱，他一边饮酒，一边思考，像要做出一个重大的决策。最后，他猛一口喝干杯中的酒说："明天我去山里看看"，他说的山里是太白县的一家亲戚。一个星期后，父亲背着一百多斤大米回来，我们一家人当时的心情不亚于非洲难民得到食物。尽管父亲苍老消瘦，但事实证明，在困境之中他有能力拯救全家，从此，他在我心目中的形象更加高大。

  农村实行土地承包责任以后，家里的收入多了，父亲抽烟喝酒的标准也提高了。过去抽烟是"金丝猴"，每包一元五角，慢慢地价位开始攀升，对中档烟表示出很大兴趣。喝酒也换了口味，过去他见我喝啤酒，说和马尿差不多，没啥喝头，后来他对我说："啤酒喝了有味道而且凉快解渴。"他已经不只喝白酒，也喝啤酒，每天一斤刚够量。父亲"洋气"得这么快，让我感到吃惊。七十多岁的农村老人，思想观念和生活习惯改变，不正是农村发展变化的一个缩影吗？

往事如烟情如缕

记得在我上小学三年级时候,那年冬天天气很冷,大地冻得如铁一样坚硬,池塘里结了几尺厚的冰,一切仿佛都凝固了,只有西北风是活的,刀子似的削过来,还带着呼啸声。

母亲八十多岁了,对收获充满希望

幼小的我在寒风中朝古庙的学堂摇晃,像一张单薄的纸。破旧的庙宇不能庇护我们这些贫穷的学子,许多人脸冻破了,手脚冻肿了。我的脚肿得像个大红薯,怎么也塞不进娘做的窝窝(棉鞋),只能忍着疼痛一拐一瘸跌跌撞撞地往学堂走。后来,脚掌不能触地,娘就每天背着我去上学。我伏在娘的背上,尽管浑身上下透凉,但心窝里却热乎乎的。娘的身体很单薄,顶着寒风艰难地往学校挪动。早上送,晚上接,一次也没有耽误。

终于,我的脚化了脓,黄亮黄亮的像个大馒头,不去医院是不行了。当时爹外出干活,娘只能一个人用架子车拉着我去公社卫生院。去的时候是下坡路,大约走了一个多小时。医生说手术很简单,拉个口子把脓放出来就好了。一位大个子医生拿着粗粗的针管给我脚心里打麻药,我疼得大喊大叫,紧紧地抓住娘的手。娘眼里含着泪花,浑身不停地颤抖,这一针打在我的身上,疼在她的心上。我至今认为,如果当时她能代替,娘绝不会让我吃这番苦头。

出了医院时辰不早了,娘要立即往回赶。这时麻药劲散了,我又疼得哭叫起来。娘想不出好法子,抚着头哄我:"甭哭,我娃乖,娘给你买花皮球去。"娘抱着我到了商店，请售货员给我取了一只漂亮的花皮球，我的哭声立即停了下来。看病把钱几乎花光了，娘在衣襟里掏了好大一会，怎么也凑不够三角四分钱。售货员见娘的钱不够，就不耐烦地要把皮球放回去。娘难堪的红着脸，央求售货员帮她看住我，说到亲戚家里借钱。不一会儿娘回来，她兴奋地说："钱够了，钱够了。"我惊喜地望着娘，半天认不出来，一眨眼她变得非常陌生。原来，娘根本没有去亲戚家借钱，而是到对门收购站把她心爱的长辫子卖了。

　　回家时变成了上坡路，凹凸不平，风越来越大，还夹着雪花，娘掌着车把，显得很吃力。在上一面大坡时，娘有点力不从心，身子贴着地面，车绳像绞索一样，几乎把她勒成一团。车子慢慢地往前移，我坐在车上无能为力。车轮轧在冰雪路上，发出嘎嘎的响声，我难受的心如刀绞。后来，每当我读朱自清老先生的《背影》时，脑子里总是浮现出娘伏在雪地上的背影。娘的背影对我长进当然有很大的作用，但也成为我在感情上终生难以偿还的债务。每每想到这些，我就禁不住掩面而泣，热泪飞溅。

　　如今娘已经年过古稀，满头霜染，她为了儿女耗干了心血。我又一次绘声绘色地讲给我看病的事时，她却平淡地说："我早给忘了。"是啊，类似的事儿在她一生不知要经历多少，她只知道对儿女好，至于具体过程她是不计较的，当然也不会放在心上，因为她从来不指望得到回报。娘不知给我讲了多少遍："娘的心在儿女上，儿女心在石头上。"

　　世上母亲有千千万万，但母爱都是一样的。如今什么都可以作假、掺假，什么都敢大胆地怀疑，但谁也不敢说母亲对自己的爱不真。因为母爱是圣洁的，这种人性的感情精品是不容玷污的。

妻不在家好潇洒

我说的潇洒,不是乘妻子不在家搞"多媒体",我是指吃饭这档子事。妻子不在让我真正体验了一回自我保障,丰"欲"足食的快乐。

妻子是一个保姆型的女人,好多年前,她一结婚就承包了做饭这个非常具体的工作,并且充分发挥她细心利索的特长,做出来的饭很有特色,也很可口。凡是吃过我家饭的人都说如果开个饭馆,肯定能挣大钱。在她的精心"饲养"下,我的体重增加了三十多斤,我觉得自己就是妻子做饭技能的活广告。我和儿子经常尊敬地称她为"炊事班长",亲切时就简呼"班长"。

我原来也能捣鼓几个菜,家里来人偶尔也到厨房露一手,得意时向客人吹嘘,妻子是我带出来的,我现在退居二线了。后来,妻子做饭技术日臻老练,相比之下我长进不大,只配给她当个下手。再后来干脆懒得进灶房,让妻子一人孤军奋战。

刚开始,妻子还能耐得住寂寞,慢慢地心理不平衡了,抱怨一声接一声,终于有一天,妻子借口回家看老娘,把我们爷儿俩搁在家里。临走时还没忘了把头伸回门缝,甩下一句:"离开我,你们喝西北风去!"我从阳台上看到她潇洒地走了,走得义无反顾,无牵无挂。还传来她哼的歌词:"风中有朵雨做的云……云在雨中伤透了心。"

"去你吧,雨做的云。"我关上门,悠闲地欣赏电视节目。12 点,儿子问我吃什么饭,我到灶房一看,没有现成能吃的东西。是喝开水还是喝西北风,我摸了摸口袋,做出了一项决策:上街吃。

我领着儿子在小吃摊上转,羊肉泡馍、酸汤水饺、过桥米线、刀削面、肉夹馍……各种小吃琳琅满目,让人眼花缭乱,不知吃啥才好。"喝西北风去。"想着老婆的话,看着眼前的丰餐,心里想要不是她离家出走,咱还不知道有这么好的去处。选了一种叫"牛尾砂锅"的小吃,仅花了 6元,就把我和儿子吃得满嘴流油,满头冒汗。肚子填饱,精神更加振奋,一路放歌，呼喊至家。

妻子回来了，进门就问，吃的什么饭，我和儿子齐声道："喝西北风去了。"妻子掂了一下开水壶，满的，打开冰箱，留给我们的食品原封不动。原来她留了一手，担心我们吃不上饭。没想到，我们的生存能力强多了，已经和市场接轨，非但没有受饿，反倒因懒得福，改善了生活。我从内心感激妻子，是她为我创造了一次"潇洒"的机会。

上阵父子兵

我是个边塞军人,在我还是新兵蛋子的时候,就萌生了一个强烈的愿望:将来一定得有个儿子,像我一样当兵。

我是春天结的婚,在蜜月的一天晚上,我就给妻子下达了一项十分艰巨的任务:为我生一个聪明的儿子,而且必须在年底前交货。妻子害羞地把头埋进我的怀里,怯怯地说:"看你有没有那么大的本事。"

果然,在我回部队不久,妻子来信,说她两月没有来身子,每天早上恶心得很,光想吃酸东西,村里学校树上的青杏子快让她偷吃光了。我被一种强烈的快感所刺激,兴奋得肠子都发痒,如同士兵射击看到命中靶心的显示。但旋即又有点担心。"上帝啊,您老人家千万要给一点面子!"我在内心暗暗地祈祷。

我找来医学书,按正常的妊娠时间在挂历上一天天数,在预计孩子出生的那一天,圈了一个圆圈。妻子比我更心切,她根据胎儿在腹中那种富有爆发力量的蹬腿运动,断定一定是个儿子,所有的婴儿衣服清一色做成男孩子穿的,她给自己连条后路也没留。

我永远记着儿子出生的日子,那天,一声洪亮的啼哭,划破故乡的长空,我的儿子像乘坐整点火车一样,正好在预计出生的那一天来到人间。他是由一个六十多岁的老妪接生的,产程长达十多个小时,漫长的生命历程使他受到了极大的折磨,也顺利通过了人生第一个关口的考验。老妪给他肚子上系了一根布条,往秤上一挂:"呀!九斤半,还是十六两的老秤。"也就在这一刻,他的尿喷泉一般洒了老妪一脸。老妪高兴地直叫:"得福了,得福了!"一边擦脸,一边向我母亲伸出五个手指头,接生费五元。

生了个儿子,我有点飘飘然,瞬间沉浸在酒醉一般的幸福中。同事嘻嘻哈哈祝贺,讨酒要烟,有的说我是"神炮手"首发命中。有的夸我有福,春种葫芦秋收瓢。应该的,当兵的一年才回去播种一次,耽搁了就是一年没收成。我用帽子一抹鼻涕，摔在地上，吼道："这算个球！"

好不容易熬到年底，探家的时间到了，我什么也顾不上买，一口气坐了两天的汽车、三天的火车奔到家，捧起两个多月的儿子，用胡茬子乱扎。他会笑了，花一样灿烂，但已度过了人初懵懂的阶段，小眼睛目光不仅纯洁，而且很丰富。他看着我，把陌生和疑惑写在脸上，然后"哇"一声大哭起来。这一哭不要紧，儿子整个晚上眼睛瞪得像两颗黑宝石，害得妻子整夜抱着哄。儿子，爸爸对不起你，破坏了你原有宁静的生活氛围，打乱了你渐成规律的生物钟。我感到十二分内疚，就打趣地说："把他送到美国去，那儿可以适应。"不知怎么，儿子又哭起来。"好了，不送不送，咱的儿子还有点爱国精神呢。"

在家一月，渐渐地与儿子混熟，归队的日期也到了，我走时他睡得正香，小嘴喃喃地蠕动，长长的睫毛大概还沾着梦。当他醒来，一定会发现，爸爸又给他留下一串长长的空白。

织女牛郎又到了相会的季节，我又一次见到儿子，他已会走路了。一边清楚地叫着"爸爸"，一边用小手把我往床下推，他只会用"爸爸"这两个字练习发音，压根儿不知道所表达的意思——一个活生生的客观存在。所以，当我钻进被窝时，他竟然像看见外星人一样惊恐，要维护属于他的领地。

在他三岁时，随妻子迁到新疆。有一次，我给他念儿歌，"月亮高高地挂在天上……"他打断我，用浓重的乡音问："天上有钉子吗？"我感到惊奇，儿子想象的翅膀已经飞到九霄云外。军营生长，耳濡目染，儿子心灵上一颗种子悄悄地萌动，终于有一天发芽了。那是他5岁时的一天，他以幼童特有的好奇心组织小伙伴搞军事演习，胖的封为师长，瘦的封为排长，中不溜的封为营连干部，他自称政治部副主任。儿子不仅熟悉军营，也渐渐汇进大人们的圈子，他能根据军官肩上的杠与星的数量判断官的大小，也懂得了一些简单的兵器知识。

他开始关心战争、军事，与小朋友在一起侃布什与萨达姆的关系，能一集不落地看完科幻战斗连续剧，那时候神态如同凝固一般，专注的很。在二年级的暑假中，学会了军旗、象棋，围棋也能看出些门道，常常拉我跟他对弈，口里念念有词，知彼知己，百战百胜。非常恋战，我冷不防被他一闷棍炮打死。我问他："儿子，你长大想干什么？""当兵。""你最佩服谁?"我满以为他会回答是"爸爸",然而他头一歪,肯定地说:"孙膑。"我并没有失望,激动得跳了起来:"儿呵,有种!爸爸的心思没有白费。"

孩子毕竟年幼,往往有做错事的时候,他只顾泼上命玩,晚上不睡白天不起。为了看动画片用笔在作业本上"散打",让人翻来转去认不出来。耍小聪明考试不打草稿丢分数,纵是我苦口婆心地他也痴心不改。有一次罚他跪下,他倒觉得好玩"扑通"一声,舒坦得半天拉也不起。我让他挽起裤子,抓来一把大米放在膝下,不一会就龇牙咧嘴五官错位,痛苦转为愤怒,满脸暗藏杀机,小拳头在肌肉的怂恿下咯咯作响,似乎有朝一日有了力气要将我碎尸万段!

父子情长,大多情况下我与儿子处得很好而且富有情趣。我人懒不事家务,吃完饭便在沙发上睡,儿子送给我"睡仙"的雅号。他还说如果拍卖,爸爸头可以值两万,身子不值三千(太懒),并让我把"跪大米教子法"申报专利。这个时候,我们很平等,独立的思想让我把他看作朋友。我和儿子有过一次对话:

"爸爸打你,恨不恨?"

"不恨。仇人能在一块生活吗?"

"你爱爸?"

"有一点。"

"为什么?"

"不知道。"

我刮了一下他的鼻子:"这叫缘分,你别无选择,命里注定要给我当儿子。"

父子情深

与儿签约

　　有了儿子，就有了望子成龙的构想，尤其是在自己失意和人家的孩子出名的时候，这种欲望更为强烈。巴不得自己的孩子马上成为神童，最差也要上大学出国留学。但是如果给你摊上一个不争气的"败家子"你也无可奈何，目前我就处在这种尴尬的境地。

　　和现在许多家庭一样，儿子的位置在我们夫妇爱的"焦点"上。他似乎从小就知道"小皇帝"的分量，任性地挥洒我们廉价的爱，无限制地放纵个性，使父子关系日趋紧张，逐步转为对立。

　　我们之间的分歧是如何处理学习与玩耍的关系。他脑子好使，在学习上不肯投入，每天作业写几十分钟就交差，但玩游戏机可以"孜孜不倦"。看动画片是他的专利，捧着电视报安排日程，比国务院总理还要忙。有一段时期，学习成绩直线下降，我仔细观察，儿子已成为"追星族"的新成员。

　　刚开始，我耐心做思想工作，每每苦口婆心"批发"半天真理，但总是被他几句话噎得心疼。还是老婆提醒了我："爷们婆婆妈妈干吗，两手都要硬。"我寻思着是不是要来点真格的了。有一次儿子期中考试考砸了，怕挨打编谎，其他同学成绩都出来好几天了，我还被蒙在鼓里。我知道后怒火中烧，拿起拖鞋，闭上眼，咬住牙，一口气抽了他六下。从此，家里弥漫了战争的硝烟，儿子一见我，就抱起头像在殖民地生活的人，我心里也不是个滋味儿。

　　哪里有压迫，哪里就有反抗。儿子知道在力气上不是我的对手，就用更糟的学习成绩回敬我，就像工人破坏资本家的机器。终于有一天，他郑重告诉我必须有个"说法"，否则，不会有什么好结果。还故意把父母虐待子女被判刑的文章摆在我案头，煞有介事地对我说，某某同学不堪忍受家庭的苛刻要求离家出走。我心里明白，这是"软示威"，儿子向老子摊牌了。

那么，坐下来谈判吧。我的条件是不要让我在家长会上丢脸，语文、数学平均分在95分以上，奖励游戏卡一盘；儿子的条件是取消一切禁令，废除打骂、训斥、体罚等行为，下放权力，只要作业完成，看动画片、玩游戏机视自己情绪而定。我觉得他有点得寸进尺，但一想主要是看效果，就签字画押。

签约后，儿子的学习自觉性提高了，虽然嘟囔着签了"不平等条约"，但作业质量和完成速度都有了进步。期中考试，儿子向我报告了成绩，语文89分，数学105分。我一听高兴之极，拉上他要去商店兑现买游戏卡，儿子说不买了，万一下次考砸了就"免罪"。再后来，他对写作产生了兴趣，五年级时获得西安市"津美乐杯"小学生征文一等奖。

儿子获奖时发言

从此，我和儿子关系也亲近多了。情绪来了摆开象棋、军旗切磋技艺，我偷吃他子，他撕着我耳朵骂我是"赖皮"，我说他君臣父子没大没小成何体统，他委屈地说家庭也有"人权"问题，强调必须平等、民主。我心中暗喜："只要你小子不单方面撕毁条约，什么条件我都接受。"

可"哀"的孩子

有一天，一位同事为正在上幼儿园的女儿买了一套绘画资料，翻开一看，且不说一个四五岁孩子娇弱的手能否拿动这一斤重的书本，就其内容也叫人发怵。各种花鸟鱼虫，房屋建筑，构图之复杂，线条之纷乱，远远超越了幼儿的想象空间和操作能力。我敢肯定，这本15元的资料，即使成人需要，也不一定买得这么快当，如果让成人照着去画，不见得每个人都能及格。然而，它却真真切切地要装入幼儿园孩子的书包，成为他们肩上的负荷。

我也有孩子，也曾有过望子成龙的强烈愿望。但当我在节假日看到那些苦读了一周的孩子，背着比自己身体还要长许多的电子琴，抱着乐谱出门的情景，心里不禁一阵战栗。童年是多么珍贵的啊，那是人生的原始社会，是一条没有被污染的溪流上游。享受童年的快乐，是人性的需要和孩子们神圣而不可侵犯的权利。而我们作为父母却在溺爱的同时，无情地剥夺了他们的权利，过早地让他们学习生存的本领，体验社会的竞争，这不仅是孩子们的悲哀，更是父母的悲哀，社会的悲哀。

还有一位同事，女儿三岁多就买了钢琴、电子琴、长笛，把孩子带进了音乐的世界。不久又让女儿参加了少年绘画班，再后来孩子又成为外语学习班的成员。我不知道他的孩子有无这方面的天赋，有无这么多的精力，光知道他们夫妇两人，这些年来没有过一个像样的节假日。

对孩子寄予厚望，是热爱生活的体现，也是做父母的社会责任。但是，什么事情总得有个度，得按客观规律办事，否则，大希望往往是大失望。有的人看到如今社会竞争激烈，担心孩子将来找不到工作、失业，就让孩子多学几手。有的自己生活中失意，就把成功的希望寄托在下一代身上，认为自己没有得到的孩子应该得到。这样做的结果等于将苦难转嫁给了孩子。还有一些人感到如今都是独生子女，教育培养必须万无一失，讲成功率。夜晚，大人把孩子呵斥到小房子，然后自己拧小电视机音量，欣赏电视节目时，一门之隔的孩子独伴孤灯，按捺着躁动的心，没完没了地写作业。这是多么悲切多么残忍的呵，分明是现代社会的家庭"苦肉计"！

　　几乎所有的家庭都是围着孩子转，几乎所有的家庭都为孩子的学习成绩而犯愁。看一看高考时窗外伸着脖子焦急的目光，学校家长会上父母们渴望的神态，我就想说：太累了，太累了，顺其自然吧，把孩子的天性还给孩子，让他们根据自己的兴趣选择生活的道路，何必把明天的罪拿到今天来受。解放孩子，就是解放自己。

短暂的民兵历史

粉碎"四人帮"前一年,我高中毕业,刚满17岁。那时农村很穷很苦,年轻人待不住,都希望到外面去端上公家的饭碗。我当时的要求不高,副业工、合同工根本不敢去想,能在大队里干点事就不错了。后来不久我如愿以偿,在大队民兵营当上了民兵,不仅是武装基干民兵,而且有职务,是个排长。

那时,生产大队有党支部、共青团、民兵营、妇联、贫协会许多组织,凡是到这些组织里干事的人基本上算是脱离了生产第一线,享受工分加补贴的待遇。每季度由大队开出一张白条子,转给小队几百个工分,年底参加分红。在大队工作的人越多,小队的劳动值就越低,有的生产队每个工日仅一角多钱。我当民兵完全是一个偶然的机会,据民兵营长讲,我家是中农出身,严格说政治上不符合条件,但考虑到是高中毕业生,民兵组织很需要,就放宽条件照顾进来了。他鼓励我好好干,要经得住阶级斗争风浪的考验,不要辜负了组织的培养。我手里拿着基干民兵的登记表,庄严而激动,有点像电影里地下工作者接受任务的感觉。民兵营长是个退伍老兵,参加过炮击金门的战斗,观测手的职业使他养成了眯着一只眼看人的习惯,也就是这只眼睛,经常能发现阶级斗争的新动向。

夏收前,大队照例要开一次批斗会,用抓革命来促生产。民兵营长把我召到大队部布置任务。他说现在阶级斗争形势很复杂,基本路线要年年讲,月月讲,天天讲。为了保证农业生产的胜利果实,防止阶级敌人破坏,要主动向敌人发起进攻。我的任务是在开会那天把一个地主老太婆押赴会场,并给我发了

基干民兵胸牌

一个"基干民兵"胸牌和一支中正式步枪。拿上步枪感到肩膀上有了很沉的分量,但我无论如何也想不通一个女人会破坏农业生产,而且地主一家人也要吃生产队分的口粮。

地主老太婆是一个小脚女人,她儿子与我是同学,有时候我还去她家里玩,出于礼貌,我还亲切地叫她姨。民兵的任务是对地、富、反、坏、右实行无产阶级专政,必须怀着对敌斗争的刻骨仇恨,动作要有力量干脆利索,不能心慈手软拖泥带水。但是,对这样一个弱不禁风并且非常熟悉的老太婆,我该如何去做?

批斗会场设在小学操场,学校的墙上、树上都贴上了针对性很强的标语,高音喇叭里传出阵阵样板戏腔调,弥漫着紧张的气氛。社员们从四面八方赶来,他们一是来挣不费力的工分,二是来看热闹。批斗对象对这种场面也司空见惯了,每年都有那么几次,想躲也躲不过去。

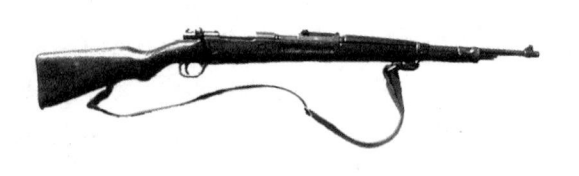

我只用过一次的步枪

我背着枪来到地主老太婆跟前,她惊恐地看了我一眼,目光里流露出痛苦和悲哀,好像是在说:"孩子,你也忍心向我一个六十多岁的人下手?"然后,她又紧紧地闭上眼睛,显出无可奈何的样子,好像对我的行为表示理解。我想给她解释一下,但又找不到合适的话,尴尬极了。这时喇叭里传来行动命令,我上前押她,只觉得她的身体在不停地颤抖,加上又是小脚,几乎是在挪动。我动作没有力度,好像将她搀扶到台前。台下出现一阵议论声音,接着轰然笑成一片,我不知所措,回头一看,原来是枪栓滑稽地掉在地上了。

因为我的动作不够泼辣、干练,影响了批斗会的效果。民兵营长狠狠批评了我一顿,说到底是中农成分不可靠,小知识分子没有阶级斗争观念,立场不坚定,就收走了步枪和民兵胸牌。从此,我又回到生产第一线,结束了短暂的"民兵"历史。

第一辑　真情逸致

同桌的她

初中毕业那年冬天，我到县上一个镇子参加中考。考试非常严格，为了防止"串味"，把几个公社的学生搅在一起编号。许多人在考前根据考号拐弯抹角找到了同桌，建立了同盟关系。我也急切地希望早点认识这个同一"战壕"的战友，并且想象他是一个优等生。

和电影里特务接头一样，我拿着准考证在教室周围转悠，但是，整整一个下午过去了，目标一直没有出现。第二天上午入场点名时，答到的却是一个女的，声音小得像猫叫。我心里凉了一大半：完了，孤军奋战不说，还得搭救一个"伤兵"。

在教室坐定后，我仔细打量这位同桌，矮个儿，丹凤眼，圆脸蛋。她也在悄悄地看我，在这短短十几秒的对视中，我俩似乎说了千言万语，完成了彻底的沟通，都对考试恢复了信心。剩下几十秒钟，我又多瞟了她几眼，发现她用白纱布扎着辫子，袖子上还佩戴着黑纱，显然是不久前失去了亲人。由于有了刚才的交流，这一次她也不再羞怯，大胆将目光迎上来，我看到她长长的睫毛掩盖下的忧伤，透过纯情的外表流露出来的无限悲痛，我开始同情起这位"林妹妹"，有了帮助她的责任感。

考试的铃声响了，考生们集中精力答题，我的基础较好，试题也不难，只用了一个多小时就完成了。同桌也在埋头书写，几乎一气呵成。我希望她能求助于我，给我一个英雄救美的机会，但一直没有动静，不免有些失望。直到下课前，她才用胳膊肘轻轻地碰了我一下，我以为她遇到了难处，转过头来，她示意对一下答案，我心领神会。她将卷子一角向我微微倾斜，我看到她的卷面工整，没有一道错题，我对这位弱女子由同情转为钦佩和感激：原来她也想帮助我。

后来，我以优异的成绩考上了高中。报名那天，我吃惊地看到，她又和我在一个班，成了真正的同窗，真是无巧不成书。上学后，我才知道她的实力很强，失去亲人的打击并没有影响她的学习成绩，相反，在女生中她一直是佼佼者。遗憾的是在两年同学期间，由于农村封建，我竟和她没有说过一句话。快毕业时，我隐约听到，她也在女生中说过那次考试，而且对我的印象还不错。

　　几十年过去了，我开始经常怀旧，歌曲《同桌的你》勾起了我对校园生活的回忆，想起了同桌的她。前年回家碰见一位女同学，打听她的情况，得知她已经做了妈妈，日子过得很平淡。我想即使现在见了面，她还能认出我吗？还记得那次考试吗？

洋戏匣子

新中国成立前,民族工业落后,许多商品都冠以"洋"字,如洋火、洋糖、洋碱等,一直延续到20世纪六七十年代还改不过口。洋戏匣子不仅有个"洋"字,还是个匣子,更加让人感到神秘莫测。

小时候,我第一次见识这个洋玩意,是在一次人头攒动的庙会上。张望之中,忽听到空中传来了高亢激越的秦腔,循声一看,在一棵大槐树杈上,挂了一个硕大的箱子,秦腔戏正从那个大箱子的口中鼓震而出。众乡亲个个伸直脖颈,惊呆不已。于是,这个神奇的戏匣子就成为当天我赶会最大的见闻。

当年最常见的舌簧喇叭

但我无论如何就是想不通那匣子为啥能发出声音,里面的男人和女人除了说话唱戏外还干什么,不吃不喝不屙不尿不歇,是人还是神仙?

后来村上通了电,第一件事便是安上了洋戏匣子。一只纸盆喇叭放进一尺见方的木匣,挂在生产队最热闹的地方。每当收工后,男女老少围在下面,聆听匣子里传出的国家大事、天气预报、秦腔,谈论当天劳作中的有趣事儿,个个乐不可支。闲着没事的老人,提早等在那儿,小娃娃搬来凳子,替大人占好地方。夜幕降临了,乡村分外宁静,这时的喇叭声音更加悦耳动听,人们几乎都被它陶醉,忘记了时间,直到播音结束也不肯离去。严冬季节,天气极冷,即使飘着雪花,也挡不住乡亲们捂着耳朵、跺着脚去听广播的热情。

这就是有线广播,在当时可以说是社会进步的标志,它所产生的效应是今天的电视机无法比拟的。我爷爷出生在清朝末年,他一生只见过两样先进东西,一个是苏联老大哥发明的马拉式收割机,另一个就是有线广播。每天，他老人家噙着烟锅，站在人群中听得出神入化。他刚开始不懂普通话，当听到"某某县放大站"时惊恐万状，说都解放了怎么还给县上"放炸弹"（放大站），成了年轻人的笑柄。后来时间一长，他也就能听懂标准的普通话了。

  在看不到报纸、电影，文化生活落后的封闭农村，广播始终保持着和外界的联系，使人们从中获取了大量的最新信息。知道了雷锋、王杰、焦裕禄等英雄人物，也知道了"美帝苏修""阿尔巴尼亚"……自从有了广播，小小乡村不再遥远荒凉。

  那时候，广播在农村还是富有的象征，谁家能有一只舌簧喇叭，就等于家庭富足，即使天天喝汤也神采飞扬。有的人爱显摆，给儿子说媳妇，忘不了对媒人叮咛，我家还有广播呢。广播每天传播党中央的声音和国家政策，是真正的权威之声。两个社员吵了架，生产队长评理不服，就用广播里的话来判定是非曲直。那个时代，广播的作用是无法否认的，开大会安上广播，挂上红旗，气氛一下子就出来了。听广播是人们生活的一部分，清晨，伴随雄壮的《东方红》旋律，大人出工，学生上学；傍晚，端一碗"粘面"蹲在广播下，边吃边听，那滋味才叫过瘾。

  如今，半导体收音机、电视机已相当普及了，互联网四通八达，人们了解世界的渠道、手段更加宽广、丰富。每每想起"洋戏匣子"，想起那个物质贫乏的年代，真的觉得我们今天正赶上好时候呢！

第一辑　真情逸致

关中土炕

土炕是北方人对付寒冷的伟大创举,在关中农村相当普及,如城市人家里拥有冰箱和电视机。对于这个原始的笨拙的泥胎般的民间承传物,仅从建筑学角度去考察,无论如何都是片面和狭隘的。我就出生在关中农村的土炕上,在她平展的体腹上度过了美好的童年。如今,五十多年过去了,我一直坚持认为,土炕对农民是极其重要的。但要准确地说出她存在的社会价值,我确实有点无能为力。好在黑格尔先生有句名言:一切存在的都是合理的。几千年的"炕龄"就是一个绝佳的证明,客观结果只是对证明过程的省略和简化。肚子饿了要吃饭,还有必要问吃饭的理由吗?

过去的土炕很古朴

农民与土地是紧密相连的,土地是农民赖以生存的物质基础和生产资料,也是农民展示人生的舞台,中国几千年封建社会的生产关系,就是由农民和土地演绎出来的。农民离不开土地,比希腊故事中安泰离不开大地更加生动和现实。但是,农民也需要用农民的目光去"俯视"他们所经营的土地，就像军事指挥员常常要在较高在山头上视察战场。这样就有了土炕，完成了由平地到另一个高度的过渡。这种以质朴为纽带的连接，以土炕为台阶的铺垫，使农民的聪明才智得到了充分的发挥。他们躺在土炕上，放松肢体整理思绪，不停地谋划、盘算、构思，有时也做美梦。一些农民由此成长为地主，其战略战术都是在土炕上面形成的。于是就有了三十亩地一头牛，老婆娃娃热炕头的生活版本和美好憧憬。

数九寒天，北风呼啸，人们的生活被严寒紧紧包围，只剩下土炕像汪洋大海中的孤岛，满腔热情地供人们栖息。把麦秸、稗糠、豆稞塞进炕洞里点燃，用蒲扇呼啦呼啦煽，一会儿，大火燃过，只剩下余烬，拖着袅袅青烟，温温地煨着，慢慢地热流就传了上来。这种温暖是从大地深处自然而然沁上来的，保持着不紧不慢的低缓与敦纯，不像暖气片那样浮躁而紧促。土炕的温暖与人的生理需要匹配十分慰帖，似乎成了人体的一部分。一家人扯开被子，拥坐在土炕上，腿与腿交错，距离拉近了，往日的芥蒂、误解顷刻间被亲情溶解了。

寒去暑来，关中的夏天也是十分酷热的。这时土炕又成了避暑纳凉的圣地。抽掉芦席下面的麦草，展一卷竹凉席铺开，喝一瓢浆水曲倦在上面，尽情地吸收从土坯上渗透出来的凉意。热量挥发了，疲劳释散了，筋

现在的土炕很新潮

骨放松了，烦恼没有了，很快就精神焕发斗志昂扬。在关中农村，土炕是人们与大自然斗争的休整地，是生理和心理维护保养的"4S"店，也是人口繁衍的场所，世世代代的爱情故事，哪一个不是在土炕上发生的？农民的喜怒哀乐，只有土炕感受最深——包括死亡这样严肃的话题，也被他们谈论的十分轻松。在土炕上把眼一闭，把腿一蹬，是人生最圆满的结局，可见农民对土炕的眷恋之情。

　　随着社会的发展，土炕的地位也受到空前的挑战，电热毯使她失去了古朴的烟火味道，在质地上有一种假冒伪劣的感觉；席梦思床是她的克星，许多年轻人喜新厌旧，在享受了多年土炕的温暖之后恩将仇报，抡起老撅头无情地挖掉土炕，将席梦思床搬进屋子。只有老人们仍然钟情于土炕，"盘踞"在上面与之共存亡。但这种势单力薄的情形，使人们不免为土炕的前景担忧起来，说不定哪一天要与之诀别。尽管如此，我们仍然不能怀疑土炕对人类文明的贡献，即使有一天真的要消失，我敢肯定，陕西省历史博物馆也会辟一方空间，保留这一建筑"物种"——人类与大自然斗争的纪念碑。

小寨变奏曲

　　小寨处于西安市南郊的城乡接合部。许多年前，在省军区门口持枪站岗的卫兵会担心受到饿狼的袭击；在附近蒿草丛生的坟茔里，偶尔还能看见一两只飞蹿的野兔。如今，这些带有浓郁乡野色彩的珍贵传说仅是老人们遥远的记忆。鳞次栉比的高楼侵占了郁郁葱葱的青纱帐；笔直的大道取代了乡间田垄中的土路；歌舞厅、广告牌上闪烁不定的霓虹灯淹没了满天眨眼的星斗；车水马龙、喧闹鼎沸的城市气息把乡情乡韵挤压到秦岭脚下……小寨变了，变得悠远而现代，变的深厚而轻快，变得亲切而陌生，变得让人们连一点思想准备也没有。

　　小寨是西安市南北纵轴上一个十分重要的坐标点，她传承了这座古城深厚的文化底蕴，庄重和古朴中略带几分妩媚，稳健和保守中又显得稍稍有些前卫，她的个性在西安市几个区是最明显不过了。西安是世界上著名的历史文化古都，古的全部意义都凝固在那一圈青灰色的城墙里，而文化代表性则应该完全可以由小寨来诠释。且不要小看周围星罗棋布十几所高等学府的影响，也不要低估历史博物馆流淌的文明之溪的浸润，更不要说附近音乐学院悦耳琴声和体育馆优美竞技的感染，只消闻一声大雁塔传来的晨钟暮鼓声也令人心旌不定，思绪悠悠。在这样高雅氛围的包裹里，在这样健康环境的滋养下，在这样净透的生活溶剂的洗练中，人们受到精神文明的哺育和陶冶，素质在潜移默化中提升。看一看街上的行人，好像又比以前多了几分端庄、典雅和礼仪，这就是世界级大都市形成的大家风范，是汉唐盛世的遗风，是区别于西方文明的中华优良传统的标本。总之，在西安这座物质文明还不够发达的城市里，人们不会因她的传统而忽略它的价值，相反，更钟情她的文化和精神，而这种富有内涵和本质的特征，似乎只有小寨这个地方才能充分展现出来。

　　随着改革开放的不断深入，小寨的变化节奏更加明快，十分和谐地合拍于全国经济社会发展的主旋律，又不失时机地将其风采挥洒得淋漓尽致，让人感到，她像是从古城里跑出来追求自由的少女，任何现代色彩她都能充分地享用，淡妆浓抹总相宜，恰到好处，既不俗艳，更不矜持，有一种得体舒服的感觉。在邓小平南巡不久的一天晚上，小寨十字东南角那座陈旧的四层楼在定向爆破声中轰然倒下，几年工夫，30层的国贸大厦巍然崛起，从此，现代文明之手在这里播下了高楼大厦的种子，南边的广播电视中心破土而出；东边的25层商住大楼拔节似的跳起步步高舞曲；北边的体育馆建筑工地也进入了收获的季节，即将成为城运会主赛场。

由于小寨一带的快速发展，必然促进了生活的繁荣，人们自觉地把小寨作为生活的大空间，或休闲，或散步，或购物，是户外活动选择的好地方。唯一让人担心的是街上行人越来越稠，车辆越来越多，道路拓宽跟不上，汽车时不时地拥堵在街上。看来，好去处人都能找到，好地方也怕人多。

如果把城墙比作西安市的项链，那么小寨就是项链上的坠子，具有广阔的发展前景。在西安市的未来城市规划中，地铁站就设在小寨一带。也有人预测，若干年之后小寨将成为西安市的中心。诸如此类的说法使小寨魅力倍增，房地产价格甚至超过了城内。这种战略性动向，预示着小寨将伴随现代化的建设出现一次更大的跨越。

三秦地形酷似兵俑

如果说，我国的地形像一只昂首挺立、面向太平洋的雄鸡，那么，陕西的地形则酷似一尊面向西北跪拜的兵俑，这是笔者偶然发现的。

前不久，我在观看陕西新闻联播时，惊讶地发现，三秦大地的形状好像一尊面向西北方向跪拜的兵俑。我兴奋得无法自已，第二天就告诉几位朋友，他们异口同声点头称绝。于是复看不辍，啊呀！岂止是像，简直就是一幅兵俑的剖视图。

为了证实自己的看法，我找来陕西省的地形图反复对照，又一次真切地领略到了造物主在雕琢这尊"兵俑"时的匠心所在和神来之笔。从地图的最北端可以看到兵俑帽子，那是一顶久经疆场屡建战功的冠缨，上面似乎染有沙尘。黄河往东轻轻一折，惟妙惟肖地勾勒出兵俑的披肩。再往上看，兵俑宽阔的前额，突起的眉骨，深陷的眼窝，高挺的鼻梁，微微上扬的下巴，构成了一张富有表情的剪影。连兵俑两手合拜的指头，系在腰际的剑柄，都能清楚地看出来。跪地的左膝和战靴正是汉中和安康两地，而商洛

陕西省地形图

则是他战袍的后摆。

仔细观察不难看出，兵俑是以长城、黄河、铁路为骨骼，以其他河流为血脉，以公路和乡间阡陌为神经网络构成的，和谐自然浑然一体。黄河是他的脊梁，背靠黄河，象征着他和中华民族的血肉联系。长城被他挽在手中，又穿过脑际，象征着尚武精神。

从力学角度分析，兵俑的构图也是非常科学的。他以汉中、安康为支点，西安正处在重心位置。合手而拜，动感中不失稳健；虎虎生威，豪气四溢又富有礼仪；披甲倚剑，将士英气呼之欲出。甚至连膝盖撞地，甲胄碰击的金属声也铮铮可闻。再研究图上有趣的地名，会产生许多复杂、奇妙的联想。神木县在神经中枢，延安在心脏位置，恰恰是当年中共中央的所在地。老祖宗黄帝陵怀在腹中，而长武县正好处在剑柄上。仔细琢磨这些带有字面含义和历史背景的地名，任想象之翼蹁跹起舞穿越时空，把现实和历史融为一体……这时就会感到兵俑复活了生命，有了呼吸，有了体温，有了灼热的目光。我们是兵俑的历史，兵俑是我们的前世，两者之间有一条看不见的血脉纽带。

至于兵俑为什么要面向西北，我做了这样的大胆臆想：当年长安是世界最大的城市，经济强大科学发达，丝绸之路商贾云集，兵俑面朝西北以迎接客人。假如兵俑不是面向西北，而是面向东南，面向海洋……我似乎从中找到了我们陕西相对于东南沿海地区落后的原因。

感悟音乐

我是个"乐盲",不识乐谱也不会摆弄乐器,更不知道音乐圈子里的事情。有一次几个朋友谈论音乐家施特劳斯,我还以为他们研究劳斯莱斯汽车。第一回看到吹黑管,我竟然当成吹甘蔗。但是,这并不妨碍我对美妙音乐的享受,噪音和悦耳之曲的区别就像苦和甜两种味道,谁都能分辨开来。五音不全的我尚有薄弱的音乐喜好,高兴时我也能尽情地释放,哼几句记不住歌词的流行曲,还可以对着麦克风"OK"一通。我想,节奏感大概是生灵的天性,要不然,为什么印度艺人一吹笛子,连眼镜蛇都会兴奋得舞蹈。

前些日子,我的心情特别糟糕,原因我也说不清,古人为这种心境开发了一条专用成语:不可名状。妻子见我很烦,找不到合适的安慰办法,就拿出几张音乐厅的门票,说咱们去听一听音乐会吧。我对她这个高雅的建议感到有些滑稽,自然地想起了那个对牛弹琴的典故。去吧,怕糟蹋了音乐厅优雅的气氛,不去吧,几十元的门票虽然是别人送的,但已成了自己的无形资产,扔了也怪可惜的,就抱着不浪费的心态第一次走进音乐殿堂。

一进音乐厅,我就被从未经历过的氛围操控了。几百人聚集的地方静得出奇,如同走进了真空地带。这样的环境,使人们的自我意识迅速收缩、制约,独立却不孤单,严肃而不冷漠。耳朵竖直了,眼睛瞪圆了,龟裂的心田张开了无数条小口子,等待涓涓清流的滋润。我环顾四周,发现人们都是同一个状态,连呼吸都在刻意控制着,生怕有一丝不和谐的杂音。没有左顾右盼,没有交头接耳,更没有其他公众场合的喧闹和纷扰;没有主持人,没有贵宾讲话,更没有多余的客套。一切都由音乐来完成,衔接自然,顺理成章。舞台上的乐师们一律着黑色礼服,仪表端庄,动作高雅,举手投足都能显示出音乐对人的教养和雕修。

音乐会进入了高潮,是我平生从来没有体味过的场面,像纯银发出的金属声音，没有一点杂质；像山涧沁出来的溪流，没有丝毫的污染。这样净透的环境，把我超度到另外一个天地，抽象思维顿时活跃起来，那起伏的旋律仿佛有了形状，带着色彩，从竹管里淌出，从丝弦上滑落，穿透我的胸腔，融进我的血液，抚揉我的脏腑，呼唤我的灵魂。就这样，经过一曲又一曲对心灵的漂洗和润滑，带走了污锈，清除了烦闷，打开了死结。我的心渐渐清凉了，畅快了，像小船泊进港湾，在音乐之潮的托举荡摇之下，一个全新的自我又回归了。

走出音乐厅，我的心情久久不能平静。一路上在想，为什么音乐具有这么大的魅力，简单的音符却能表达丰富的感情。我又想起了一个故事：有个结巴孩子放羊，羊被狼吃了，孩子回来给母亲报告，但怎么也说不出来，急的光哭。母亲摸着她的头说："我娃别哭，你唱，你唱啊。"孩子只用了一句简单的调子就唱出来了："狼把羊娃吃了哎咳呦。"我们还经常能看到这种情况，一些老外讲汉语生涩难听，磕磕绊绊，但他们唱中国歌曲并不比我们逊色。由此可见，乐感是人类的共同基因，音乐是世界通用的语言，能洞穿历史，跨越疆界，沟通不同肤色的心灵。在音乐之光的照耀下，世界才显得有声有色，生动灵气。

不信？请你谛听。

蒙古人的宰羊术

八月天山腹地,艳阳融冰雪,雪水汇溪流,溪流润草原,风吹肥草浪牛羊,塔松森森墨山腰。

秋凉了,羊笨了。

牧人倒挎猎枪,脖挂半导体收音机,骑马牵驼拖儿带女呼唤猎犬赶着羊群离开草原出天山。

羊群去何处?当然是去山脚下的县城——和静。

草原上的蒙古人在牧羊

和静为新疆巴音郭楞蒙古自治州所辖,富饶的巴音布鲁克草原在其境内。草原上有美丽的天鹅湖,蒙古人赶着牛羊游荡在草原游荡在湖中游荡在天低云淡处。

和静不平静。现在通了火车,通了经济信息,通了和祖国其他地区一起跳动的心律。天山深处的牧人坐上火车下山来,活跃在县城。他们脱掉黑灯芯绒棉袄扔下褡裢扎上领带穿起西装牛仔裤。

久慕和静,我徜徉在和静的街道上,随人流簇拥,漫不经心地走进巴扎（自由市场）。巴扎上叫卖声回荡，有的粗浑，有的尖细，几乎个个是红脸膛、高颧骨，清一色蒙古族同胞。他们在卖羊肉，都是现杀现卖。

几只羊缩在巴扎的旮旯里，它们不知厄运临头，好奇地打量着比草原多一万倍的人群。

人群中闪出一个高大的蒙古汉子和一个十二三岁的少年，好像是父子。汉子叭叭把莫合烟抽了两口扔在地上，朝少年咕噜了几句，两人同时走进旮旯，抓住两只羯羊拖出来。还不等羊站稳，不知汉子怎么一别，羊就猝然倒地。他从腰间摸出牛耳刀子，顺势朝羊脖头一抹，"咩"一声惨叫，羊就抽风了。另一只羊几乎在十秒钟内也倒在血泊中。

汉子在羊肚子上擦了几下刀上血迹，用一根拇指粗约三十公分长的铁棒蹭了蹭刀刃，就开始剥皮。他飞快地用刀在羊腿上各转了一圈，从刀口向裆部、腋下挑开，再抓住脱皮一拉，四条腿就裸露出来。尔后，从羊后裆至前胸豁开，刀尖在毛下分割，咯咯作响，就仿佛那羊胸前有一条拉链被他拉开。羊肚露出来，汉子的刀带着青光弧形落下，准确的划割在皮肉之间，不一会儿，羊赤溜溜地躺在铺展的皮上。我看得花了眼，觉得他好像打开了一个羊皮包袱把肉取出来的。

剥下的羊皮光滑如镜，羊肉一尘不染，这样剥的羊肉干净，不用洗即可下锅，味道极鲜。回想老家人杀羊真叫狼狈，一只小山羊，先用绳子绑住，杀了后四个小伙子哥拽一条腿，两个人剥皮，战战兢兢，笨手笨脚，六七个人折腾半晌，不是弄得羊皮刀洞累累，便是把羊肉搞得血肉模糊。

下一道工序是开膛割头卸腿。汉子掐住刀尖，唰地在羊肚上一划，不深不浅恰到分寸，羊肚豁然开朗，肠子哗啦一下流出来，却不伤肠子一丝薄膜。羊有公母大小肥瘦，皮有薄厚，这个分寸如何掌握是好，真有点绝！割头不用砍，还是那把牛耳刀，不知他在羊脖子上怎么揣摩了一下，羊头崩楞滚下来，被等在一旁偏食羊头的人扔进筐子。要说，蒙古人才是真正的"游刃有余"者，庖丁屠牛而"游刃"，牛大骨缝大。羊和牛相比，可谓"袖珍式"了，所以杀羊叫宰不叫屠，一个"宰"字包含有说不尽的灵巧和艺术。在羊狭窄的骨缝里，能完成转刀挑筋等动作，足见蒙古人宰术非凡。这个手艺，用来卸羊腿就更简单了，眨眼间，四个羊腿从关节处分离，像机器零件一样拆下来摆在一边。

少年的动作比父亲逊色一些，但仍不失为一把好手。汉子不时停下手中活,给少年指点。我站在一旁,呆呆地看了近一个小时,直到四只羊冒着热气挂在肉架子上,才满足地离去。

　　这时候我想,蒙古族同胞昔日是马上一代枭雄,横刀立马,驰骋疆场。而今天,他们同样能在经济生活中大显身手。奥,牛儿刀,我仿佛看到那把牛耳刀变成了一把金钥匙,正操在那汉子的手中……

第一辑　真情逸致

朋友来了有小吃

有朋自远方来不亦乐乎。乐乎之后，热情好客的中国人都会不约而同地想到一个问题：吃什么？请客吃饭看似寻常，但要办得很妥帖，也得动一番脑筋。梁实秋老先生就曾为请客大发感叹，说想一生不安宁就娶姨太太，想一年不安宁就盖房子，想一天不安宁就请客。咱们现在实行一夫一妻制，娶姨太太是非分之想，住房也不必自己盖，请客却是常有的事儿。

有一天，一位来自新疆的老同学看我，老朋友重逢倍感亲切。我见他一路风尘十分疲乏，而且几个昼夜都是在火车上度过的，没有吃上一顿可口饭，就与妻子商量，准备做一桌丰盛的饭菜表示一下心意。但朋友怎么也不答应，恳切地说："我几千里来是为了看你，不是为了吃一顿好饭，你那样折腾，是成心把我当外人。"在他的婉拒之下，我只好改变主意，拉上他们一家人到小吃店，一碗羊肉泡馍，两杯地产啤酒，几瓣糖蒜就把朋友们安顿了。

初起，我感到这样实在不近人情，心里过意不去。朋友并不在乎，对小吃很感兴趣，吃得开心且投入，不一会就满头大汗，咂着嘴不住的称赞，说比什么都够味。席间，我们叙旧怀故说东道西，陶醉在无限的欢愉之中。我最

羊肉泡馍

后说："太寒酸，不成敬意，对不住了。"他却感到很实在："真情实意，无须客套，越是随便，越显亲热。"君子之交淡如水，小吃也能表心意，朋友肺腑之言，使我从窘境中解脱出来。

小吃不仅能招待朋友，而且能登大雅之堂。还有一次，领导派我接待

一位上司，深夜从火车站回来，招待所没有饭，街上大一些的酒店都关了门，只好让领导凑合一下。我们来到一家包子馆，要了几笼包子，一边招呼领导，一边解释做无奈状，谁知吃惯高级饭菜的领导大开胃口，一连吃了四笼。我怯怯地问："饿坏了吧？""不是，包子太好吃了。"他擦了一下嘴："大鱼大肉摆宴席，实际上是演戏，哪有这样吃得适心。从内心讲，主人和客人都不愿意大吃大喝，但又没办法。主人为了让客人喝好，自己带头喝，客人为感谢主人心意，也要积极配合，结果都喝醉了，何必这样受罪。"我说："也是个理，现在不是有一个顺口溜嘛，'公家花钱我受罪，喝坏党风喝坏胃，喝得老婆背靠背，喝得孩子什么也不会'。"领导这时完全成了我的知己，十分感慨地说："吃小吃，作凡人不容易啊。"

关于狗的有趣话题

我对狗的印象向来是很不好的。小时候被狗吓过一次,虽然没有咬着,但受惊不浅,一朝被狗吓,十年怕闻吠。上学后学了不少诸如"狗腿子""狼心狗肺""狗仗人势""狗眼看人低"等贬义明确的词汇,更加强化了对狗的成见,总认为狗绝对不是善类。几十年过去了,这种思维定式一直顽固地刻在脑子里,要不是最近偶尔见识,那么对狗来说可能是一桩永久的冤假错案。

前几天,我陪老领导去看一位老朋友,朋友家养了一只巴儿狗,正巧给我碰上。敲门就闻狗叫,先声夺人,洪亮且威猛,震得门板嗡嗡作响,从声音判断,这只狗至少有牛犊般大小。我余悸顿生,双腿不由自主地晃动起来。主人开门,朝脚下呵斥了一声,循声看去,原来是一只类似猫一样大小的白色小狗。这只狗满身曲卷的绒毛,一双圆溜溜的眼睛,镶了黑眼圈,好像如今的时髦女子纹的眉睫毛。尾巴摇动,满地乱滚,兴奋欢乐,完全把它置于房东的位置了。坐定、寒暄、嗑瓜子,正切入往事的边缘。这时小狗就不安分了,在我腿上乱蹭,一会儿把前爪搭在我膝上,一会儿摇尾作奉迎状,亲热的样子就差拥抱接吻了。我虽然不太紧张了,但还是有些厌恶,看在主人的面上不好发作。主人说:狗要吃瓜子,随即剥了一颗喂狗,狗得赏欢兴不已,又表演了一番。主人说:狗特别喜欢家里来客人,不光是有好吃的,它也和人一样最怕寂寞,刚才在你面前作秀,是欢迎你来,往你身上蹭,是让你搂抱它,求得你的爱抚。抱它?爱抚?真是世风日下,连狗也堕落了。

话题不知怎么又转到狗身上。老首长深有感触地说:"狗这动物通人性哩。过去,我家养了一只小狗,是京巴狗与欧洲狗的混血儿。狗的体型较大,毛发带有自然卷。双眼皮、深眼窝、鼻梁高挺,举步投足都显高贵风雅、富有礼仪。这只狗的生活标准很高,大肉嫌腻,羊肉嫌膻,光吃牛肉,而且要用五香调料煮熟。每周要洗两次澡,用的是飘柔洗发乳,虽然有些挑剔,但还能承受得了。主要是它很忠诚,永远不会背叛主人,不像世上有些人,平时到你跟前跑得很欢,围着你团团转,殷勤献媚递好话,这些人绝不是什么好鸟!他们崇拜的只是权力,关心的是自己的利益,对人是毫无感情的,关键时候没准儿把你给出卖了。再说我家里那只狗吧,我每天下班回来,它就会把拖鞋推到跟前,很懂事啊。而且它对人好像也有研究,穿得整齐、说话文明的人,它就趴在客厅静静地听,否则,就烦躁不安。它肯定能听懂人的语言,只是无法与人交流。我在领导的位子上,家里来了人,难免对单位上有的人谈一些看法,有时也涉及一些敏感问题,这时狗像谁教过一样,知趣地躲进卧室。但是如果只谈生活中的趣事,它则乐此不疲,百听不厌。不像有些人,热衷于是是非非,如苍蝇追逐粪便。"

　　听着听着,我对狗的成见消除了,渐渐地有了好感,尤其是狗对人的忠诚。反过来想到人们的做法,真有些替狗打抱不平。人们养狗对狗很爱抚,自认为与狗的关系很铁,呼爸称妈叫儿子,其实压根儿不知道狗的朋友永远是另一只狗而不是人。人们把狗视为宠物,只是用它来填充生活中的空虚,真正关心的还是自己,狗只扮演了一个精神妓女的角色,却被蒙在鼓里成天摇尾乞怜,真是悲哀。

假如让我重新选择

年龄大了爱怀旧，我经常"向后看"，用回忆捕捉已经逝去的生活远景，以虚幻的时空为材料构筑未来理想的大厦。回忆虽然是做"清醒"的黄粱美梦，但毕竟也能满足陈旧霉变的欲望，让过去许多深沉的遗憾得到短暂的安慰。

假如让我重新选择——假如真的能重新选择，我当然要选择读书。我一直认为，我天生就是读书的料，上帝在创造我的时候，就为我装备了读书人所需的最好硬件，我的耳目是专门吸纳知识的"黑洞"，我的记忆能力如计算机的硬盘，能够大量存储和快捷提取。我奶奶是一个虔诚的佛信徒，她想学会那一本发黄的经文又常常颠三倒四记不住，于是我的优长便被她巧妙地利用了，每逢庙会她必定带上我，像今天的摩登女郎挎着"随身听"。我在庙堂里顺溜地吐泻那些枯燥而费解的经文，像喷气飞机排出一串串烟雾，而那些穿黑色衣袄的"老鸦"们都被我奶奶这一手镇得张大嘴巴，感叹不已如母鸡一样木呆而迟笨。我奶奶在无比幸福的满足之中自然地成为"大嫂"（类似现在的头头）。

让人难以置信的是上学后我有了更为广阔的施展空间，在二年级时，我就写出过批判阶级敌人的文章，字里行间充满了刻骨仇恨，显示出一个小学生潜在的力度。上中学后自然科学把我的头脑梳理得更为缜密有序，数理化成绩在全班名列前茅，以至于老师们把我作为同其他学校竞赛时的有效武器。记得一次同邻校比赛，数理化老师不约而同地给我下达了100分的指标，我的理化考了满分而数学仅因运算符号不对被扣2分，在理化教师笑眯眯夸奖之后，也经受了数字老师暴跳如雷地斥骂，言辞尖刻像掘了他家祖坟。我委屈得痛哭流涕，含泪写了一篇批判师道尊严的作文，声讨刘少奇修正主义教育路线，像苦大仇深的老贫农在咒骂万恶的旧社会。当然，我更多的是享受学习带来的欢乐和愉快，数字老师领着我走亲戚访朋友，像孔老二带着弟子颜回。我的语文成绩也不逊色，作文曾经作为范文印发全乡中学，直到几年后弟妹高考时仍抱着不放。

那些日子里，我多么渴望安下心读书，但是，当时社会动荡，偌大的中国就像是一张放不稳小小的课桌。考上高中我向心中的目标进发，一个张铁生就使全国学校乱了朝纲，大字报铺天盖地，老师成了敌人，知识变成了粪土。一年后，我毕业到广阔天地炼红心，别无选择地回到农村当了一名地球修理工。

我无法选择自己的命运，但我的理想并没有彻底泯灭。我把课本放在炕头，一有时间就阅读、演算，期待着有一天云开雾散，实现上大学读书的心愿。但是，在巨大的社会潮流面前，个人的选择是何等渺小无力，人们都被社会裹挟、搅拌，如果说选择的话，仅剩下选择生存这一条路了。

一个偶然的机会我参加了中国人民解放军，部队的训练十分艰苦，我还是没有放弃学习，我用学到的知识给官兵们上辅导课，修理连队的电器，还在军事训练上搞了发明创造。第二年，恢复了高考，我的许多同学考上大学，其中有两个当年学习并不如我的，现如今一个在美国，一个在澳大利亚。而我却必须扛着枪保卫我的祖国，让我的同学有安心学习的条件。后来，我还有一两次考大学的机会，我也争取过，一直不能如愿以偿。直到有一年我考上某省党校，有了两年脱产读书的宝贵时光，但毕竟晚了，像美丽的鲜花错过了授粉的季节，留下终生难以弥补的遗憾。

历史之所以成为历史，就是不断地将昨天展现给你。历史是不能假设的，就像人不会有第二次生命，假如人能倒着活，我敢肯定至少有一半人会成为艺术家。月有阴晴圆缺，人有遗憾不足，正因为这样，人生才显得珍贵而有意义。虽然过去的岁月无法挽回，但我仍然这样构想，假如我能重新选择，我还是要选择读书。一个朋友问我："如果上帝不赋予你读书的本事，而是一个智商很低的生瓜蛋子，你能干什么？"我无奈地回答他："那我只好当大款了。"

第一辑　真情逸致

尊敬的粮食

我一直对粮食充满敬畏，所以才写下这个题目。在这世界上能让我尊敬的一是父母，他们赋予我生命；二是老师，他们教给我知识；三是医生，他们维护我健康。剩下能承载这两个字的只有粮食了，虽然粮食没有生命，但她供给所有生命以能量，主宰着人类社会和自然界，所以用尊敬这两个字一点都不过分。

粮食匮乏曾经多次危及我们家族生存，20世纪30年代初关中大旱，三年颗粒未收，我爷爷带着奶奶到陇县逃荒，把二伯卖给没有儿子的赵家才渡过难关，天知道30年后同样的事竟然戏剧般的发生在我身上。那是三年自然灾害困难时期，我刚刚3岁，家里揭不开锅，父母带着我来到陇县。赵家有了儿子却没有孙子，于是他们策划了一个复制方案，要把我过继给二伯当儿子。那段时光真的很美好，我天天吃饱肚子忘记饥饿是什么滋味，加上能穿二婶买的新衣服能坐二伯的自行车，我觉得移民没有什么不好。但就在母亲回家时她突然反悔了，抱着我不撒手怕我重蹈二伯覆辙，永远成了山里人。后来灾情加重，全家人吃菜咽糠度日子，情节与电影《一九四二》差不了多少。我爷爷得了病是全家重点保护对象，每天早上可以吃上三根清水煮的油菜根，那三根油菜根在我眼里就是金灿灿的油条，馋得绕着盘子打转转，像猎狗围着动物尸体。父辈们不允许我分食爷爷的菜根，不停地呵斥驱赶，但爷爷不忍落孙子在一旁可

当年珍贵的玉米，现在主要用作饲料

53

怜兮兮流口水，会匀出一根来给我吃。

奶奶毕竟是受过苦难的人，对饥饿有超人的忍耐性，她曾经吃过观音土柿树叶，对榆树叶和榆树皮颇有好感，说嚼起来筋道，咽下去滑溜。为了缓解我的饥饿感，还给我讲过一个美丽的童话故事：在很久很久以前，人世间富裕无比，庄稼比着产粮食像女人比着生孩子，小麦从土里生出来就是麦穗，竟有三尺多高，浑身挂满麦粒；玉米每片叶子旁都会结出一个棒子，粗得像牛大腿。老天爷也特别慷慨仁慈，把雪直接下成面粉，白茫茫一尺多厚。粮食太多了人们根本不珍惜，有的人用粮食填沟拿麦面和泥打墙，更有甚者，有的女人拿白软的馒头给孩子擦屁股。老天爷实在看不过眼，只让小麦结一个三寸长的穗子，玉来只生一棵棒子。但还是有人不爱惜粮食，老天爷就隔上几年派年馑到人间来，惩罚人教育人，把那些浪费粮食的人统统饿死。这是一个我的想象力无法企及的世界，上学后知道了陶渊明，我想这会不会就是他老人家说的桃花源？让人太向往了恨不得乘风归去。

这个故事肯定是虚构的，但我们那儿有两个人因粮食要了命却是真真切切的。村上有一个人力壮无比胃口很大，庄稼活样样是把式，给人扛活一个人能挣两份工钱，他完全可以凭力气吃饭过上好日子。有一次和人打赌，他一口气吃了60碗臊子面外加5个热蒸馍，赢了5斗麦子。从此他迷上了吃饭打赌的营生，而且凡赌必胜，之后就像举重比赛不断加码，看他打赌几乎成了民间娱乐活动。有一年夏收后村上庙会唱夜戏，打赌又较上劲，这次是吃四捆麻花，每捆10根，再喝一老碗拌汤，赌注是一石麦子。如果是白天吃了干活也许不要紧，但在晚上40根麻花进了胃被拌汤泡开，体积增加了一倍多，那个人半夜胃爆吐血而亡，引发纠纷还是我爷爷出面调和的。另一个人在邻村，40出头得了怪病，疑神疑鬼就找算卦先生，算的结果是吃不上新麦子，他很不服气想吃上新麦子去羞辱算卦先生。四月麦子抽穗扬花就到地头转，天天盼着麦子成熟，芒种过了十几天，他发现地里有一小块变黄，就迫不及待地收割碾打磨面，让媳妇做了一大碗裤带面，蹲在屋檐下觉得算卦先生实在狗屁可笑。他嘴里喃喃：哼？还说我吃不上新麦……说罢得意地挑起面条送到口边，这时正好一只乌鸦踩落了檐口一片瓦，端直砸在他的脑门上……

粮食安全关系到国计民生和社会稳定，这个重大战略问题按说应当由国家领导人来考虑，但我从小就对这个事情非常敏感忧心重重，不是我爱管闲事或者小人操大人心，而是粮食对我童年影响太大，直接控制了我的胃进而局限了我的眼界，成天盯着家里粮食口袋，总担心有一天断了炊烟。记得上小学二年级有两件事让我记忆犹新，一个是刚学会乘法运算我就算过一笔账，一个人的口张开有 10 平方厘米，按当时全国 7 亿人计算，就是 7 平方公里大，能吃进几百列火车和万吨巨轮，有多少粮食才能填满这一张大口啊，那可是真正的气吞山河！另一个是语文课本有一篇课文《十粒米，一条命》，说的是春节前两天，佃农杨二哥带着儿子狗娃给地主老财缴租子，狗娃看到地主家堆积如山的粮食，想给正在挨饿的娘抓回一把，被狗腿子打得奄奄一息，回去就死了，娘掰开狗娃的小手，发现了孝顺的孩子手中有十粒米。多么残忍的地主老财，这么对待未成年人，更叫人愤恨的是他们老想回到解放前，让贫下中农再吃二遍苦受二茬罪，这是绝对不能答应的。我怒火中烧，写了一篇批判阶级敌人的作文，显示出一个小学生潜在的力度。这篇课文今天看来漏洞颇多经不起推敲：缴租子没有必要带孩子去；为了 10 粒米搭上一条命不值，回来抖一下口袋就够了；人都死了谁还有心思去数是几粒米。后来我多次看过电影《列宁在 1918》，遇到粮食困难，列宁就对卫兵瓦西里说：面包会有的，牛奶也会有的。电影中的列宁为了粮食愁得头发都掉光了，胡子却很长也没有剃，我感到列宁好像也是忍着饥饿说的这句话，还有点儿专门对我说的意思，心里特别踏实温暖。虽然那时我没见过面包是什么样子，却能想象出来和馒头差不多。但现实中的我还是吃不饱肚子，发育也很缓慢，直到上了高中个头只有 155 厘米，毕业时才长到 166 厘米，但我的脚却早早长到了 42 码，相当于 180 厘米人的脚。我知道这和盖楼房一样，四层楼的基础都打好了，因为砖不够才盖成了三层，明显的营养不良。现在我还清楚地记得 1973 年元旦社论中两个数字，钢产量是 2100 万吨，粮食产量 4920 亿斤，人均 600 多斤，为啥还饿肚子？多亏是四十多年前，放在今天帅哥当道，姑娘们择偶标准是高帅富，第一关就会把我 Pas（排除）掉。

高中毕业后，粮食紧张的困境并没有解除，兄弟姐妹都长大了，小伙子大姑娘一群，一锅饭风卷残云秋风扫落叶就见底了，每年都有一两个月的缺口，青黄不接必须借粮吃。记得我 16 岁那一年借过粮，骑着别人的加重永久自行车，来到二十里外的有粮村子，在人家仓库里看到黄灿灿的玉米，贪婪地装了一百多斤，担心驮不动又倒出十来斤，回来时候从祁家沟水库坝面上走，身体瘦小压不住自行车，差一点失控窜进水库里。当时村上有一个能人交际很广，给小伙姑娘在外面介绍工作，我央求他帮我找一份工作。他问我想干啥？我说最好给人做饭，能吃饱。他说为了吃饱肚子干脆当兵去，队伍上顿顿白米饭杠子馍，隔三岔五还能吃罐头。后来我应征入伍，虽然不全是为了吃饭，但可以放开肚皮尽饱吃，再没有听见肠胃咕咕的叫声。存在决定意识，从此以后，在脑子里萦绕多年的粮食问题竟被彻底删除连痕迹也清除干净了。

最近有一天我吃饱了没事干胡球琢磨，无意中发现粮食两个字拆开来就是米好和人好的意思，就是说粮食的本意是好米给好人吃，那些坏人王八蛋当饿死鬼活该！你说粮食是不是精灵啊？她有思想有情感有鲜明的倾向性，

你看，这稻米像不像汗珠

应当像神一样敬着才对呀。我还进一步深入思考，造物主在创造人时安装了一个叫作胃的器官，就像设计师给汽车配备了油箱，肚子饿了要吃饭如同油箱灯亮了要加油，这就是矛盾的关键问题的源头。人是铁饭是钢一顿不吃心发慌，吃饭是人的第一需要，从古到今的管理者都是在饭碗这个总开关上做文章。还有为什么小麦水稻都是汗珠一样的形状和肤色，是不是粮食与汗水之间有某种天然的联系，或者是在提醒人们，每一粒粮食背后都有一滴汗珠盯着亮晶晶眼睛。"锄禾日当午，汗滴禾下土，谁知盘中餐，粒粒皆辛苦。"一粒麦稻的收获，必然伴随一滴汗水的抛洒。尊敬的粮食亲爱的粮食，作为食物链上的最宝贵环节您是多么无私慷慨啊，我们每天都向您索取却从来不考虑偿还，摸着肚皮打着饱嗝吃掉了多少五谷同胞，说起来怪难为情也不好意思，那就向您跪拜叩首吧，请您受礼。

我与电视剧《白鹿原》

这里借用了小说《白鹿原》的开头,我引为豪壮的是把电视剧《白鹿原》的立项工作完成了。虽然现在还没有拍出来,我相信有小说打的基础,电视剧不会差到哪里去。一部电视剧的立项实在算不上什么,全国每年要拍500多部约15000集电视剧,哪一部不需要立项?但电视剧《白鹿原》实在太微妙、太复杂、太困难,用了整整十年时间,往返北京不下十次,经历了三任中宣部文艺局长,中间的扯皮、拉锯、踢球不算,把其中的酸辣苦甜咸都倒出来,开一个饭馆,调料是不成问题的。

2000年至2011年,我在陕西省广播电影电视

电视剧《白鹿原》海报

局先后任艺术处长、总编室主任、宣传处长和电视剧处长,主要是管理协调全省的电影电视剧制作。在此之前,以陈忠实为代表的陕西作家群集体发力,接连推出5部大作,形成了《文学陕军》东征的阵势。这些作品,后来陆续改编为影视作品搬上屏幕。小说《白鹿原》是最为厚重的一部,作者对故事的设计、人物的刻画、人性的挖掘、艺术的追求都达到了前所未有的高度。我一直把它放在枕边,一有空就拿出来读,读一遍有一遍的滋味,读一遍有一遍的感悟。我钦佩陈忠实老师的功力,同样的汉字在他的调遣之下,一个个活灵活现,有了体温,有了生命,是那么合适准确。路遥的中篇小说《人生》拍成电影后,在全国引起了轰动,我认为《白鹿原》改编成电视剧,一定会掀起收视狂潮。想不到几年之后这件事竟鬼使

神差地转到我的手上，冥冥之中我感到这不仅是职责所在，简直是上帝老人家的用心安排。

改革开放以来，陕西借当年西影厂发展的好势头，影视制作一跃而起，先后推出了《神禾原》《秦川牛》《道北人》和《半边楼》等力作，一举占领全国高地。2002年电视剧《激情燃烧的岁月》一炮打响，在北京展览会上，我们提出了打造"影视陕军"的口号，形成了影视制作"风搅雪"的局面。西安光中影视公司的前身华人影视公司在全国声名鹊起，一度进入十大影视公司行列。他们以敏锐的市场目光，首先拿下了小说《白鹿原》的电视剧改编权，并在成都展会上亮剑，从那时起，电视剧《白鹿原》便成为人们关注的焦点。

然而，事情并不是想象的那么简单，该剧一开始山重水复疑无路，很快就钻进死胡同，说不清道不明，斩不断理还乱，感觉好像有一双无形的手在扼住咽喉，让你吐不出来又咽不下去。

问题的症结是胎里带来的。原来是在评选第四届茅盾文学奖时，中国作协从艺术角度力推小说《白鹿原》，而中宣部过多的考量意识形态和宣传导向，对评奖一直点着刹车。双方僵持不下，妥协的结果是可以同意获奖，但必须修改，压下脑袋硬剃头。这倒问题不大，要命的是一位领导还不解气，随口留下一个大尾巴：《白鹿原》不能改编为影视作品。领导的话就是政策，等于划了禁区套上紧箍咒通上了高压电。

电视剧立项分为重大革命历史题材和一般题材，前者由中宣部和广电总局审查调控，后者由各省审核备案。《白鹿原》算不上重大革命历史题材，但年年报年年通不过，一放就是好几年。都说是好事，但就是没有人敢批准办这个好事，根子还是领导的那句话。

到了2006年，在中央党校学习的任贤良局长告诉我，他就和中宣部分管文艺的领导在一个班，这位领导对这部小说评价颇高认为可以改编为一部大戏。任贤良局长让我和光中公司的老总赵安拿上剧本立即赶到北京，这似乎又看到一线光明。我俩当天飞到中央党校当面汇报，留下剧本并告他不日就报广电总局，只等中宣部绿灯放行。为了巩固公关成果，吃完晚饭后来到歌厅，我为领导献唱了一曲《在那桃花盛开的地方》，这首歌是我的拿手好戏和保留节目，每次唱都好评如潮，但我总觉得与原唱还有一丝距离。那一天就不一样了，刚开口就预感到奇迹要发生，我的心情、我的精神、我的气韵都聚焦到一个点上,整个人似乎处于悬浮状态,脑子里尽是美女和桃花……一曲终了,我回到现实之中,领导不停地鼓掌,服务员以为蒋大为来了,端着果盘闯进来一看不是,满脸狐疑地出去了。我自信,那天晚上我把蒋大为格式化了。一切都顺理成章完美无缺,我俩想这回咱见了真佛该差不多了,借着兴致当天跑到承德避暑山庄美美逛了一趟,还不过瘾又拐到天津浪荡。转眼到了年底,立项的事却似泥牛入海一点动静也没有,我忍不住直接给那位领导打电话,在反复陈述了一河滩理由后,央求他发个文件让我们把《白鹿原》拍了吧。他反问了我一句,我们什么时候发过文不让拍?真是绝妙的回答,我一拳打在空气上差点闪了胳膊。

以我多年在政府机关工作的经验,这件事十有八九是办不下来了,我就抱着与其得不到不如毁了的态度,给广电总局电视剧司宋鲁曼副司长讲,电视剧《白鹿原》不拍不说,要拍必须由陕西公司来拍,假如外省公司立项拍摄,我就一根绳子吊死在广电总局的大门上!因为我无颜见三秦父老。这话虽然是一句玩笑,但我知道,在这件事上把话说狠说绝,才能叫别的人彻底死了心。

到了2009年,中国进一步融入世界,在人性和普世价值方面与外国文化沟通更趋一致,引发了意识形态方面细微的变化,管理也科学宽松富有人性了。首先是电影《白鹿原》有了突破,国家广电总局批准同意拍摄。电影和电视剧是孪生姐妹,不能叫姐姐嫁人,妹妹守寡。还有一件事,我听说陕西有一位作家给中央领导写了信,把封杀多年的小说解禁出版。看来公对公立项行不通,那么能不能尝试一下私对私,陈忠实老师会不会给这个面子?我与赵安把陈忠实约到长安一号商量,希望从他那里有所突破。席间谈了给中央领导写信的想法,陈忠实听得很认真,虽表现出一定的兴趣,但也流露出些许的忧虑。在沉思许久后他说了自己的想法,大概意思是别人能说的话他不能说,他过去不能说的话现在也不能说。后来他给别人讲,如果写了信领导给面子倒好,领导不同意那就永远拍不成了。

2010年事情又有了转机。一天,宋鲁曼副司长打电话给我,说上海一家公司正在活动《白鹿原》电视剧立项,问我知道不?我听了吃了一惊,紧张地前言不搭后语,镇静了好大一会儿才对他说,我还是那句老话,要不做都不做,要做只能由陕西做。他见我还那么坚决,答应先把上海稳住，让我立即报资料。有点像打麻将，他死盯着上海公司出牌，专门给我放胡。这里面还有一个小插曲，我们上报的资料剧情简介那100多个字，就是抄小说扉页上的内容说明，再精练不过了，宋鲁曼也看过。但他的下属是个政策控，看了之后不停地摇头，说："你看这里面巧取豪夺、美女淫荡、土匪猖狂、公公杀媳、色情血腥暴力齐合了。"看来凶多吉少，宋鲁曼"喔"了一声，说："是这样吗？"当场拿起电话，把我骂了个狗血淋头密不透风，让我在下班前必须改好，否则死刑枪毙而且是终审。我除了委屈就是一头雾水，丈二高的和尚摸不着头，一向温和善良的上级今天怎么这般火爆，翻脸不认人。官大一级压死人，况且咱是为了立项呀，打碎牙连血往肚里咽，只要不当众唾在脸上。

后来的进展十分顺利，我专门到北京表示感谢。推开宋鲁曼副司长的门，他立即关上门一把将我抱住，拍着后背说："兄弟呀，哥错怪你了，我当时也没办法，当着下属面骂你，我是在演双簧戏给他看呢。你不知道，《白鹿原》要上会专题讨论，必须确保万无一失，兄弟你就多理解吧。"那一刻我心里万顷波澜，泪水一下子涌了出来，把十年来的辛酸冲刷得一干二净。临出门时他诡秘地叫住我，要翻我的提包，我说为什么，他说想看里面有没有绳子。我说一句玩笑话而已，我会那么意气用事吗？我还要看电视剧《白鹿原》呢！公允地讲，电视剧《白鹿原》的立项宋鲁曼功不可没，把这部电视剧争取到陕西来做，我的执着也许起了一些作用，但放在全国电视剧管理的盘子里，宋鲁曼最清楚什么土地适合长什么庄稼。可惜他2012年底因脑溢血不幸英年早逝，只有58岁。如今陈忠实老师也驾鹤西去，听说他对电视剧也很期待。他们的遗憾只能由电视剧的播出来告慰了，而我的心病也早在电视剧开机仪式上随风飘散了。

十年风雨一腔热血，是非功过任人评说。在我任职期间，陕西省共拍电影近300部，电视剧近5000集。其中电视剧《大秦帝国》第一部让我最满意，电视剧《白鹿原》让我最为揪心。本文最后仍然借用陈忠实老师的词句结尾：自古青山遮不住，过了灞桥，昂然掉头，东去一拂袖。

当新兵的日子

当新兵跟当新媳妇差不多,一切都要从头开始,周围环境、一起相处的人,生活方式等,对新兵来说都需要重新构建,虽然是在同一支部队,但一个团有一个团的文化,一个连有一个连的风气,就像都是汽车却有各种品牌。但不管怎么说新兵就是幼稚单纯冒傻气,在连队干部眼里,就像农民伯伯又播种了一茬庄稼,在老兵眼里永远只是新兵蛋子。直到第二年某一天,又有新兵分来,突然发现自己老了,有资格牛B了,就把新兵蛋子称呼送给他们。

我入伍时身体差点过不了关,一米六九高的身体只有九十斤重,是今天美女们梦寐以求的魔鬼身材。记得那天我脱光

新兵训练

体检,听见身后两个军医对话,一个说:"体检半天,只有这个娃最直溜。"我也不知道是叹惜还是认可,最后结果出来,那些膀大腰圆的小伙子不少被淘汰,而我还是甲等身体。接到入伍通知到县人武部集中,发了新军装,把浑身脱得连裤带也不剩,在大澡堂洗了人生第一次澡,就被装上闷罐火车,像货物一样运往新疆。送行的母亲要给我五块钱,被我父亲拦住,他听说当了兵就是公家人,一路上杠子馍、大肉罐头放开肚皮吃,不用花一分钱。就这样我开始赤身闯世界,迈开人生第一步。

平生第一次出远门,恐惧之中夹杂着好奇心。接兵干部说新疆冰天雪地,小便时要拿棍子边尿边敲,否则会冻成冰棍子,大便时下面有个坑,

要不会被顶起来，吓得新兵穿上皮大衣不敢脱。我们坐的是闷罐火车，就是现在装牲口拉煤炭运水泥的货车，没有椅子也没有厕所，窗户只是个小通风口。每到一个兵站下来吃饭，晚上睡觉铺上被子打通铺。一路上其乐融融，就是解手是个大问题，小便不用棍子敲，从门缝往外射，生怕铁门滑过来夹掉。遇上逆风，刚尿出去又吹回来，湿了裤子一大片。大便更困难，需要把铁门滑开，三个人帮忙，两个人各拉一只胳膊，一个人抱着头，解手的把屁股撅在外面，一泡屎拉完了几十里路就过去了。到了吐鲁番果然冷得出奇，兵站饭堂的冰足足有十公分厚，像个溜冰场。接兵的单位伯仲副参谋长参加过抗美援朝，资格老脾气大，为新兵吃饭给兵站大发雷霆，竟一脚把馒头筐子踢出二十多米。第一次见首长发火，吓得新兵们连屁都不敢放，更不要提杠子馍和大肉罐头了。

二十多辆拉新兵的汽车集中在部队大操场上，新兵像倒土豆一样从车上滚下来，再像分白菜一样分配到各连。干部们对分到的新兵挑肥拣瘦，嫌有的个子低长相差，他们压根不知道，这一批新兵之中，有的后来成了他们的上级，有的当了将军。

我分到了无后坐力炮连，第一顿饭竟然吃了两碗咸菜6个馒头外加一碗稀饭，饭量大的最多吃了8个馒头。接着就开始了长达三个月的新兵训练，先是站军姿从稍息、立正开始，极其枯燥。过了几天开始训练向右看齐、向左看齐。与我们一起训练的有卫生队两个女兵，个子小就站在最左边，胸脯明显要比男兵高，加上棉衣衬托成了小高峰。向右看齐队伍是整齐一条线，但向左看齐大家都瞄着和她俩胸脯标齐，队伍就成了斜线。带兵班长看出了问题所在，就很少向左看齐，自己却经常站在右边向左瞄，把女兵胸脯看美了。维吾尔族兵吐尼亚孜听不懂汉语闹出了不少笑话，有一次班长下了解散的口令，他却"嗵"地一下坐在地上。

实弹射击

第一辑 真情逸致

整理内务是最难掌握的基本功,一条毫无形状软不邋遢的被子要叠得有棱有角,像豆腐块一样的立方体,铺面要平得如玻璃板,袜子鞋子腰带要放在固定地方,闭上眼也能摸到。毛巾叠成一个形状,连刷牙缸子牙刷把子摆放都要一个角度一条线。每天都要评比内务卫生,副班长看谁不顺眼,拎起被子一抖落,半天工夫就白费了。当新兵最怕紧急集合,起床穿衣服打背包携带武器要一气呵成,时间越短越好。要是全班其他人都到了,最慢的人就成了汤锅里的耗子,全班人几天不会给他好脸子。当过新兵的人紧急集合谁都有几件乌龙事,有的把裤子前后穿反,有的打背包与别人缠在一起,最可笑的是跑一圈回来,有的东西掉了,有的背包散了,像打了败仗的逃兵,甚是狼狈。

新兵训练结束了,完成了由老百姓向普通军人的转变,红五星帽徽和红领章发下来了,我们把帽徽别得端端正正,把领章一针一线缝好。特别爱好的人还把帽子用报纸垫起,用刷牙缸子盛上开水,在军裤上熨出一道航空线,出去会显得更加精神。再到军人服务社照上一张标准相,染成彩色照片,寄给远方的亲人。新兵特别爱写信,几乎每周都要写,好像总有说不完的话。信发出去就盼着回信,天天往连部跑,看到别人来信自己却空手而归,心里总有几分失落。第一次站岗觉得很神圣,有一种国家安危系于己身的自豪感。星空浩瀚,万籁寂静,总觉得哪里风吹草动,心跳加快汗毛倒立,却发现是一只野猫在追另一只闹春的猫。白天站哨,看见军官过来,注目挺胸收腹屏气提肛夹腿,总想给人家好印象。其实军官们根本不理会,像看到塑料人一样随意还个礼。有一次听说军区司令员来了,部队上下都很重视,生怕出了差错造成不良影响。我们连负责后大门站哨,有一天早上我在哨位上,远远地看到一个大胖子军官朝我走来,一看那个人的派头我肯定是司令员,立即高度紧张,决心精神抖擞,给首长留下个好印象,以标准的军礼迎接了首长。事后我无比荣耀,逢人吹嘘见到了军区司令员,长得如何魁梧高大。谁知被人嗤之以鼻,说司令员那天根本就没来,那个军官是迫击炮连一个老排长,全军最小的官。那时候没有军衔,军官都是四个口袋,分不开大小。

民以食为天,吃饭对兵来说学问大得很。连队干部心眼很多,为了观察新兵表现,让炊事班把麦面馒头放在笼底下,玉米面发糕放在上面,躲在一边看哪个新兵嘴馋挑好的吃。维吾尔族兵赛买提从小爱吃玉米面,认为吃了干活有劲，专吃发糕引起连队干部品质误判。我的岐山同乡令明计第一次吃羊肉抓饭觉得味道好极了，食欲大增引发肠胃放大，一口气干掉四大碗，肚子胀得受不了，夜间就打起背包满操场跑圈子，来促进消化。连长起来查哨碰见问他干什么，他怕露了馅编谎说是晚上加班五公里越野训练，连长感动不已，这样的好兵哪里去找？于是，第二天集合全连，当场宣布嘉奖，并树为军事训练典型。其中缘由只有令明计自己最清楚，真是吃多了撑的。野营拉练路上吃饭很有巧门，全连只做一大锅米饭，吃饱吃不饱谁也不管谁。要吃上两碗饭关键是争取时间，第一碗不要盛的太满，四分之三的样子，抓紧时间吃完，等第二轮抢到勺子狠狠地盛满第二碗，超载不限，然后坐在一边慢悠悠地嚼咽。

　　部队是男儿世界，对女人很是向往，有道是当了三年兵看老母猪都是双眼皮。全连人在操场上练射击瞄准，如果有一个姑娘骑自行车过去，这时会看到全连人的枪口随自行车转动。副连长家属长得很漂亮，临时探亲住在连部，这几天连最怯羞的新兵也要找个理由进去看一看，一下午门外报告声不断。青年人精力旺盛，没有地方释放排解，梦遗是普遍的现象，每个人床单上一片一片的，量多的连被子也淹没了。大家心照不宣谁也不说谁，统一称之为绘地图，但大量绘地图也不光彩，特别怕外人看到。有一天驻地小学生来班里参观内务卫生，吓得我们差点儿把床铺卷起来。有个小女孩兵问：叔叔，床单上是什么呀，我帮你们去洗，班长机智地回答擦枪油是洗不掉的。小女兵疑惑：解放军叔叔枪很多吗？拿给我看看，为什么擦枪要在床上？班长又说，不多不少刚好一人一支，现在不方便拿出来。只有女班主任抿着嘴偷笑，她知道男人梦遗和女人来大姨妈一样，再正常不过了。

　　新兵日子短暂快乐，转眼间又有新兵入伍，突然感到自己一夜之间长大了，成熟了许多，从此说话沉着了，走路稳健了，敢和连队干部开玩笑了。即使心里再虚，也会轻蔑地瞄一眼新来的晚辈，嫩嫩地送出四个字：新兵蛋子。

学雷锋做好事

我当兵的时候，正值粉碎"四人帮"不久，全国百废待兴，社会风气积极向上，部队的学雷锋做好事活动开展得轰轰烈烈。连队有个登记本，专门记好人好事，每天晚饭前领导都要讲评一下，哪位同志又做了一件好事，在一百多人面前表扬一番。受表扬的人听了很光彩，其他人也很受鞭策，决心要做几件好事，证明自己不甘落后。这使连队士气高涨，好人好事层出不穷。

刚入伍的新兵蛋子上进心强，都想好好表现一番，受到表扬。做好人好事要有机会，部队管理严格，士兵自由支配的时间很少，我们不会碰上雷锋同志雨夜送大嫂、防洪救火那样的好茬口，唯一途径是在内部挖掘题材，打扫卫生是第一选项。每天趁天黑起床前，把连队的院子厕所打扫一遍，只要能起早一些就可以做到。于是就有人睡觉前悄悄把扫把藏在床下，等天亮时行动。谁知道还有动更大心思的，在他熟睡的时候，偷偷出去把院子、厕所扫上一遍，再悄悄把扫把放回原处。藏扫把的人心里美滋滋的，想好事做定了，只等第二天领导表扬了。他起来扫着扫着发现不对劲，院子已经被人扫得一尘不染，就垂头丧气回去了。刚睡下不久，就听见房子有了响动，又有人扛着扫把出去把院子扫了一遍，这时恰巧被带哨的干部碰上了，第二天清早就上了好人好事登记本。第一个扫地的人不服气，跑去找值班干部要求纠正，说受表扬的人压根没有扫，捡了他的劳动果实，反而被批评一顿，说他做好事动机不纯，教育他今后做好事不能图名图利，像雷锋一样甘当无名英雄。那个人更不服气，说雷锋做好事不留名为什么要记在日记里？值班干部就安慰他说，那你今天先记在日记里，等以后出了名当榜样吧。有一次我也抢到了扫把，藏在一棵杨树杈上，谁也发现不了，等凌晨下了哨取下来呼呼啦啦扫起来，偌大的院子扫了近一个小时累得我满头大汗。我多么希望有人出来解手见证一下，可是整个连队像吃了安眠药一点动静也没有。我无奈地拿扫把来到连部窗后扫呀扫，

动心动了情

看能不能引起连长指导员的注意，一会儿通讯员小王隔着窗子喊一句，谁呀，星期天还让不让人睡觉？这时我才清醒过来，周末连队干部都回去抱老婆去了，部队推迟起床。我灰溜溜地钻进被窝，这时老兵左文成凑在我耳边挖苦说，你见过谁星期天扫地，白辛苦了吧。

做好事就得长眼色，碰巧了被认可还有好处，经过一段时间观察，我发现帮厨是个好差事。一般情况下，炊事班忙了一周，星期天需要休息洗衣服什么的，留一个人带厨（炒菜），其他活留给做好事的人。我也混进了帮厨的队伍，发现比扫院子强多了，既能受表扬，还能满足肠胃，吃饭先盛，好菜管饱，大块肥肉放开肚子享用。有一天，连队杀了一头大肥猪，晚上把头蹄下水煮了一锅，香气弥漫，馋得全连人眼睛发红，涎水像瀑布飞流直下。八班小赵趁夜色潜进厨房，把刚煮透的猪耳朵捞走，临走时不小心碰掉了毛皮鞋前掌胶底，形似猪耳朵就丢进锅里充数。炊事班长张继明想入党，巴结司务长，每次杀了猪都会把猪耳朵切好端给司务长下酒，这一回怎么也切不动，油乎乎的送进嘴一咬差点嘣了牙。只好把猪头肉从耳根挖下一些送去，被司务长臭训了一顿，恨不得把自己耳朵割下来孝敬。

我所在的五班是个英雄集体，1962年在中印边境自卫反击作战中荣立集体二等功，做好人好事在全连出了名。班长刘晓明帮新兵站哨洗衣服是常有的事，多次受到表扬。维吾尔族新兵吐呢亚孜看到别人受表扬干着急，做了一件惊动全连的事，把部队发的胶鞋送给维吾尔族老乡，自己没有鞋子穿，反而受到批评。

补鞋小组为战士修鞋

那时候，部队的训练、劳动强度很大，许多人鞋子烂了不够穿。副指导员王振彪是团支部书记，也是从五班出去的，他建议由五班团小组成立补鞋小组，给大家补胶鞋，算是集体做好事。和我同为组员的还有同年入伍的宝鸡知青邓力，他脑子反应快，说得一口流利的普通话，还会唱歌，人很精干，讲究卫生爱干净，像个花花公子，就是对补鞋不上心。我每天把连里战士臭烘烘的破胶鞋收集起来,再把破篮球皮子剪下来,一双一双补好。时间长了,两只手总有一股橡胶和脚后跟混合的怪味道,拿馒头吃老是泛恶心。补鞋小组给战士办了好事,先进事迹被反映到团政治处,在全团出了名。五四青年节那天受到大会表彰,郤力代表补鞋小组在会上发言,出尽了风头。而我作为补鞋骨干,手被针扎了无数次,被线绳勒了一道道血印子,连名字都没提。后来我问王振彪副指导员,干活的是我,发言的凭什么是郤力?他说谁叫你不会说普通话呢,我一下子蔫了。直到现在我还不太会说普通话,只会说唐朝普通话(陕西话),我想普通话就是普通人说的话,毛泽东、邓小平都不说,我也就不说了。至于做好事,我不会像雷锋那样记在日记里,而是写在文章里,既然做好事没有得到荣誉,咱做个好人总可以吧。

夜宿天山

18岁那年,我到新疆天山脚的一个部队当新兵。天山是横亘于塔里木盆地和准格尔盆地之间的大山系,它的巍峨与宏伟,展现了一种雄性的气势和壮美。这与我们军营的生活节律十分和谐,我们因它而坚强勇敢,它因我们而高傲冷峻。每天,我都用神圣的目光仰视主峰,心里不时泛起征服的冲动。天山,哪一天我才能投入你的怀抱?

部队拉练进入天山腹地

这一天终于到来了。记得是第二年隆冬,我们野营拉练闯进了天山腹地。那是一个冷酷的季节,零下三十多度的严寒凝固了天山的躯体,河水停止了往日的喧闹,定格于山涧,山坡上的积雪在蓝色的天空下反射出惨白的阳光。我们的身体像纸一样单薄,在寒风中变成了透彻的网。耳朵冻得僵硬,变成人体一个多余的附件,似乎一碰就能掉在地上,眼睫毛上挂满冰珠,一会儿就成为雾凇,手一接触枪炮立即被粘上。这就是那个让人迷恋向往的天山啊，这就是那个浑大宽厚的天山啊，你真叫人摄魂、战栗。

夜幕降临了，深黛色的山峦隐退于黑暗之中，四周变得虚无空洞，与浩瀚的星空连成一片，一切归于寂静，成为虚幻缥缈的感觉。大自然不再可爱，有了扼杀生命的威逼，平时的豪言壮语被说不出来的胆怯所代替，生命也不再高贵，像枝头飘零的枯叶。

队伍前方传来命令，部队就地露营，连队干部叫我们两个人合作露宿。在山坳里找个避风处，扒开地上的积雪，铺开雨布，咬紧牙关钻进铁皮一样的被窝。有些人想和衣而睡，经验丰富的老兵说了一串兵谣：脱的光睡得香；尻子对尻子，胜过火炉子；皮帽倒着戴，只把眼睛露在外。我和一个四川老兵合睡，两人缩成一团，互相抱着对方冰冷的脚，彻底地融入天山，成为山的一部分。这时，我反倒有舍生取义的悲壮感。亲爱的天山，你就接纳这些赤条条的汉子吧，他们的灵魂比肉体更加单纯，他们需要你的呵护与衬托，别惊扰他们均匀的呼吸，让他们放松肢体，无限地释放疲劳，将怯懦融化于山风之中。这一夜，我做了一个梦：如蒲公英一般轻幻，在宇宙间漂游……

黎明，天山在晨曦中显影，既真实亲切，又有些陌生。这一夜，我们接受了人生的庄严洗礼，成熟了许多。行军号响了，我们整理行装，像甲壳虫一样在山的褶皱里蠕动。炊事班也点火做饭，袅袅炊烟像纱带一样飘升、雾化。阳光从山间一隅刺射过来，照在白雪上，天山顿时清醒生动起来，显得更加妩媚妖娆。新的行军又开始了，队伍里传来欢快的歌声："点起牛粪火，支上行军锅，化一碗天山的雪水，当作美酒喝！"

步兵连队在行军

在电波盲区

我入伍到新疆天山脚下某部服役,去部队的时候坐闷罐车,咣当咣当摇了十来天才到达军营。刚入伍那阵子,新兵蛋子很想家,不停地给家里写信,等收到回信一个月时间就过去了。我们了解外界的唯一渠道是《解放军报》,拿到手上也要晚七八天,日子枯燥单调,不知道哪天是个头。

连队有一台上级配发的半导体收音机,还带有电唱机功能,不管怎么摆弄就是不出声音。原来我们驻地是电波盲区,中波信号根本传不过来,短波信号经过天山反射,营区成了死角,再好的收音机只能是个摆设。连队指导员路栓法是个不甘寂寞的人,不知道从哪里弄来一张老唱片,上面有电影《上甘岭》的插曲,就没完没了地放,时间长了唱片磨损,唱针在纹沟里转不出来,老是一遍又一遍重复那句歌词:姑娘好像花一样,小伙子心胸多宽广。挠得战士们浑身难受,坐卧不宁。

连队的电唱机

好在团里有电影放映队,每周固定的日子都要放一场电影,这对士兵来说,诱惑很大,其意义不亚于会餐吃肉和女朋友来信。一到放电影那天,从早上就开始打听晚上放不放电影,片名是什么,简直成了全团关心的大事。当然,消息最灵通的是机关干部,还有首长身边的公务员,他们虽然不是领导,但能从首长的谈吐中捕捉到最准确最及时的情报,然后一传十、十传百,很快散布到全团。我有一个老乡在电影队当放映员,他的房子里有许多电影片子和当时最流行的《大众电影》杂志,我有空就去他那里翻阅杂志,顺便打探一下放电影的消息。因此,我在战士眼里有几分神气,就连班长也要给我一些小自由,让我定期弄一点情报回来。

一般来说，每个野战部队都有一个非常正规的露天电影院，它是干部战士的文化餐厅，也是一支部队的门面，修得很讲究。银幕是用砖块砌起来的，带有一定弧度，高七八米，宽约二十米，气派很大，特别适合放映宽银幕电影。这银幕还有一个优点，不怕被风吹皱鼓起，更不怕日晒雨淋，也省了放映之后收拾的麻烦。座位的台子是用水泥板做成，一排排很整齐。

电影放映前半小时，首长们还没有到齐，连队之间开展歌咏比赛，这是部队生活的一道风景线。小伙子好胜心强，争得你死我活，歌声此起彼伏，像潮水一样涌来撞去，把电影院搅得天昏地暗，只有电影机一开才能平静下来。

放映电影

到了20世纪90年代中期，部队配上了电视机，安装了地面卫星接收站和闭路电视，电影的热潮才慢慢消退，但那段岁月，至今觉得十分珍贵。

戈壁野炊

我曾经在新疆天山脚下某部无坐力炮连当给养员，职责是协助司务长搞好连队的后勤生活。有一年春天，全军掀起了练兵热潮，军区要在我们部队召开训练现场会，表演的项目几乎涉及部队的所有领域。野战部队，吃、住、行、打必须样样过硬，所以野炊比赛是首长们肯定要看的重头戏。

野炊比赛每个伙食单位派6人参加，模拟野战条件下用普通的燃料、面粉、大米、蔬菜及副食品做出全连一餐，四菜一汤加两样主食，用时少饭菜好为优胜。

在比赛前，我们都紧锣密鼓地做了各种准备，把喷粉器改制成鼓风机，用铁窗纱做成伪装散烟网，将柴禾劈得又匀又细，整齐如一把把筷子。连行军锅也用砂纸磨得锃亮，背在身上，像一面面明晃晃的镜子。接下来就是每天晚饭后到戈壁滩上进行模拟训练，挖灶生火，切菜和面。周围的戈壁滩都被我们挖遍了，灶眼像一片片鱼鳞，用于植树造林，真是再合适不过了。经过无数次刻苦训练，我们可以在一分钟内埋好锅，在三分钟内生火引燃煤块，这是赢得时间的关键。

终于，久久期待的这一天到来了。清晨，我们集结在天山脚下一条小河旁，为参加现场会的首长做野炊表演。与以往所不同的是，这次比赛还增加了50米占领阵地的科目。二十多个伙食单位沿小河一条斜线拉开，炊

野炊训练

事员们伏在地上等待命令，像一条条机敏的猎犬。军需股长个子不到一米六被戏称为"大个子"，平时并不引人注目，此时却显得很有大将风度。他提着信号枪来回转悠，使现场的气氛显得更加紧张。

"叭"一声，绿色信号弹刺破天空，划出了一条优美的弧线。我们全线出击，如离弦之箭冲向前方指定的地点。顿时，寂静的戈壁滩沸腾了，镐铲如雨，沙尘飞扬，人忙如织，炊烟缭绕，热闹、紧张、繁忙、有序。叮咣咣，咔嚓嚓，呼隆隆，滋啦啦，响声连成一片，把表演推向高潮。下面坐的连长们像足球场外的教练，比参加比赛的人心情更加焦急，生怕自己连队米饭夹生，馒头溜火，两只眼死盯着，恨不得跑上去助阵。

约莫过了两刻多钟，各连队的菜陆续炒出来，散发出阵阵清香，融汇在一起，顺着山风悄悄地向参观的首长们飘过去。这时不断有人报告："×连好"。裁判们脖子上挂着秒表，在听到"好"的同时，用力掐下秒表，很有权威。我们连用了34分钟，属于中上水平。最快的是八连只有29分钟，原来他们在生火上搞了技术革新，用浸透汽油的棉纱裹上拉火管，点火时塞进灶膛一拉，"轰"地一下就着了，仅此一项他们就提前了好几分钟。

饭菜端上来了，白花花，绿生生，香喷喷，甜丝丝，如同一件件工艺品。而此时的炊事员们脸上白一块黑一块，身上湿一片油一片，又是一番风景。

坐在一旁观摩的首长们大摇大摆地走了过来，每人一双筷子一只勺子，挨个儿品菜尝汤，嘴咂得喷喷响。我们连的饭菜都说得过去，唯有汤让人担心。在炊事班长报告"好"的同时，炊事员小赵将一盆鸡蛋糊泼进开水锅里，顺手抓了一把盐丢进一包味精，成了。其他连有的是银耳海带汤，有的是香菇菠菜汤，没想到统统腻了首长的胃口。只有我们的蛋汤与众不同，后勤处长抿了一口，像母鸡一样歪着头做出细品状，好像是征求其他人的意见，少顷就伸出拇指，其他评委连喝也不喝就附声称好。因为蛋汤烧得别具一格，我们连总评第三名，连长高兴得手舞足蹈，立马许诺给小赵嘉奖，让人又兴奋又嫉妒。嫉妒顶个屁，好厨师一把盐，谁叫人家小赵那一把盐不多不少正是时候呢。比赛之后，我们将汤锅抬进猪圈，给老母猪下奶去了，而小赵连脏衣服都顾不上脱，屁颠屁颠地钻进连部"领赏"去了。

日出戈壁照我行

据说泰山日出很有气势，作为西北边陲的战士，我是没有眼福观赏的，为此，心里还常有点儿说不上来的懊丧。但当我领受了戈壁日出的壮景之后，懊丧就像晨露一样消去了，留下的便是像朝日一样浑圆和光芒一样悠长的记忆……

我们部队驻守在塔里木盆地边缘一个维吾尔族镇子上。这儿离太阳很远，每天，当乌苏里江上的渔民捞起一轮朝阳时，我们的枪刺上还挂着星星哩。

军营生活很单调，我的生日快到了，妻子早早就唠叨："你当兵十几年了，不是今天去塔里木盆地演习，就是明天到阿里高原国防施工，生日都'溜'了，这一次可要好好庆贺一番。"她还专门定做了个大蛋糕，买了蜡烛，声称要过一个"洋生日"，冲一冲"艰苦气儿"。我也买酒割肉，想趁机饱一下口福。可偏偏在前一天，我接受了一项去乌鲁木齐的紧急任务，连夜出发，叫人好不开心。看来，生日只好在戈壁滩上飞驰而过了。

盆地边上的公路像一个巨大的括号，把空旷和寂寞括在里边。大漠深处的夜风，带着凉澈的戈壁碱味，从车门缝挤进来，弄得我周身关节极不舒服。唉，要是在家多好，再过几小时生日蜡烛就点上了，可现在，真霉气！我疲倦地闭上了双目。

一会儿，朦胧之中我觉得脸上有点温热，一睁眼，立即被眼前的景色迷住了。霞光尽染天幕，团团燃烧的赤云在天空浮动，犹如万匹枣红马奔腾的阵列。天地连接处裂开了一道亮缝，原来灰蒙蒙的戈壁如一片无边无际的金毯，连平时训练时最硌脚的石头，也变成了点缀在金毯上闪闪发光的宝石。橘黄色的漠野在小汽车的分割之中迅速向深邃处开朗，朝极目处延伸。突然，目光尽处闪出一个光斑，接着就鼓起一个黄包，缓缓地往上拱，像一朵大金菇生长的慢镜头。

在飞驰的汽车里，我隐约听见大地一声撕裂，接着就传来轰隆隆的震颤，戈壁深远处的黄尘喧腾而起，把太阳托出了地面。

哦！戈壁上的太阳出来了！

戈壁日出气势壮观

刚出来的太阳很新，带有含蓄的嫩白，经过短暂的酝酿，成了橙色，不一会儿，就变成了一个大火球。呵，这就是戈壁的日出呀，我还是平生第一次感受。在塞外当了十几年兵，谁会留意艰苦生活中有这番美景？况且还经常埋怨太阳的紫外线把我们一个个漂亮的小伙子晒得鼻子开了花。

圆圆的软软的太阳粘在戈壁上，像炒在盆地里的一个大蛋黄。蓦然我有了这样的想象：那酥软的太阳多像托在盘子的大蛋糕，上面流窜的火苗就是一根根蜡烛，它不正是祖国送给我的生日礼物吗？祖国母亲啊，有你的关心，我的生日多有诗意，虽然在艰苦的环境中，但我感觉够了，足了。我一下很激动，想提醒身旁的同事分享幸福，但旋即又改变了主意，生出一种自私的狂野心：不，我要独享，因为在这一刻，戈壁是我的！太阳是我的！祖国是我的！

泰山的日出很美，许多人争着去观赏，戈壁的日出同样很美，只有我们这些边塞战士孤赏。但我以为，在艰苦的环境中理解美、创造美，比在风景胜地感受别人发现的美更有价值。

高炮五七一连纪事

山，龇牙咧嘴，一张狰狞的凶相。漠，黑褐憔悴，一副呆板的模样。风从山的豁口冲下来，发出刺耳的嘶叫。沙被风裹挟，沿起伏的戈壁翻卷，像大海涌起的排排浊浪。

在天山一方，在大漠一隅，星星点点的柳绿和几排低矮的房子组成的军营，住了百十号二十郎当来自全国各地的小伙子，他们以青春活力与顽强和恶劣的自然环境在极不协调的对峙之中，达到了新的统一。这就是某高炮团五七一连。这里采撷几朵他们生活的花絮，以展示军旅之曲热烈的亢奋和凝练的壮美。

家是具体的。当人在呱呱坠地的瞬间，上帝在赐予生命第一声啼哭时，就同时指定了一个位置——这就是你的家。之后，你纵是到了天涯海角或异国他乡，家的概念绝不会改变，在情感上如鱼之于水，树之于根，只会浓烈不会衰竭。

一群十八九岁的青年连同幼稚和天真一起，坐了三四天火车和大卡车，被卸到这里。吃完第一顿膻味很重的抓饭，穿着皱皱巴巴的军装，好奇地到营房外转悠，当他们确确实实弄清要在这里当几年兵时，禁不住对着故乡方向"哇"的一声大哭了起来，涕泪横溢。哭完，就把对故乡的思恋咽下去埋起来。从此慢慢地适应，当他们把"回连队"习惯地说成"回家去"的时候，已经三四年过去了，第二次痛哭快要来到了。

10月，五七一连被初冬的寒意笼罩着，老兵退伍的日子一天天迫近，干部战士心事重重，极不情愿分别来得太早。

给老兵开个欢送会吧，年年如此。连队举行欢送仪式，21名退伍老兵端端正正坐在院子里，胸前挂着闪亮的"光荣退伍"纪念章，神情庄重，军容严整。全体人员唱起了电影插曲《驼铃》："送战友，踏征程，默默无语两眼泪，一样分别两样情。"悲壮的歌声，震撼着戈壁，也震撼着每一个人的心。主持仪式的连长首先失声哭了,接着,在场的人都抽泣起来。退伍老兵刘旭刚在哭声中读完了全体老兵的《告别词》,把一面绣着"乘风敢破千重浪,振兴只凭一条心"的锦旗送给连队,左下角贴着21名退伍老兵的照片。连队也给他们送了背心和影集,在统一制作的影集扉页上,印着:"亲爱的战友,当你打开影集时,就会想起,你一生最珍贵、最有价值的岁月,是在五七一连度过的。"明天就要离别,这是最后一顿晚餐。老战士刘鹏在锅台边站了几年,做了五千多顿饭,本该吃一次现成饭了,但他执意要做最后一顿饭。十几样饭菜全是由一人完成,他用手中的勺子,在戎装生涯的历程上,画了一个完美的句号。

相逢时难别更难,老兵上车前和干部战士依依惜别,这时的眼泪是成熟的标志,是对部队这个家深情的留恋,也是对军人无私奉献最无愧的总结。

青年战士的需要有多少有多大?恐怕用数字无法表达。当他们拖着疲乏的身子从五七高射炮炮位下来时,紧张的神经在缓冲的瞬间又燃起了新的"兴奋灶":蓝天深湛,白云悠悠,能勾起他们对童年的回忆;报纸上关于一个年轻企业家的报道,让他们皱起沉思的眉头;甚至杂志封面上漂亮女郎的微笑,也会使他们在梦中设计未来家庭的构想。总之,小小连队每一刻都处在骚动之中。

他们好好学习吧。连队头头们都是从当新兵过来的,能理解屁股后面的弟兄。先从团机关要了《钢铁是怎样炼成的》《牛虻》等16本书,订了80多种杂志供战士读。读完就演讲,这年头不是兴演讲吗?题目也很实在:"你的理想""怎样当个好兵"等等。战士们觉得挺有意思,还真受了教育,于是就有点上瘾。连队头头暗喜,就怕你不感兴趣,用书管人,省得业余时间多操心。就兴致勃勃到县上图书馆联系借书,人家不答应,怕借书斯了页,怕复原时带到老家去。于是就带着部下到图书馆义务劳动,植树搬仓库,拖地擦玻璃,硬是把人感动了,干脆在连队办了图书馆的图书专柜,免费供应"精神食粮",名曰:智力拥军。

商品经济,也冲击军营士兵,有的战士消费意识大于创造意识。过去,哪个老兵屁股上、膝盖上没有几块补丁?每月八块钱津贴费,还要存好几块。现在倒好,发二十多元够吃几次炒面,洗被子怕麻烦,往洗衣店一扔得啦。连队是以艰苦奋斗起家的,初建时没菜地,硬是把戈壁滩挖了一尺深,筛了一遍,垫了二尺土。三伏天在骄阳下整地,那滋味呦,不堪回首。部队在农场劳动,一天干十来个小时,业余时间在排碱渠挖甘草,半年从泥巴里刨了2400多元,买了一副篮球架。大手大脚的习气要教育,咋教育?打土坯,指导员张乐年领着干,打一块卖一分钱,咱不是为那几个钱,而是为有一种精神。

康先坡,从中原当兵的河南娃,入伍前只会种红薯,不知道蘑菇长在树上还是结在蔓子上。连队培养两用人才,他瞅上了种蘑菇,买书学——到地方拜师求艺——自己干,两月多时间,蘑菇长得跟白云一样。此人略有心计,把菌种连同技术寄给老家弟弟康先照,康先照

战士打土坯

如法炮制,戴上了"蘑菇专业户"的桂冠。如今康先坡已转成志愿兵,挑起团生活服务中心副经理的担子。

战士鲁国福,刚学泥瓦工时连块砖都放不稳,几年后成了三级瓦工,回乡当上了建筑队长,专门承包大活儿。

谁能料到卫生员田春贵有那么大的出息,腼腆的像个农村大姑娘,退伍后自开诊所当"郎中",穿白大褂握听诊器,和往日判若两人。

解放军是个大学校,这话没错。

戈壁寂寥是事实,戈壁空旷也未必,战士的心事你小小的戈壁能包容得下么?

除夕夜的爆竹声,中秋节的圆月,连队干部妻子来去匆匆的倩影,都能让他们心中泛起淡淡的怅意。更难熬的是一年三百六十日,天天如故,单调得同木轮车缓缓地滚轧,有忧哪里排遣?有乐怎么享受?身上的剩余精力用什么形式发散?

军人讲尽义务，要后天下之乐而乐，但不是不要乐，如果是这样，艰苦也会失掉分量。

刚开始的乐常有较强的体力型色彩，篮球排球每周赛一两次，有时代表全营到团里露一手。拔河是力气活儿，干部战士经常用这根绳子比个高低。后来有人看见地方小青年在街上打台球，绅士风度翩翩，也央求连队干部买来一副台球。如今，他们玩起来也蛮高雅。

乐要与美结合，不然娱乐会变成"愚乐"。战士们用健美标准指导娱乐，练单双杠、跳木马、打军体拳，还办起了健身室，添置了拉力器，哑铃、杠铃，练的身上肌肉隆得像山芋块。

娱乐发展到智力和精神层面就是下棋、演文艺节目乃至军地联谊。连队俱乐部备有跳棋、军棋、围棋、象棋，用战士自己的书法、绘画装饰布置，颇为亲切。其中有一幅关于牛的国画被一家出版社主编看中，拟作刊物插图。

节假日，文艺骨干操起乐器奏上一段，他们创作的哑剧《新兵生活》获团里优秀节目。去年两次和阿克苏地区第二运输公司青年联谊，还为驻地五小队植树、修渠做好事，活干完了就和群众在一起放一段新疆曲子，跳一曲生硬别扭的麦西来甫。

苦在其中，乐在其中，这就是边塞军人的生活。

两个战友当和尚

我当了多年军人,对部队生活了如指掌,有的人把当兵叫当和尚,那是因为军队几乎全部是男人,很少见到女人,生活单调枯燥与寺院别无二致。我就有两个战友当了和尚,一个是山东人叫屈敏(化名),多才多艺,有情有义,曾经著书立说,前程万里,因为感情受挫隐入空门,早年圆寂,让我百思不得其解。另一个和我是同乡,名叫史有星(化名),现在白雀寺当主持,年过六旬,是市政协委员,这些年常有来往。

屈敏是这样认识的。那时我在新疆车库某部政治部组织科当干事,有一天,秘书科从坦克团调了一个干事叫屈敏。我们都住单身宿舍,自然会成天混在一起,说真的,第一次见面我对他并不感冒。我也是个外貌协会会员,对人的长相颇为计较,那时候,师机关调人除了能力外,还要看长相,首长下部队都喜欢带帅哥去。我调到政治部之前,师副政委亲自面试谈话,当时很紧张,对自己能不能进大机关心里没有底,当我看到副政委欢喜的笑容后,就吃下了一颗定心丸。

单身汉的日子是快乐的,二十出头的青年人充满青春活力。我们也要臭美,每人都有一件雪白的的确良衬衣,一双铮明瓦亮的黑皮鞋,绿色军裤熨有两道笔直的航空线。记得我的头发不怎么听话,后脑勺有一缕头发常常无端地翘起,让我的形象大打折扣。为了避免尴尬,我专门买了一盒上海产的发蜡抹上,用梳子反复梳理,弄的如挂面顶在头上,油亮油亮,希望能吸引师医院那些女护士的眼球。现在想起来十分幼稚,简直就像电影里卓别林一样滑稽。

屈敏的长相实在让人太意外了,皮肤很黑如同非洲土著,男人这样也说得过去,最不能容忍的是烂丑,脸上所有五官都不在位置上,形象地讲,就是从历史中穿越过来的北京猿人,只不过身材要好得多。

客观地说,因为他的调入,让政治部的小伙子平均帅度下了一个大台阶。我们都在背后打听这个人有什么硬后台,能如此平步青云,一路绿灯。当得知他是凭实力后,帅哥们在他面前的态度由不屑一顾变成诚惶诚恐,明明能靠长相吃饭,今后可咋办呀?这就应了那句名言,不看广告看疗效,人家是实力派,我们这些花拳绣腿奶油小生,说不定哪天栽在他手上。

我也是提心吊胆地与他相处,慢慢地这个男人走进了我的视线,溶进我的心中。他入伍前在淄博化工厂当宣传干事,吹拉弹唱,打球照相样样精通。入伍后很快被领导赏识,从战士直接提干。别看他长得丑,却有专门吃臭豆腐的人,厂花刘海英被他俘获,而且这个女人周围还有一群像苍蝇的男人,耐心地等着这颗鸡蛋裂缝呢。

我俩慢慢成为知己,我佩服他的能力,更喜欢山东人的豪爽与率直,如果放在宋朝,他要上梁山我一定会肝胆相照,如影相随。后来他因为工作优秀,调到更高的机关,还立了二等功,这是在战场上拿命才能换来的。再后来我听说他放弃高就坚决要求转业,因为他的后院失火了,几个苍蝇不仅找到了蛋缝,而且为了蛋黄大打出手。一个军人连自己的家都看不住,怎么谈保卫国家,他改变了初衷,回去平息风波。厂花早已红杏出墙,人心被偷是还不回来的。于是,他选择出家游历全国,每年春节,我都能收到他寄来的贺卡,只有收信人地址,发信人永远是"内详"两个字。他消失在我的视野,却嵌入我的心坎,我迫切希望见到他,诉说离愁别绪,他却飘忽不定,成为一个解不开的谜。直到有一年,另一个战友告诉我屈敏当了和尚,去年在长江边的一个寺院,他圆寂了。我听了半天说不出话,只有泪水在眼眶打转。

史有星和我同乡一起入伍,后来分配在一个连队朝夕相处。他的家乡在山区,水质很差,几乎每个男人都得大骨节病。征兵那年,他们乡连一个合格兵也验不上,领导面子搁不住,央求哪怕当一个兵也行。史有星是个孤儿,征兵领导同情,硬是从不合格人群中挑了出来。在一个连队训练齐步走,他老是左手左腿一齐出,改不过来,分配到炮兵班训练讲协同,一门炮五六个人操作,显然更不行,就调到养猪场喂猪,一干就是三年。

复员时指导员劝他留在新疆,说工作好找成家容易,但他听说兄长在家受村干部欺负,坚决要求回去打抱不平,谁知道回去被人家一勺烩了,快三十岁的人连媳妇也找不上。万般无奈下,正在白雀寺当主持的堂兄向他招手说,看来咱们兄弟都是当和尚的命,你就进来吧。由于他有点文化加上信任，堂兄将捐赠布施由他管理，还让他负责建造藏经楼。堂兄年事已高，有意把寺院大权转交于他，让他苦读经文，多跑外联，经常与西安兴善寺打交道，还参加省上政协会议，他的能力也渐渐地在这其中显示出来。在一个月黑风高大雨滂沱的夜晚，堂兄把所有和尚叫到床前，拉着他的手只说了一句话：把佛的事情办好，就咽了气。暗流涌动的权力争夺在暴风骤雨中平稳交接，一个军人出身的主持诞生了。

白雀寺

出任主持，他把寺院管得井井有条，那些心怀不满的老和尚个个心服口服。我经常去看他，他让我施舍，还要给他送好烟抽。我进入他的禅房，发现他过得逍遥自在，喝的是峨眉雪芽加娃哈哈太子奶，还安了电视用上手机。我的其他战友劝他下山找个女人过日子，他说佛门好进难出，他已经过了季节，再不需要女人了。

我的两个好战友都因为女人当了和尚，一个是现实中的女人，倾国倾城，水性杨花，无法掌控；一个是虚拟的女人，水中月镜中花，看不见摸不着。

生死一念间

有一句说是这么说的，除去生死，人生再无大事。但对当兵的人来说，生死根本算不上什么事，养兵千日，用兵一时，醉卧沙场君莫笑，古来征战几人回？为国捐躯，虽死犹荣。战争年代炮火连天枪林弹雨，冲锋陷阵生死难料，刚才还是生龙活虎的一个人，瞬间就定格成为烈士。和平时期也有许多生死关口，运气好有惊无险死里逃生，运气不好，只能用生命谱写壮烈之歌。

我当兵期间，就经历了三次生死考验，虽然都化险为夷，但今天想起来也是胆战心惊。记得那是1977年隆冬，我们部队野营拉练到天山腹地搞军事演习，我们无后坐力炮连刚刚配备了新装备，是南京汽车厂生产的四轮轻卡，这种车只有两吨重，四个单轮像四只高跟鞋，重心很高，开起来摇摇晃晃。但好歹也是有汽车坐，让那些背着沉重背包的步兵兄弟羡慕不已。出发前在车箱底装了一层炮弹，把火炮也抬了上车。每个人身上挂上子弹和四颗手榴弹，一个排十几个人都挤在一辆车上。数九寒天，零下几十度，山风吹透了皮大衣，艰苦是可想而知的。但青年战士总是快乐的，一路上嘻嘻哈哈，谈笑风生。汽车从步兵身边呼啸而过，卷起尘土扬在他们脸上，我们给他们扮鬼脸，把优越感洒了一路。

天黑了，天山被夜色掩盖，清冷的月光照在山坡雪地上，微微发亮，道路像一条灰色的线带穿来绕去，坑坑洼洼，汽车变成了颠簸的摇篮，把我们带进梦乡。路长夜更长，谁也不知道山有多高路有多远，好奇心新鲜感夹杂着幻想充满车厢。天亮的时候，部队来到山腰间一片开阔地休整，我的老天爷！我这时才发现我们处在危境之中，一边是千仞高山，一边是万丈深渊，道路就挂在山腰上，只有两米多宽，上面覆盖了一层厚厚的冰，光滑无比。驾驶员郑育斌是个四川小个子，技术差胆更小，一晚上在冰路上跟着前面车走也不怕什么，等天亮看清了危险之后，吓得脸色发白死活再也不敢上车。连长只好让他开不拉人的炊事车，换了一个胆大的新疆兵给我们开车。事后我想，那天晚上迷迷糊糊走了一夜山路，要是郑育斌不小心滑下去，一车炮弹手榴弹不说，光是几十米深沟，恐怕连尸首也找不回来的。由于年轻无知，谁也没有当回事，甚至连一丝惧怕也不曾流露。在青春活力面前，连死神都怜悯了、仁慈了，他老人家不忍看鲜花凋零，高抬贵手放了我们一马，与我们相逢一笑又握手再见。

无后坐力炮及炮弹

1978年7月，军区要对我们团的军事训练进行检验，我们要向首长表演无后坐力炮夜间射击打坦克。无后坐力炮是专打坦克的直瞄火炮，射击距离大约三五百米，用空心装药破甲弹击毁敌人坦克。之所以是无后坐力，就是射击时从炮管后面喷出强大的火药燃烧气体，以抵消后坐力，这种气体呈扇形向后达十几米，温度高达几百度，像火焰喷射器。我所在的二排有三个班，我们五班在四班和六班中间，平时训练也是这个序列。表演之前两个月天天晚上在戈壁滩训练，三个班的配合已经到了炉火纯青的地步，首次对敌坦克射击三炮齐鸣，同时开火几乎听不到炮弹间隙。最后一次晚上训练，打完炮一路纵队撤出阵地，走了一阵子，排长朱喜忠若有所思地说，好像只听见响了两炮，就停下来检查，当即从四班的炮膛里抽出一发上膛的破甲弹，当时就把人吓瘫了。原来四班瞄准手刘月林在射击时听到其他炮响了忘了击发，误以为发射了，目标也被全部击毁，看不出中了几发炮弹，稀里糊涂下来了。要不是排长及时发现，四班二炮手扛着炮筒，食指搭在击发机上，五班七八个人紧跟后面，要是他指头一搂，我们会统统去见上帝。

我在五班也曾经是瞄准手，因为心理素质不稳定，几次射击都打不准，被连长调整到后勤当给养员。那时候二十出头血气方刚，没有不敢干的事情。连队养了一群骡马需要冬饲料，新疆生产建设兵团种的苜蓿营养好价格合适，司务长让我去采购。我一个人去了四十多公里外的农垦21

团，上千亩的苜蓿收割下来一捆一捆躺在地里，散发出阵阵草香。我一想到它们不久就要变成战马的粮食，心里无比激动，一挥手全部揽下来，临走时看到团场果园枝头红艳艳的苹果，就买了一提包打算回去送给连长。现在一想起来仍感到脸红羞耻，我怎么那时候就搞奉上巴结舔尻子的邪门歪道，况且连长还是个偏心眼，吃糖衣吐炮弹，根本不买苹果的账，对我更苛刻。后来连长对我说他一直打压我是为了锤炼我，他认为我是块好料但不扎实有些飘，这是前年我去河南济源看他时他对我说的。那天下午我办完事已经天黑，已经没有回部队的长途汽车，只能站在路上挡便车，几个小时过去了一无所获。那时候铁道兵正在修天山铁路，拉石料的翻斗汽车一辆辆从我面前呼啸而过，就是挡不住，因为他们有任务指标，都趁夜间车少多拉猛跑，根本不在乎路边的我。我挡了十几辆几乎绝望了，发狠心想老子今天就站路中间不走了，看谁敢从我的身上开过去！这时有一辆汽车开着强光灯从远方奔驰而来，我认为有希望就站在路中央挥手，驾驶员似乎与我杠上了，大概也想只要他不停我一定会躲开。就在汽车冲过来与我身体接触的瞬间，我动摇了胆怯了，兔子一般跳了出去，一头扎进五六米深的路基下，被尘土埋了。"吱"的一声，汽车在几十米外刹住了车，驾驶员走下车打着手电在路上看，除了一提包苹果找不见人，以为把我撞飞了。这时我从路基下爬上来，满脸灰尘像鬼一样把他吓了一大跳。他看清是我一把拉了过去，我以为他要打我，谁知他并不动手，一口浓痰吐在我脸上，比挨打更伤自尊，奇耻大辱呀！等问清缘由后反而同情起我来，说天下当兵的是一家，当即调转车头送我回营地。在车上他对我说，兄弟，今天算你运气好，拣了一条命。

离开部队心想今后不会再有大风险了，谁知道差点葬身于太平洋之中。2002年我们组团去美国开展"陕西宣传周"活动，飞机一进美国就麻烦不断。"9.11"事件后美国人的安检升级，对中东地区的人更加严格，我们同行之中的黄寿先长得有些像阿拉伯人，又舍不得剃掉心爱的小胡子，引得山姆大叔高度警惕，几乎每个关口都要对他重点盘查。后来他也习惯了，每到一地就主动把箱子抖落开来，只是有个美国胖老女警察在他身上乱摸时就十分反感。美国海关有一道程序，必须朗读表格中的一段汉字作为承诺，为了调侃老外，我用浓重的宝鸡口音高声朗读，美国警察很满意，伸着大拇指连说"OK，OK"。

回来的时候搭乘美国西北航空公司飞机从旧金山飞往日本成田机场，途中大约需要飞行11小时，就在飞行了7小时的时候，机舱里突然弥漫出一股塑料烧焦气味，越来越浓，300多名乘客顿时焦躁起来。机长也走了出来在吧台和空姐小声嘀咕，一会儿就有人拿着灭火器在行李架里乱翻，接着又有一人背着更大的灭火器进入后舱，种种迹象表明飞机可能着火了。气氛一下紧张起来，没有一个人敢说话。副台长王渭林因为能听懂几句英语吓得脖子伸得老长，只有黄寿先一直打着呼噜沉睡在梦乡之中。真是前不着村后不着店，往下看是一片蔚蓝色的海洋，飞机像一只飞行的小鸟。我心里害怕极了，翻了一下口袋想给家人写上几句话，当我看到20万美元的保险单时觉得合算，按当时一比八的比价换算为160万元人民币，心理平衡了许多。再说还有几百人陪着，听天由命吧。机组果断处置，关掉灯光加速向日本飞去，提前一小时到达，直接冲到机场西北角的空地上，机舱内响起一片热烈的掌声。黄寿先醒过来问王渭林，为啥飞机落地要鼓掌？王渭林指给他向后看，只见两辆消防车拉着警笛紧跟着滑行的飞机。飞机的舱门刚打开，先是几个穿灰色衣服的消防队员上来检查一番，接着是NHK电视台人员扛着摄像机上来录了一阵子，估计当晚新闻会有报道。

人生如棋，变局万千，小到磨难大到生死，谁都会遇上几次，我们不能因为道路曲折就裹足不前，也不能因为惧怕危险放弃对目标的追求。恰恰相反，只有经历了危难才会体味人生的珍贵，品尝生活的甘美，正所谓大难不死必有后福，这是境界，更是心态。

第一辑　真情逸致

人生只有前进挡

　　1977年元旦前夕，全国正处在粉碎"四人帮"的喜庆的气氛之中，我接到应征入伍的通知书。一天晚上，亲戚朋友前来欢送，千叮咛万嘱咐，到部队一定要好好干，为王家老祖宗争一口气，最不济也要平平安安回来。这时母亲突然神色慌张地从外面回来，进门就埋怨我怎么能干出那么荒唐的事。

　　这件事还要倒回到五年前，那时我才十二三岁，村上一个我叫叔的人从部队复员回来。有一天，在人多的地方天南地北的吹嘘他在部队如何厉害，旁边的人一个个目瞪口呆，样子很神秘很崇拜，他更加起劲，口若悬河唾沫乱飞。我听完了只问他了一句：你当了四年兵什么都不是回来了，我要是你就把连长的尻子好好舔一舔，提个排长干干。他顿时哑口无言，一个屁也没放转身走了，他走的样子很沮丧很狼狈，但他把我说的话一直记在心中。当他听说我要当兵去想起了那件事，也就是在当年那个人多的地方，终于把埋在心里五年的话当众说出口：我倒要看他小子怎么去舔连长的尻子。

　　泼出去的水是收不回来的，我也很后悔，童言无忌也不该这么轻狂，有时候天比楼还低，三年就能等到闰月。那句话对他的刺激多大且不说，想不到我给自己身后挖了一个大坑，我知道凭这一句话我把自己的后路断了，我人生的车只能一直往前开。既然我的车没有倒挡了，那干脆破釜沉舟背水一战好了。我咬牙发誓对母亲说，你放心我一定要出人头地，三年之后我会穿着四个口袋（提干）回来看你。

　　到部后我才知道自己的誓言多么愚蠢，虽然当时部队从战士可以直接提干，但那是极少数凤毛麟角，概率很低，运气成分很大。凡是当兵的几乎和我一样，都是抱着找出路的想法去的，不想当将军的士兵不是好士兵啊，竞争激烈是可想而知的。

　　目标在山顶，攀登靠实力。我的体力属于中下水平，拼力气根本不是

别人对手。我是高中毕业，文化功底扎实，只要强项得到充分发挥，就有希望成功。我真切地感到培根知识就是力量这句话就是贴着我的耳朵说的，文化是我登山的阶梯，是我前进的引擎和飞行的翅膀，一到连队就派上了用场。在一次批判"四人帮"的发言时，我从三皇五帝春秋战国、秦皇汉武唐宗宋祖一直讲到鸦片战争，辛亥革命五四运动，中共创立万里长征，抗日战争三大战役，新中国成立社会主义改造，落点是英明领袖华主席一举粉碎"四人帮"。在连队蹲点的团政治处张安行副主任是个大老粗，第一次领教了一个新兵的滔滔不绝的口才，我见他不停地点头像鸡在啄米，就尽情发挥，直到他满意地在笔记本上记下我的名字。我还用学到的电工知识修好了连队瘫痪多年的压面机、粉碎机、打浆机，特别是那台不争气鼓风机，每到做饭的关键时刻就罢工，不是炒菜不熟就是蒸馒头溜火，经常在训练最累的时候，炊事班人跑过来说鼓风机又不转了。我知道是启动线圈坏了，轻轻一拨，手到病除，但因为缺少材料我不能一次修好，常常在训练的关键时刻，炊事班就来人把我叫回去。

后来我还干了几件匪夷所思的事情，我们连队驾驶班搞技术革新，有一个课题是实战条件下汽车无分电器点火。驾驶员小郑苦思冥想好长时间解决不了，急得连午休都不睡。那天中午我正好尿急上厕所路过那儿，帮他用继电器代替分电器，汽车竟然听话似的轰隆隆发动起来了，他复员时作为发明专利专门写进了自我鉴定。还有一次相邻通信连姓魏的无线电技师，买了一大堆电子元件，打算组装一台交流电收音机就是不会弄。我过去操起电烙铁万用表，对着红灯牌五灯超外差收音机线路图焊接，不到3小时收音机发出了悦耳动听的声音。这件事反响很大，师里组建高炮团指挥连需要抽调无线电技师，魏技师不愿去第一个举荐了我。

新兵下班我被分到五班当瞄准手，没有配副班长，瞄准手惯例由副班长担任，可见连队干部对我的器重是不言而喻的。还有一点五班是英雄集体，1962年中印边境自卫反击作战荣立集体二等功，有新疆军区王恩茂司令员签发的功勋状。一般情况下五班是培养提拔干部的基地，我好像汽车驶进高速公路的入口，像卫星进入预定轨道，提干看来是早晚的事。但由于入伍时发誓太狠进步心切，我的压力山大，很快就进入厄运加倒霉的节奏，每次打靶紧张得抽筋，统统推了光头让五班威名扫地。渐渐地连长排长都对我失去耐心，终于有一天一纸命令把我贬到后勤当给养员，说白了就是给连队骡马和猪弄吃的。副班长没有当上，反而为一群畜生服务，对自尊心极强的新兵打击相当大，说真的当时我连自杀的心思都有。连长怕我走极端委派我一个同乡兵背后跟踪，直到我走出低谷恢复正常才取消了这个潜伏。那段走麦城时间，我也曾想到自暴自弃，破罐子破摔。但耳边又响起当兵时的誓言，自责太脆弱不坚强没远见，振作精神想到未来的路，抚摸身上的伤，安慰自己，我的罐子还没破，为什么先要摔破呢？只要罐子在，不怕没水喝。远方的目标还在向我招手，车路不通咱再走马路，千万不能走回头路，那是下坡路，一条死路！

我在射击训练中

我利用当给养员充裕的时间复习文化，打算参加军队和地方高考。1978年恢复高考时，我的一位参加高考的同学把试题寄来，我用了不到两个小时全部做完，估计答案八九不离十。正是有这个基础，在全团文化摸底测试中取得第一名，差点问鼎政治处文化干事的职位，可惜当时连党也没入，提干与我擦肩而过。

1979年初，中越之战即将打响，新疆作为中苏前线形势十分紧张。为了迎击强大的苏军机械化进攻，我们连由82无后坐力炮换成85加农炮，主要对付敌人的坦克。新武器需要能测会算的指挥班长，连长把全连具备条件的人都考察了一遍，不是被密位公式余弦定理把脑袋弄成糨糊，就是把自己标为敌人打击的目标。炮兵股长无奈地对连长说，让你连那个给养员来吧兴许差不多，这样我又离开锅台猪圈参加团里炮兵应急集训。那些老炮兵趾高气扬，对我这个牛马倌新手不屑一顾，成天背个望远镜伸着指头闭上一只眼瞄来瞄去，嘴里一串炮经和公式，拿着地图计算盘对着炮兵射击教程坐标高程方向距离说上一通。我把那本三厘米厚的射击教程看了一周，发现内容全部被我的数学知识所覆盖，神秘感羞怯感荡然无存，我不仅知道是什么而且弄清了为什么。到了第二周，我这个为什么站在讲台

上，给那些是什么讲为什么。看着他们痴呆的目光流露出虔诚和疑惑，我真想说摧毁你们的是文化知识炮弹，我仅仅是一名射手而已。后来全师举行炮兵射击指挥业务比赛，我带领全班五个人上阵，面对如林强手，第一次参加比赛的战友傻了眼，个个本事归零。在这种情况下我一人出马单挑，巧用测量数据，心算笔算加目测，完成了对五个目标射击诸元准备，取得总分第二名。师炮兵科副科长杨忠平站在一旁看我计算，像欣赏一个高级瓦工熟练地码砖。之后，我成了师炮兵参谋预选的对象。

  入伍第三年，我迎来人生巨大转折，运气超级棒。那年春天我搞技术革新，发明了炮兵射击教学法训练盘，把士兵从呆板枯燥的训练中解放出来，荣立了三等功又上了军区报纸，还被评为全师唯一的优秀团员。在整理我的事迹材料时团组织股干事偷懒扔给一沓稿纸让我自己写，我压根儿不知材料格式，只好怎么做的就如实来写，一气呵成洋洋洒洒四五页，报到师组织科得知材料出自本人之手，认为我是组织干事最佳人选，于是近水楼台先得月，调令紧跟着提干的命令发下来。好风凭借力，送我上青云，我的人生k线图连拉涨停板，从一名基层连队班长一夜之间成为师机关干部。当兵第四年，我穿着四个口袋军装站在母亲面前，实现了当初的誓言。母亲喜极而泣，问我：说好三年回来为啥是四年？我说：第三年春节中越开战，我是在猫耳洞过的年。她说提了干好，你当兵时那句话也就没人再提了。

  后来我想多亏有了那句话，才使我痛下决心迫上梁山，要不我也许没有压力，在困难和挫折面前动摇意志，败下阵来，找一条退路顺坡下驴。行至水穷处，坐看云起时，绝处逢生柳暗花明。没有退路未必就是坏事，有时候退路多了就会打退堂鼓，容易向后看挂倒挡。一个人或者一个国家，斩断后退路向前看才有出路，红军长征因为没有退路才到达陕北，改革开放不能倒退才有了今天的格局。人生没有排练，更没有回放，天天都在直播，每个人都是擂台上的主角，不能轻易认输退出竞赛，尤其是赛点局点出现时，一定要抓住机遇勇往直前，无限风光在险峰。

第二辑 2

文学情怀

记得有位哲人说过，每个人的内心都驻有一位美丽的天使。我的天使是什么？她在哪里向我招手？我几乎用不着思索就可以肯定是文学情怀。我当兵提干不久就调入师机关，文艺青年书生意气，舞文弄墨抱负远大。当时文学繁荣百花盛开，小说铺天盖地，诗歌流行校园，报告文学风头正劲，年轻人对文学的热爱和崇拜远远超过今天对影视明星的痴迷，张贤亮、徐迟、雷抒雁、舒婷、席慕蓉、汪国真都是我心中的偶像。我每天捧着《小说月报》《十月》《收获》《诗刊》放不下手，享受文学的滋养与快慰。记得为了读《青春之歌》，我们七八个人约定分配时间，晚上伴着煤油灯接力阅读，第二天起床，个个鼻子成了黑窟窿。我还干过一件不可思议的事，把小说《第二次握手》抄了一遍。这两篇小说女主人公林道静、丁洁琼成了我心中女神，至今无法抹去。

　　爱好文学仅仅是一个热心读者，就像一个吃货对美味佳肴的向往，我不满足于此，一心当手艺高超的厨师，这个时候动手写尤为重要。我尝试着写了一首小诗《夜静思》，大意是表达一个青年人在十年"文革"中被耽误后的觉醒，被《战胜报》刊用，当年评为带着思考的诗歌。我的小说处女作《小个子连长和大个子兵》发表在《新疆青年》杂志上，描写了大个子新兵怕艰苦故意尿床，小个子连长用新婚被子测试，在连队荣誉室认出亲舅舅竟然是中印反击作战的烈士，幡然醒悟，从此安心服役成为优秀士兵的故事。杂志社给予较高的点评：一个故事，两个人物，3000字描绘出一幅部队基层生活的速写画。对我鼓舞很大，进一步坚定了创作的信心。

　　1986年我在坦克团调研，采访装甲步兵连指导员秦青山，写出报告文学《戈壁中崛起一座青山》，发表在《西域》期刊上，秦青山因此名声大振，荣立二等功连升两级，除了他个人的努力，当然也有报告文学的助力。同年8月，天津电影制片厂到新疆拍摄电影《书剑恩仇录》，大队人马住在我们部队招待所，我把中篇小说《远村》送给导演，他当晚读完第二天对我说东西不错，这类农村题材西影厂拍更合适。我知道这是推话，就托人送给西影厂，不知的哪位可爱的编辑看了写下一串评价颇高的赞美，让我像吃了兴奋剂一样失眠了好几天。后来在工作之余还写了一些小说诗歌等，包括前面的散文，但心境和激情远远不如以前了。我知道自己也是凡胎俗身，在浮躁、功利、物质、现实的价值取向面前被慢慢消解了。

　　我一心想当心灵手巧的名厨，最后仍然是一个好吃懒做的吃货，甚至有时连吃的欲望也在减退，意悬悬半世文学梦，荡悠悠空有一腔情。美丽的文学天使啊，你还愿意驻在我心里吗？秀才既老，尚能文否？

戈壁中崛起一座青山

茫茫的戈壁上,要能有一片绿洲多好,如果有,最好绿洲上再有一座青山……

——边塞战士的闲话

(一)

在部队这块"绿洲",一座青山正在悄悄崛起……

(二)

他叫秦青山,一听就知道是个鲜亮的名字,可他的事迹比他的名字更令人钦佩。

1984年底,秦青山当指导员一年零一个月,他所在的特务连因工作成绩突出,先后被师团评为落实《条令》先进连、先进党支部、先进团支部、先进食堂,受到各种奖励,秦青山本人也受到了团嘉奖。

1985年10月,秦青山调任高炮连指导员。当年连队面貌就发生了改观,摆脱了后进的幽灵,物质文化生活都有了明显改善,不良倾向大大减少。他被师里树为"潜心钻研政治工作的指导员"和"优秀政治教员",荣获"边陲优秀儿女"银质奖章一枚。

1986年,高炮连的全面建设再上台阶,在师组织的合同战术训练改革和演习中取得了好成绩,受到上级赞扬;被评为安全先进单位,装备管理"四无"连和先进食堂再次受奖;秦青山被团树为"用心钻研连队思想政治工作的好指导",挂上了三等功证章。

前不久,兰州军区政治部主任王茂润带领工作组来到秦青山所在的部队,他们对这座"青山"很感兴趣,并进行了多次全面的考查,认为他是

在新形势下会做思想政治工作的称职指导员，指出"像秦青山这样潜心钻研政治工作的指导员在军区范围内为数不多，要宣传他"。

（三）

做思想政治工作难，做好思想政治工作很难，做好新时期的思想政治工作难上加难。

1983年，正当社会上有些人拼命地讲钱不讲理的时候，部队也有人认为政治工作不吃香了，政工干部这下栽到底了。这年10月，25岁的秦青山走马上任，挑起了特务连指导员的担子，管理全连七八十颗脑袋。

这个喝红旗渠水长大的孩子，是全师当时最年轻的指导员之一。他有太行山一样纯朴的感情，当兵几年来在部队这所学校里学到了不少知识，但他也看到有的人白白当了几年兵，非但没有学到什么本事，反而学会了吹牛、懒惰和胡搅蛮缠，思想工作对他们苍白无力。他看在眼里急在心里，决心献身政治工作试把一下，看到底能不能玩得转。

刚上任时，他热情很高信心十足，多么想立即成为一名合格的指导员，干出一番成绩，用思想政治工作这把神妙的钥匙，打开每个战士的心扉，把七八十颗脑袋调理得好好的，使这些各有特色的神经成为连队这架琴面上的跳跃的音符，演奏出一曲和谐优美的交响乐。

于是，秦青山在心头暗暗点燃了三把火，但是就在这三把火还没有烧起来的时候，三瓢凉水迎头浇了下来。第一瓢是他的政治教育课砸了锅。他花了十几天时间备课，又是剪报纸又是摘抄中外名言，心想这头一脚一定要踢出去，把全连"镇"一下。谁知他一上讲台就冷了场，辛辛苦苦准备的讲课稿一会儿就念完了，这一会儿的效果如何呢？睡着的人用呼噜声作了评价，没睡着的人反倒提了一连串的问题，他回答不出来，非常难堪。第二瓢是他为资历浅而尴尬。在他当排长时就是年轻的，一下子跨了两个台阶，原来有的上级变成了下级，干部不适应战士不适应，连自己也觉得别扭。别小看这点在生活中也许算不上观念的观念，但在部队却是天经地义的。老兵有权训新兵，新兵在老兵面前得"尊敬"些，谁也不以为然，这使秦青山工作起来不大自然。第三瓢是他对政治工作不熟悉，基础又薄弱，怎样当好党支部书记，加强集体领导，发挥思想骨干队伍的作用，这些话书本上有，平时也听了不少，但怎么才能落实，他一下子茫然了。一句话，他想干好基层政治工作，很着急，却找不到入门口，干着急！差点生出了改行的念头。

一天晚上在梦中回到了老家，他打草来到一座青山下，山上长满了茂密的青草，越往上草越高，他爬呀爬呀，可怎么也爬不到山顶。他有点累了想往下走，回头一看山上的青草正向他招手，弄得他进退两难。这时起床号把他从梦中拉了出来，他边穿衣服边想，哟！这个梦做得怪有意思，还真有点启发性儿。我决不能退下阵去，他暗暗地下了决心。中，有了，找人求教去，不信这世上有上不去的山。

正当秦青山需要帮助的时候，团领导和机关向他伸出了有力的援手。政委周庆庭把自己当指导员时的体会编成21道常见的问题，让他揣摸解答；政治处周副主任来到连队蹲点，对他进行传、帮、带；连队的其他同志从过去不适应中转过了弯子，觉得军人有时也讲点资历，但终究要讲服从，纷纷支持配合他的工作，表示要当好"配角"。

咬定青山不放松，认准了就横下一条心走到底，这是秦青山的性格。他深知，干任何事情单凭感情冲动是干不好的，要热爱更要坚持，热爱是最好的老师，坚持是不断进取的精神动力。

秦青山是下定决心吃这碗政治饭了，他给自己找到了突破口，向别人学习。连队前任指导员罗景春有一套工作经验，他就登门求教，连星期天也不放过，一直到把他的"经"全部"套"过来为止。装甲步兵连指导员葛学东对部队管理很有手段，秦青山又成为他的门下客。报纸上刊登了薛晓明、刘永庆的政治工作经验，他如获至宝，有空就拿上报纸琢磨。到后来，他又成了李燕杰的崇拜者。

向书本学习，他如饥似渴。他把每月工资的10%拿去买了理论书籍，一有空就啃起来。连队干部是两眼一睁忙到熄灯，没有时间，他就在睡眠时间里"偷工减料"，每天早起晚睡各一小时。还有更困难的，就是理论基础差，啃"马列"很吃力，他买来了各种理论工具书，一个字一个字地嚼。几年下来，他精读了十几部马列原著，通读了《毛泽东选集》，还有周恩来、刘少奇、邓小平、朱德、陈云的文选，自学了《辩证唯物主义和历史唯物主义》《社会发展简史》《科学社会主义概论》《马克思主义伦理学》《教育学》《青年心理学》《法制心理学》《青年美学知识讲座》《形式

逻辑》《性格组合论》等书籍，并自费参加了天津心理学院的函授学习，虽然不发文凭，但也觉得有用。

　　人就是这样，一旦对某件事情着了迷，就必然对其他事情出奇地冷淡。秦青山热爱政治工作，却冷落了老婆孩子。和他一起入伍的如今谁家不是几大件、几十条腿，可他的家庭基建规模实在太小了，仅有的两张桌子两把椅子是公家配发的营具；半米见方的大玻璃镜框中，孤零零装了一张他在装甲兵技校毕业时的合影照，和空荡荡的房子相映衬，给人一种空旷的感觉。他爱连队所以经常叫妻子孤守空房，一天深夜，刚流产的妻子肚子疼得从床上滚了下来，幸亏邻居照料才没出大事。第二天，他回家一看，妻子躺在床上呻吟，可怜的孩子没有出世就夭折了。一年前，他的女儿小星星出生了，秦青山决心用双倍的爱抚养她，但一忙起来，小星星就被抛在九霄云外，真变成了天上的星星。现在一岁多的小星星连"叔叔"都不会叫，每当秦青山回到家时，她却会抱住他的腿，仰着脸发出"爸爸抱抱我吧"的哀求，叫声是那么清楚和揪心，让人一听心里直发酸。是啊，小星星的要求是多么正当和低微，可就是连这点儿秦青山也满足不了，难怪他的妻子说："俺青山的家在连队。"

　　秦青山是个很有心计的人，他坚持处处留心皆学问的信条，每天的新闻必听，报纸必看，和人拉呱也不忘学习。"拾零本""摘录本""剪报本""资料本""卡片盒"，都是他积累知识的仓库，凡是与工作有关系的就收集下来。功夫不负有志人，他从知识的海洋里汲取了营养，从"书山"上采到了宝藏，慢慢地这个入伍前只有高中文化程度的基层干部，肚子里的墨水多起来了，讲课生动多了。去年，他给全团新兵讲课，一会儿引经据典，一会儿哲理格言，并有名人趣闻轶事穿插其中，新兵听得入了迷、出了神，手掌拍得呱呱响。战士们风趣地说别看他的肚子不大，里面的"货"还不少。

　　是热爱把秦青山带进政治工作的殿堂，是热爱让他采撷到政治工作的甜果。但他觉得要成为一名合格的政工干部，仅有热爱是不够的，还必须刻苦钻研，才能攀上新的高峰。

（四）

　　进取，是人类的天性，如果人类只满足于直立行走的话，也许今天充其量不过是一群两脚兽。正是由于人类不断地追求和创造，才用信息时代的富丽代替了茹毛饮血的历史。但是在个体人的性格之中，也不乏保留有人类天性中懒惰和自足的沉淀物，使许多本来可以成为艺术家的灵魂变成了一堆堆精神废墟。

　　假如秦青山仅仅为了应付工作或者只为了回答个别战士刁难的提问，那么我们面前就不可能有这座青山。他没有满足所以成功了，可见出类拔萃的人和平淡平庸的人区别有时候就那么一点儿。

　　秦青山在尝到政治工作的"甜果"之后没有止步，而是顺着"甜味"寻找"甜源"，把目光紧紧盯在新时期的思想政治工作改革上。他在日记本上扉页上写道："政治工作是一门科学，要实现政治工作的科学化必须努力钻研，在新形势下不断发现新的问题，创造新的方法和新的经验。"

　　政治工作在"政治挂帅"的年月里，曾经捉弄了不少人，一旦恢复了科学地位之后，有的人不仅敢怀疑政治工作的作用，而且也敢在做政治工作的人面前"出气"了。今天，仍有一些人怀着偏见甚至成见，说政治工作是"骗人"，是卖"狗皮膏药"。可见，要人们把政治工作真正当作一门学科，并用对待科学一样虔诚的态度对待它，仍然是一个不大的范围。

　　秦青山的钻研首先是从提高工作艺术开始的。经过一段时间的摸索，他对指导员的基本功不仅完成了从感性到理性的飞跃，而且就他本身而言，完全生成了经验形态的东西。于是，他开始动手总结，先后写出了《指导员的三大基本功——说、干、学》和《指导员工作艺术十题谈》这两篇作品，即一谈讲道理——指导员工作的功底；二谈以身作则——指导员工作的标尺；三谈坚持原则——指导员工作的准绳；四谈豁达大度——指导员应有的品质；五谈更新观念——指导员工作的课题；六谈决策用人——指导员工作的钥匙；七谈官兵关系——指导员工作的纽带；八谈奖励工作——指导员工作的指挥棒；九谈搞好预测——指导员工作的方法论；十谈抓主要矛盾——指导员工作的效益源。

　　这些初级的经验，他在实践中信手拈来，有一定程度上的实用价值，

也比较容易掌握，但要向高层次迈进搞点研究就难了。如同投弹一样，从二十米增加到四十米只要掌握要领就行了，但到了极限增加一厘米也是困难的，这就是创新和突破，世界冠军的荣誉就在于此。

在取得了初步的基本工作经验之后，秦青山开始向新时期政治工作的高地进攻了。这时的秦青山和当初相比，他不仅装备上了理论武器，而且有了站立点，因此也从容多了。他选定的第一个目标是改进政治教育的形式和方法。教育心理学认为："如果被教育者对教育本身就不感兴趣，那这种教育内容再好其效果都等于零。"秦青山发现：现在部队政治教育效果不大理想的主要原因是方法不适应青年战士的特点，战士对政治教育产生了逆反心理。要解决这个问题，必须改进教育方法，重新培养青年战士的政治兴趣和关心国家大事的自觉意识，这才是接受正确教育的基础。

青年战士文化程度高见识广，大道理小道理、正道理歪道理都会讲，对怎么教育他们，秦青山自有招数。他备课充分，阐发观点有冲击力，听得战士出了神。这样以理输理，强烈的政治理念不等有的人歪道理冒出来就打进脑海里。青年战士思维敏捷，能跳跃式接受知识，秦青山力求把课讲得精炼，干净利索，有些问题故意留下悬念，让战士去"悟"去"品"。这样等不到有的人心烦，他早讲完了，这个排球艺术上的"时间差"，被他巧妙地运用到政治教育中来了。

哲学的抽象令人头脑发空，青年战士抽象思维差，听上几分钟就一个个猴子似的坐不住了。秦青山在讲马克思主义哲学时，把拔苗助长、守株待兔、愚人买履等寓言故事画成漫画讲解，使哲学观点在听故事中"剔"出来。这种方法叫人想起代数运算中的化简，其生动性和效果也是不言而喻的。

以趣引理是秦青山的拿手戏，年轻战士自尊心强，同年兵之间撂着干，有时免不了生出些嫉妒心来，连队有几个同年兵就是这样闹开了矛盾。秦青山发现后，给大家讲了一个"老鼠偷油"的故事：三只老鼠偷油喝，缸太深够不着，就一个叼着一个尾巴轮着喝。第二只和第三只老鼠担心第一只老鼠把油喝完，都松开嘴跳下去喝，结果都淹死在油缸里。讲到这里，战士们捧腹大笑，那几个闹不团结的战士也惭愧地低下了头。

思想这个东西，真叫人琢磨不透，有时正颜厉色收不到效果，一个玩笑却能开出个名堂来。有一天，一班长周学鉴带领本班战士从菜窖把烂洋芋往外倒，秦青山正好走过来，他见里面有一些好的就拣了出来。战士刘志刚不在乎地说："指导员，咱俩打个赌，你要能拣出 10 公斤好的来，我输给你一条雪莲烟。""赌就赌。"秦青山一会儿拣了一堆，拿去一称刚好 10 公斤。刘志刚说："我输了，保证给你买烟。"秦青山因势利导说："你不仅输了一条烟而且输了一种比烟更值钱的东西，就是艰苦奋斗的精神。我们现在生活好了，但不能把艰苦奋斗的精神象倒烂洋芋一样倒掉呀。"一席话，说得刘志刚低下了头。

秦青山有时讲课，像读一篇娓娓动听的散文，不时插进一些典故、中外战例、至理名言，有些课还挂上图表、漫画，把战士牵在知识的太空邀游。他这样做是为了寻找战士的最佳接受时机，一旦发现，他会立即绕回来，在主题上重重一击，使战士们恍然大悟，一下子明白了指导员的"用心"所在。"用心"又能怎么样，你乐意接受，况且这种"勾引"总比强迫好嘛。有的连队有这样的怪现象：平时战士躲公差，一到政治教育抢公差。秦青山上课从来没出过这档子事。

国家引进外资，可以促进物质文明建设，同样，军队借助于社会和家庭，对战士的教育也具有很好的效益。秦青山当指导员以来，给每个战士家里都写了信，向战士父母介绍战士的成长进步，当然，有时候也要委婉地谈一些问题。家信捎去慰问、喜讯，也带回点乡音、叮咛和希望，甚至还有战士不愿外漏的家庭威严。八分钱的邮票一下子增值了，也许是八十元、八百元也办不到的事，当然政治工作的效益不能用经济指标衡量。

王轩召，这个"万元户"的儿子，由对钱不在乎发展到对部队纪律不在乎，春节到了，他呼啦一下抽出票子，私自回家团圆，车票自理，他从不找领导麻烦，但私自回家，领导要找连队麻烦。教育作用不大，秦青山写信要求"万元户"帮助。果然，"万元户"大怒，训斥儿子："咱家富起来，一靠政策起，二靠解放军保护，如果敌人飞机天天在头顶上扔炸弹，能致富吗？"这封家信一下子把王轩召治了，从此他判若两人，天天把干的工作记下来，月底寄回家"交账"，叫家里人知道他在部队里没有白混。

在经常性的思想政治工作中，秦青山也有新道道：他运用心理学原理，针对不同性格的战士，总结出谈心的八种方式（交待式、鼓励式、问答式、规劝式、平等式、安慰式、举例式和攻心式），当然，在具体运用时，就不限于单一形式，在大多数情况下都要来点复合式。他还总结出了思想政治工作的十种时机（新兵入伍之后、入党入团前后、骨干配备前后、评功评奖前后、受处分前后、探家前后、考学落榜之后、接到家庭电报之后、失恋之后、老兵退伍之前），写出了《政治工作常见的九十四个怎么办》，约十万字之多，还有一些研究性文章。这些东西尽管还需要进一步完善和论证，但从一个方面足以反映出他钻研政治工作的精神。兰州军区政治部王主任看了之后，大加赞赏，说秦青山会写，也能研究问题。

（五）

秦青山入伍时间不算太长，但经历还挺复杂。当过战斗连队的战士，开过汽车，任过文书，以后就是装甲兵技校的学员，毕业后当排长，还在乌鲁木齐军区测绘大队参谋队拿了个中专文凭，就是没有正儿八经地干过一天政治活儿。如果说这些经历在他刚任指导员时，是他的不足和别人怀疑的依据的话，那么在今天恰恰都成了他的优长。开汽车的经历使他和驾驶员有了近乎感，做工作三句话不离本行，当然，谁想"挂倒挡"也是没辙的。当文书对他"摇笔杆"很有益处。参谋出身让他染上了学军事的嗜好，有空就看《孙子兵法》《刘伯承用兵录》《指挥员知识手册》，让他的理论在政治味里加些军事味。他也读点经济管理知识，又把经济味掺和进去了。

著名的美籍科学家杨振宁教授在总结自己成功的经验时，提出了知识渗透的原理，他说："在你不太懂的时候，在学习'乱七八糟'东西的情况下，你就学到了不少东西。"处处留心皆学问，基层干部没有系统学习的条件，成天和纷乱而不太深奥的知识打交道，但只要你留心学这些东西，它自然会在大脑中酿造、催化、渗透，使你不知不觉的聪明起来。基层干部有几个人的知识不是这样学来的？曾几何时，还有一些人把基层干部的博采嗤出之为"万金油"，"样样通样样松，不专"。这有什么奇怪的，社会需要精通某一专业、造诣极深的专家，也需要了解很多东西，却说不上所以然的"万金油"，对基层干部来说，"万金油"正是专，"万金油"总比没有"油"强。

秦青山博纳广采的结果是使他的知识结构又一次发生了新的飞跃，抓起工作更是得心应手，样样在"穴位"上。1985年，他刚调到高炮连，就噼里啪啦踢了漂亮的四脚：一抓支部自身建设；二抓干部队伍建设；三抓骨干队伍整顿；四抓管理教育和制度落实。不出俩月，这个失掉元气的连队就开始复苏了，第二年在全团冒了尖，先进党支部、先进团支部、先进食堂、安全无事故的奖状直往连队飞。这就是效益，这也是精神！

在秦青山写的94篇研究文章之中，有16篇是论述如何搞好官兵关系的。实践表明他工作的"轨迹"，已经把"办法"和"情感"交融在一起了。他提出干部在思想上不论亲疏"四个一样""十个一视同仁"（对老乡和非老乡一个样，对连部战士和班排战士一个样，对老实战士和爱挑剔的战士一个样，对先进战士和落后战士一个样。在分配工作、入团入党、选送军校、转志愿兵、评功评奖、实施处分、配备骨干、批准探家、公差勤务上一视同仁）和生活上的"五不"（不请吃、不贪占、不收礼、不开小灶、不拉关系）已成为全连干部的准则。

秦青山不仅坚持以理带兵更重视以情爱兵。老战士王海军人很忠厚却长了一脸麻子，使他过了27岁还没摆脱失恋的痛苦。秦青山找领导批准他探家，先去北京看病再回家找对象。看病回来，医生说他涂了药的脸见不得太阳，秦青山就安排他到炊事班帮忙，出门可以戴草帽。有人反映王海军军容风纪不整。秦青山说："这是特殊情况，谁愿长麻子，我给他买草帽。"不久，王海军找上了称心如意的对象，他很感激连队的关怀，工作格外卖劲，还立了三等功。

秦青山对战士的感情至深，他能从战士的抽烟和睡觉状态中，看出思想有无异常。他观察到战士处于兴奋状态，吸烟速度快，吸得勤但不深；而处于懊恼、气愤情态时，不仅吸得勤而且深；睡觉也是一样，思想稳定睡得香甜不易惊醒；思想有包袱入睡慢，睡不熟容易醒来。他坚持每晚查铺，照着手电瞄一眼，心里就有了七八分。

秦青山还积极支持战士成才，为战士明天着想。连队有40多名战士参加了各种函大刊大学习，25个战士复员后被地方对口录用，3名战士考进军校。战士王文善因家庭困难，接连被五个姑娘抛弃，后来在部队学会了养殖技术，复员后办起了养殖场，当年收入2000多元。成为当地有名的养殖专业户，盖起大瓦房，招来了"金凤凰"。

高炮连对战士"引力"更大，在秦青山的倡导下，投资买了照相机和各类专业书籍，健全了"一部二室"（俱乐部、育才室、图书阅览室），使身处戈壁的战士有了排忧生趣的乐园。战士们形象地说："只要青山在，不愁没柴烧，高炮连是夏天的电风扇，冬天的火炉子，其他连队羡慕，我们离不开。"类似的褒词还很多，就不一一细说了。

在结束这篇报告时顺便介绍一下秦青山本人：他看起来很年轻，个子也不高，没有超人的魅力，还有点近似文弱的白皙。但当你和他接触之后，就会发现他真像一座山——一座青山。

愿这座山常青！

远　村

　　逶迤的秦岭苍苍茫茫，像一条巨龙横卧在关中南部，分明地划出了南北方的分界线。秦岭北麓郁郁葱葱，草木森森。

　　宝成铁路蜿蜒曲折地从秦岭上面滑下来，顺着渭河向东延伸。东来西去的列车，长龙一样穿梭，蒸汽机喘着粗气，车轮轰轰隆隆滚压铁轨，给秦川大地带来了盎然生机。

　　古老的渭河在大地上穿行，在阳光下缓缓地流动，浑黄的河面卷起凝重的浪花，硕大的漩涡涌着杂草向东悠闲的漫去。河道弯弯曲曲，岸边黄沙粼粼，不时有挖沙的汽车、手扶拖拉机、毛驴车在河床上面蠕动。

　　袅袅炊烟，从岸边一面倒的屋脊上流泻出来，一切都显得非常浪漫和富有诗意。渭河北边，一道黄土原兀地而起，挡住了北去的视线，给人留下了深沉的断想。土原光秃秃的，一片黄褐色，偶尔有一棵老榆树，孤零零地站在上面。秋风卷起阵阵黄尘，发出呲呲的叫声，给人留下一种凄凉的感觉。原上小路曲曲折折，路上行人星星点点，忙忙碌碌，大部分是赶集或者走亲戚。被小路划割成的不规则的小田块地里，种着蒜苗一类的蔬菜，远远看去一片微黄。沿着小路上塬，广袤的渭北平原展现在眼前，一马平川，一望无际，顿时开朗多了。

　　渭北高原，广袤辽阔，一望无际。秋天作物已基本收获完成，只剩下一片一片的油菜田和个别人家的晚玉米。刚刚收获的田地里残留着作物的根叶，有点零乱，这是大地在奉献之后表现出来的空旷和虚弱，远处和近处，几只山羊在悠闲地蠕动，低头寻觅残存的庄稼枝叶。

　　公元1982年深秋的一个清晨，渭北高原上一个普普通通的村庄——杨阁庄，带着几分质朴，潜伏在朦胧的晨雾之中。这是一个典型的北方村庄，一条大道从堡子似的庄子中间直穿过去，道路两旁，立着两排高大挺拔的白杨，白杨后面堆着刚收获的玉米，还有粪堆、土堆，再往后就是住户人家，家家黑门红边，小巧玲珑的门楼上精雕细刻，地方风味很浓。鸡

鸣、狗咬、驴叫、马啸，响成一片，繁忙的农家日子又开始了。

从一家与众不同的门楼里，走出一个五十开外的人，他就是三叔，头戴着羊肚手巾，身穿黑袄，腰缠一根白布腰带，脚蹬一双胶鞋，打着绑腿，一看就知道是个种田经验丰富、利索干练的老头。一匹高大的黑骡子牵在他的手里，骡子头戴红缨，昂昂直叫，三叔拍着骡子前额说："甭急，土地承包了，把你高兴的，有你干的活。"接着又喊叫："平儿，把种子、化肥拿上，叫你娘你弟扛上锄头打胡基（土块），你嫂留下做饭看娃娃，我先走了，得驾！"

其他家的人这时也纷纷走出了门，人们带着梦乡的困倦，有的打哈欠，有的伸懒腰，有的边走边穿衣服，踢着勾鞋子。男人一边套犁，一边咋咋呼呼训女人小孩，嫌晚了慢了。女人提着种子，背上化肥，小孩扛着锄头等生产工具，朝田地奔去，谁也不肯耽误着抢种的黄金季节。

从村子东边一个矮小的土门中（在墙上挖了一个∩形出口）走出来一个人，他就是本文主人公——杨狗喜。他一只胳膊从斗梁上伸过来，斗里装的是麦种子，另一只胳膊搭在扛在肩膀上的镢头把子上，没精打采地走着。快出村口，才看清他的模样，高个子，红脸膛，剑眉环眼，阔嘴高鼻，头发凌乱，胡茬似针。上身穿件黑棉袄，下身穿一条发灰的劳动布裤，脚穿一双黄胶鞋，嘴含一根用报纸卷的喇叭筒，一边走一边抽，发出带痰的咳嗽。

刚承包不久的责任田，是在原来生产队的大田里划出来的，人口多一点的宽不过十米，人口少的仅有一两米，但是很长，像一条带子。紧靠一条大路，是三叔家的责任田，它凭借路旁的方便，把底肥施得很足，又用他那颗私心，拼命地向路上吞食。把原来的大路啃得仅能通过一辆架子车。

现在，三叔正在教平儿练犁地："就这么着，眼往铧尖上瞅，手用劲儿挺住。"黑骡子在三叔的驾驭下，拉得又快又匀，只见土浪在铧上翻滚，身后留下了一条笔直的犁沟。

"吁"，三叔把犁交给了平儿，又转身说后面溜种子的三婶："胡日鬼啥！你还以为在农业社混工分吗？羊拉屎一样撒，明年的小麦和秃子头一样。"说着，一把夺去三婶手中的篮子给她做示范，麦种子像断线的珠子一样，均匀的掉进犁沟中间。

三叔把篮子交给三婶,又去教训在后面打土块儿的小儿子,"你是给谁家干活呢?猫儿盖热屎,旧社会,扛上面给人打长工都找不到下家,现在地分了给自家干,不下气力把地种好,人哄地一时,地哄人一年,到时候我看喝西北风去",说着他抬起头,瞟了一眼在邻地干活的狗喜。

狗喜地里,刚收获的玉米地里坑坑洼洼,传来了单调的镢头挖地声,狗喜身后出现了一小块儿挖出来的田地。狗喜没有牲口,只得用人干这种活儿,他机械地抡着镢头,显得非常吃力。挖上一段,回过头来再把种子撒上,这种原始的播种方法,只有狗喜一个人在使用。

紧挨狗喜的是大队党支部书记杨根深的责任田。杨根深这时也来地头上转,不过他并不着急,因为他是军属,大儿子两年前因公殉职,所有的农活都由大队花钱雇工干。

三叔转过来凑到杨根深跟前,"根深哥,今年种麦你就别叫外人了,我这骡子快得很,下午赶过来给你种。"

"算了吧,谁来种都一样,钱是公家花的。"

"哎,那不行,如果我不给你种,又要有人戳我脊梁骨,说我不讲仁义。"

"好吧,你看着办。"杨根深留下话,背着手走了。

在责任田里捡柴禾的张秀文,抬起头望了正在干活的狗喜一眼,脸上生出一种同情来,她迟疑了一下,抱着柴禾回家去了。

太阳竿高,干了半晌活的人开始歇息,路边、地头、井旁三三两两坐满了人。如今承包了一家一个生产单位,人们席地而坐,男的抽旱烟女的纳鞋底,小伙子蹲在地头"纠方"(北方农村的一种娱乐活动,在地上划方格,拿上土块儿和草梗即可当作棋子)。

只有狗喜没有休息,机械的抡着镢头,但频率明显比刚才低了,他不停地往手上啐唾沫,汗珠挂满两腮,头上也直冒热气。

三四个男女小孩挎着篮子,提着罐子,走在通往田间的小路上,这是给地里的人送早点。在渭北高原有一个古老的习惯,种麦时节活儿重,送些早点充饥,土地承包后,这个传统当然不能丢掉。家家不仅在干活儿上看高低,而且暗暗在饭菜上比内容,有心计的女人往往在这个时候做些文章,既表现出自己的手艺,又压倒了别的家庭,也更加讨男人的欢心。

狗喜还在不停地一个人干活儿,他望了种了不到三分之一的地和其他休息的人，感觉三叔家的骡子也好像在很有气魄的藐视他，心里不免沮丧起来。

三叔家的早点送到了。

"爷爷，给你吃"，孙女把东西提到三叔跟前。

"噢，我看是啥吃货。"他胸有成竹地掀开篮子上的盖布，煎烫烫的葱花荷包蛋，黄灿灿的发面油饼，还有一碟油炒青辣椒。

三叔眉开眼笑，得意的脸上绽开了花，他馋涎欲滴，撕下一块油饼，仰头扔进张大的嘴里，然后夹上一口青辣椒，吧嗒吧嗒地大嚼，那模样，仿佛已经陶醉。

平儿一边吃，一边望着狗喜直皱眉，"狗喜哥真可怜，还不如承包前了。"

"可怜怪谁？怪他自己。今天养兔明天养貂，后天又种什么蘑菇，胡球弄，啥都弄不成，反而欠了人家的债，庄稼汉以农为本，种好地才是本事。地是刮金板哩，你看，你吃的、穿的、用的，哪一样不是从地里面长出来的？现在把地分了，只要能下苦力，收成就是自己的。再甭想搞这搞那发财，那都是昧心钱。"三叔瞪了平儿一眼，然后又撕下一块油饼，加上一些辣椒，看有些多又拨下去一点，卷起来朝井台旁杨志兴休息的地方走去。

井台旁，杨志兴正和一帮男人"共享"早点，一边吃一边夸着这家老婆的手艺，说着那家婆娘的脸蛋，逗得哈哈大笑。

三叔捏着油饼卷显摆似的走了过去，"志兴，尝一下我这油饼，这是今年的新油炸的。"

"三叔，想夸儿媳妇，得让我们也尝一尝，要不然，只有他一个人说好"，一个小子俏皮地说。

"去，你闻闻味儿就够了"，三叔说着，又看了一眼干活儿的狗喜。

狗喜还在不停地干活，油饼的阵阵浓香，顺着风飘了过来，诱得他直咽口水。

"娘，你看狗喜哥多可怜，我给他拿些油饼去。"

"就是，你赶紧去，小心叫你爹看着了。"

趁三叔不在意的当儿，平儿拿起一个油饼，卷上炒辣椒，奔到狗喜跟前。"狗喜哥，给你吃。"

"不吃，不吃，我不太饿。"狗喜咽着口水拒绝。

"吃吧，红梅嫂子到现在还不来送饭，大概有啥事……狗喜哥，你别发愁，红梅嫂子已经有了，到明年给你生下个胖儿子，不出几年，你就有人送饭了。"

狗喜接过油饼，咬了一口："唉，兄弟，你哥啥时才能有那一天？"

"快了，狗喜哥，你不要心急，你看根深大叔的地也没有种嘛。"

"咱不能和人家比，他大儿子因公牺牲，二儿子当兵，大队花钱把他家的活包下了，人家不说，后响你会赶着骡子种上的。"

"那我也顺便把你带子宽的地捎带种上。"

"算了，三叔那个财迷，铁公鸡一毛不拔，放屁都想过筛子。昨天，给二婶家种了八分地，还是一个村子的，算得分厘不少，眼睁睁地收了二块四角钱。平儿，你不是当家的人，拿不了事，哥把你的心意领上了。"

"狗喜哥，人都说你心强命好，娶得媳妇在全村叫了号……但到这么忙的时节不出门，也不怕人笑话……"

"平儿，平儿，你断气了，你把魂遗了，还不过来。"三叔喝断了他们的谈话。

干了一大晌活儿的人们陆续向村庄返回，质朴的渭北人即使在最繁忙的时候，也忘不了拖着疲劳沙哑的嗓子，喊上一两声走了调子的秦腔，以打消生活中的烦恼。

三叔赶着犁，黑骡子威风凛凛，昂首阔步地朝村子里走来，犁上架着一小捆儿捡回的柴禾。杨志兴等许多人也吆着牛跟在后面进了村。狗喜一个人扛着镢头，蔫头耷脑，老远跟回来。

狗喜家，一辆独轮车放在院子里上面写着"杨阁庄饲养室"的字样，这是承包后狗喜家分的生产资料。进门一棵碗口粗的洋槐树上面挂了一些刚收获的玉米棒，枯黄的树叶落了一院子。三间一面倒的瓦房孤独地立在院子里，几串红辣椒挂在山墙上。由于多年失修，风吹日晒，烟熏火燎，房子显得很破旧，像一位饱经风霜的老人。

厨房在院子里边，前边是住人的。狗喜住的房子很旧，里面的陈设也很古老，暗淡无色。炕上铺着一张芦席，赵红梅裹着一条碎花被子蒙头大睡。

狗喜进家顺手把镢头撂在独轮车上，把斗放在台阶上，径直朝厨房奔去。他揭锅是光的,摸案板是冷的,提水桶是空的,只有一只老黄猫曲卷在灶台的柴草里,发出哀求似的凄叫。

"红梅,红梅。"狗喜进了屋子,轻轻地唤着。

"你少叫我!"红梅侧过身面朝炕里。

"你也不怕人笑话,大忙天在家里睡……"

红梅腾地一下坐起来:"哼,我不怕人笑话,亏你说得出口,跟着你倒了八辈子霉!没有活一天像样的人,前两年穷怪吃大锅饭,现在承包了,你有本事往出显么,人家都把日子过得红红火火,看你能干啥,今天弄这个明天弄那个,贩羊猪赔了,种地草长了,把家里搞成了这样子不说,还把我娘赔我的自行车、缝纫机也折了,我都没有心思再过下去了。你还怕人笑话?人家不但把你笑了,而且把你先人也笑得在坟里睡不着了。"红梅一串连珠炮,噎的狗喜还不了口。

"我……我爹咋啦?"

"你爹,你爹也没有出息,拿女儿给儿子换媳妇。"

"你……你都糟蹋我爹……"啪!重重一巴掌,落在红梅的脸上。

红梅先是一惊,接着就号啕大哭,披头散发地冲出了家门,朝娘家方向奔去。

大路两旁,男人们有的蹲在地上,有的蹲在拴牛的石头上,有的蹲在门前的碌碡上吃饭,他们不知狗喜家出了什么事,见状一个个惊愕不已。

狗喜跟出家门,想追又不好意思,放不下男子汉的架子,望着红梅的背影出神。他知道,红梅肯定要去赵家湾娘家。

赵家湾赵忠汉家,渭北一个小小康型的农民家庭。

院内朴素宁静,架子车等生产工具齐全,一辆飞鸽牌自行车放在台阶上。

红梅娘刘凤琴正在低着头绑辣子,心事沉重,红梅在一旁低声抽泣。

赵忠汉面带怒气:"原来还看狗喜这娃老实,想不到他还是个二锤子货,我把高中毕业的女儿送给你就够委屈的了,真不识好歹,不好好过日子,反而胡球板筋,把我娃打成这样子。红梅,他不来认错,你就不回去!这一回不降住,一辈子也别想抬起头。"赵忠汉骂完,在树上磕了一下烟锅。

刘凤琴放下手中的活儿，拉过红梅，"都怪娘不好，为了你哥，换了这么个倒霉的亲，娘对不住你。"

"娘！"红梅扑到刘凤琴怀里，呜呜直哭，两年前的情景浮现在她的眼前。

两年前的一天中午，红梅正在院子里洗衣服。她头发高高的挽着，高中毕业生的稚气尚未褪去，轻纱般的衣服遮住她丰满、苗条的身躯，却遮不住少女身上那种诱人的活力。

"红梅"，娘在屋子里呼唤着。

"哎。"红梅甩了甩手上的肥皂沫，应声跑进屋。

"娘叫我干啥？"

"你过来，娘给你说个事。"

红梅坐在娘跟前挽着娘的手。

"今天早上有人来给你哥提亲了。"

"那达人（哪里人）？"

"杨阁庄的，叫春喜。"

"这下可好了，哥有媳妇，我有嫂子，娘你也有指望抱孙子了。"红梅高兴得手舞足蹈。

娘"唉"了一声，把脸沉了下去。

"娘，怎么啦，你不高兴？"

"春喜家也有难处呀，他哥今年快30了，也没找下媳妇，他家啥条件也不提，只要拿春喜把你换过去。"

"啊，这是换亲。娘啊，你好糊涂，怎么想出这个点子来，我死也不去做这丢人现眼的事。"

"娘不糊涂，我还没有答应呢，这不，正和你商量呢。娘也是实在没有啥好办法，只怕不这样做，你哥那么个老实人，这辈子要打光棍了。"

"娘……"

"你就听娘这么一回吧，媒人说了，一个换一个，两家都不要彩礼，马上就能结婚，你若不答应娘，咋对得住你哥，娘的面子往哪里搁？你就答应吧，娘把嫁妆给你赔的多多的。"刘凤琴一阵心酸，抽泣起来，红梅望着娘，两行热泪，挂到腮边。

赵拴劳的房子里杨春喜和赵拴劳相对而坐，听着院子里刚才发生的

事，各自心里都很不是滋味，显然这件事已经影响到他俩，引起他俩不安。

赵拴劳担心地问："春喜，你说他俩这样下去，以后咋办呢？"

"咋办？我可不愿意回杨阁庄去。"春喜拉着拴劳的手说。

杨春喜也回忆起两年前的事。那天上午，狗喜家。狗喜正在院子里修架子车，两手沾满油污，脸上也一道黑。

春喜悄然地走过来，"哥，爹今早上说赵家湾同意换亲，赵红梅还是个高中生，人长得很俊，我一个字也不识，换她咱家划得来。"

"那……你也愿意换？"狗喜放下扳手，转过脸问春喜。

"愿意，我想过了，咱娘死得早，爹把咱拉扯大也不容易，我迟早要出门，怎么也是嫁一个男人，不是给你换媳妇儿就是把我卖了，拿钱给你买媳妇，只要能给你娶上媳妇，爹每天能吃上一口热饭，我到哪里，再苦再穷也甘心。"春喜说着，眼睛里闪着泪花。

"春喜，哥今生今世都忘不了你……"狗喜哽咽了。

秋尽冬来，一晃月余时间过去，赵红梅还是不回来。狗喜像一只孤雁，一个人在麦场游荡，他一下子老了许多，头发更乱了，胡茬更长了。

冬雪初晴，阳光很耀眼，刺的狗喜眼睛半闭着。他来到麦草垛向阳的地方，靠住草垛蹲了下去，晒了一会儿太阳，清醒多了。手从领口伸了进去，挠了挠背上的痒处，又从上衣口袋摸出一个"宝成"烟盒，一看是空的。他把烟盒撕成纸条，把里面残留的烟沫子倒上去，不够卷一根儿烟，就俯下身捋地边干枯油的菜叶子，太潮，他又站起来巡视四周，发现了麦垛子顶上的辣椒秆上有残留的辣椒叶子，就摘下来，放在手心揉了揉，卷起一根又粗又长的烟，点着，深深地吸上一口，随即吐出一串咳嗽，慢慢地，他闭上了眼睛，睡了过去，学生时代的故事又进入梦乡。

1967年夏夜，一轮明月高挂中天，月光如水，万籁寂静。杨福娃推开门探出头去，窥视了一阵子，见没有什么动静，只有洋槐树叶子在夜风中唰唰作响。他放下了心，转身跨起藤条篮子，溜出后门。

杨福娃的自留地中间，有一块二十平方米大小的地方没有种玉米，豆角长得非常茂盛，高高的架子隐藏在青纱帐之中，长长的豆角挂满枝头，谁也不知道，在"文化大革命"的年代，这里有一块"资本主义温床"。

蟋蟀轻轻叫着，玉米叶像飘带一样拂动。一颗豆角架在慢慢地晃动，一会儿，杨福娃从下面钻出来，他摸着满满一筐子豆角，脸上绽开了满足的微笑。

梦中的狗喜继续回忆。翌日上午，在公社自由市场僻静的一隅，杨福娃蹲在那里，狗喜拿着秤站在一边，篮子上的盖布掀开一角，露出翠绿的豆角，立即招来一群人。

"嘿，这年头，还有这么好的东西，是从哪儿弄来的？"

"多少钱一斤，给我称。"

"别挤，排队，排队。"

杨福娃开始给称豆角。这时，大队书记杨根深的眼睛像鹰一样搜索自由市场，他看见一群人在拥挤，就凑了过去。

杨根深拨开人群，不由一怔，上前把杨福娃拎起来，"好哇，今天一大早就有人反映，说有阶级斗争新动向，果然在你这里。"

杨福娃一见来人，两腿直打哆嗦，差点儿跪下去。

杨根深把他的领口往上提了提说，"我正发愁找不上样板，揭不开斗争的盖子呢？你倒自投罗网来了，你说，这些豆角是从哪里来的？"

"是……是从那边买来的。"

"噫，我还把你没看出来，面子上老实巴交，背后还会干投机倒把，破坏国家市场的事。"

"啊！不……不是，不是买的，是我自己种的……"

"你能球得很！到你老婆炕角头种出这么好的豆角来？"

"在我的自留地中间。"

"行啦，又加一罪，破坏国家分配的种植计划，资本主义倾向，够开大会了，走！快回去。"杨根深绊在了篮子上差点摔倒，他发现了在一旁拿称的狗喜。

"哼！还教个学徒。"杨根深一把夺过狗喜手中的秤，在膝盖上一碰，秤杆就成了两截，狗喜吓得哭了起来。

周围的人先是看热闹，后来都觉得这是非之地凶多吉少，胆怯地离散了，有的还吓得直吐舌头。

杨阁庄大路两旁高低不平的屋背上写着"千万不要忘记阶级斗争！""农业学大寨！""政治挂帅""思想领先"等非常时髦的政治口号。

一座高达十几米的五角形语录塔矗立在路边，红色的塔身上面划分为若干个方块，用黄色广告写着毛主席语录："对于农村的阵地，社会主义如果不去占领，资本主义必然会去占领。""不是东风压倒西风就是西风压倒东风，在路线斗争问题上，没有调和的余地。""在拿枪的敌人被消灭以后，不拿枪的敌人依然存在，他们必然的毫无疑义地要和我们作拼死的斗争，我们绝不可轻视这些敌人。"

生产队饲养室墙上，用泥抹出来一个红板报，红板报中间的红太阳中，有一个毛泽东头像在闪闪发光。

社员的家门口，有一个心形图案，里面有一个镂空的硕大的"忠"字。家门口两旁，各有一个泥抹的红板报，上面写有各种字体的毛主席语录。

一片拖拉机旧铧挂在一棵压弯身子的小槐树上，权当是上工铃铛。生产队长杨志兴拣了一块石头，"铛—铛—铛"敲起来。

"哦，全体男女老少，在村口开大会了，批判投机倒把分子杨福娃。开会的记一晌工分，不开会的背毛主席语录。"

男女老少穿着和那个时代相应的服装，胸前挂着各式各样、大小不一的毛主席像章，手握"红宝书"走出家门，向村口会场走去。

男社员有的靠着树站着，有的蹲在路边，女的三五成群席地而坐。

杨福娃脖子上用细铁丝挂着一个大车粪档，上面写着"投机倒把分子杨福娃"，名字上还用红笔划了个叉。

杨根深双手叉腰站在粪堆高处，清了清嗓子。"贫下中农社员们，今儿个后响，在杨阁庄召开批判大会，批斗杨福娃走资本主义道路。"

突然，火光冲天，浓烟滚滚，杨根深家的麦草垛子着起了大火，社员们一看是书记家的麦草垛子着了火，"哄"地一下散了场，乱喊叫起来。

杨根深也慌了神，高声叫道，"我家的麦草着了，快回去拿脸盆，端水救火，"他走到杨福娃跟前，帮杨福娃卸挂在脖子上的重物，"福娃哥，快救火去，快救火去。"

杨福娃一愣，带着粪档向火海冲去。众社员不停地朝火上浇水，杨福娃脱下衣服打火，他被浇的落汤鸡一般，脸上烟黑道道。一场批斗大会被浇灭了，人们疲倦的朝家走，把"红宝书"扔了一地。

这时，躲在树丛中看热闹的杨狗喜，望着狼狈不堪的杨根深，把一盒火柴搓碎撒在地上，偷偷地笑了。

次年初，红卫兵运动在全国风起，在公社上初中一年级的狗喜凭着三代贫农苦大仇深的家谱，在学校拉起了"毛泽东主义红卫兵"的组织，自封为司令。

公路上，杨狗喜指挥着红卫兵队伍，唱着"下定决心，不怕牺牲，排除万难，去争取胜利"的语录歌，扛着印有"毛泽东主义红卫兵"字样的大旗前进。公社门口，杨狗喜带着十几个红卫兵小将贴上一片又一片的大字报。地里，杨狗喜带领红卫兵砸石碑平坟头。庙里，杨狗喜和五六个小将爬上庙顶，用八磅大锤砸飞檐、斗拱，用刀削雕梁画栋。村里，狗喜和小将追着抓住一个年轻媳妇，用剪刀"咔嚓"一声，剪断了粗大的辫子，年轻媳妇呜呜直哭。

一天上午，狗喜和红卫兵冲进大队部，把炮轰杨根深的大字报贴在了大队部墙上。把正在办公室的杨根深抓出来，二话没说，把一个写有"走资本主义当权派"的高帽子给他扣在头上，把一块大车粪档木牌挂在脖子上，拉上到各村游行。

所到之处，敲锣打鼓，呼口号，贴标语，天翻地覆，惊心动魄。队伍走到杨阁庄批判杨福娃的地方停下来，围成一个大圈，杨根深站在中间，低着头。

狗喜主持批斗大会："杨根深，你把你迫害贫下中农的事老老实实交代一下，说！""坦白从宽，抗拒从严"杨狗喜带头喊起了口号。

"杨根深，这样行不行？"

"不行，怎么办？"

"拥！"

于是，一群红卫兵一拥而上扑过去，把杨根深打倒在地上，在身上腿上乱打……

狗喜站在一旁，得意地笑了。

麦草垛，杨狗喜因为抽了辣椒叶子卷的烟刺激太大，痛苦的抽搐着。一会儿，麻醉了神经中枢，昏了过去，烟头掉在麦垛里，慢慢地燃烧起来。

杨狗喜被烧醒，从火堆中滚了出来，急忙扑打，火灭了，他扯起衣服一看,黑棉袄被烧掉了一片襟。他揉了一下眼睛,木然地唤着:"红梅,你回来吧,你真的不回来了吗?"

杨根深家,四合院,显出了裕足、宁静的生活气息。西面厢房,是杨根深和老伴康春香的住处,这时他正和老伴商量秀文的事呢。

"英明他爹,英明今天三周年一过,秀文咋办呢?让她回家另找主人吧?"

"我看不行。她一走,两个娃娃谁管呢?"

"让她带走吧。"

"不,娃娃是咱杨家的根,怎么也不能带走。再说,娃娃一带走,对秀文也是个拖累,难找婆家,咱家一个月四十元钱的抚养费也就没有了。"

"你怎么光往那几个钱上瞅,不想人家秀文年纪轻轻的,今后咋活呢?"

"我和他三叔商量过了,英杰年底就复员回来,让他和秀文结婚,秀文是个好娃娃,你也喜欢,这么一办,孙子还是咱们的,还能省些钱。给英杰娶个媳妇,也要花上一两千块钱,还不一定有秀文好。"

"这倒是个好主意,我怎么没有想到,英杰会同意么?"

"我给他写信说。"

东面厢房,是儿媳妇张秀文的房子,里面带有明显的寡妇生活痕迹。墙上,有张秀文和丈夫结婚合影的镜框,有丈夫劳动得来的奖状。今天,是她丈夫因公牺牲三周年的日子,这时,她抚着影集嘤嘤直哭。

秀文回想起三年前,在杨阁庄生产队的平整土地工地上,几十米高的土崖上,用石灰写着"移山填沟造平原,三年实现大寨县"的标语。

劳动的场面很大,当年大锅饭的味道很浓。崖下,杨英明在挥镢挖土,热汗淋漓,秀文一个人拉着架子车,气喘吁吁。

突然有人在高喊:"快闪开,崖塌了。"

杨英明还在下面低头挖土,"轰隆"一声巨大的土崖崩塌下来,把他深深地埋在里面。

秀文听见喊声,扔下架子车奔了过去。工地上乱成一团,杨志兴指挥社员救人,好半天才把英明挖出来,但一点希望也没有了。

秀文爬着过去,扑到英明身上,一声"英明"就昏了过去。

看着妈妈低头哭泣，两个孩子胆怯地躲在一边。婆婆康春香进屋，秀文忙把影集塞进被窝，抹了一把哭红的眼睛，怕婆婆看见引起伤感。她挪了挪身子，让婆婆坐下。

"秀文，这几年让你吃了不少苦。"康春香抚着秀文的手说，"按理，今儿以后你就可以改嫁了，可是你看咱们这个家，我和你爹都老了，身体不太好，英杰又当兵，怎么办呢？"

"娘，我孝敬你们，我永远不想离开你们。啊！呜呜……娘呀，我的命苦哇……"

"秀文，你别哭了，再哭我也伤心了。"康春香说着，也抹起眼泪。

"娘，我不哭了。"

"秀文，有件事，我想先和你商量一下，又怕你不愿意。"

"你说吧，娘。"

"英杰当兵也快5年了，到年底就能复员回来，我和你爹也是商量过了，给他写信说，叫他回来，你们两个结婚。"

"娘，这样做不行，他是弟弟，年龄还小……"

"他也不小了，回来也该给他娶媳妇了，再说，你要是改嫁，找不上个好人家，也把娘焦死了。你俩就……秀文，我的好孩子。"

"娘。"秀文一声扑进康春香的怀里，低声说，"我听你的。"

康春香走后，小伟问妈妈："妈妈，叔叔什么时候才能回来？"

"很快就回来。"

"叔叔不是打仗去了吗，他一定能立个大功。"

第二天，杨根深的油菜地里，秀文背着喷雾器喷农药。她在重新编织生活的花篮，精神有了明显好转，脸上也浮起了红光。不远处狗喜在挖渠浇地，看到秀文，她下意识地停下来，朝这面打量了一阵子，他大概又想起红梅了。

赵忠汉家的门虚掩着，这时，媒婆推开门进来又掩住门。"她婶，你忙啥呢？"一转身像猎豹一样发现了坐在院子里的红梅，"哟，这不是红梅么？怎么还没回去，是不是要把娃娃生在赵家湾？"

"她姨，快来坐下，劝红梅几句。"

"怎么回事？"

"怎么，你还不知道？"

"哦。"媒婆佯装不解。

"就是你说的那个换亲的媒，把我娃害的不浅。"

"春喜不是很好么，给你生了个胖孙子，对你老两口又孝敬又听话。"

"春喜好，狗喜可不是人敬的东西，叫人去捎了几次话，让他来赔个不是，把红梅领回去算了，他不来不说，还以为我们害怕他，装起硬汉来了，骂我老两口没有把女儿教好，你说气人不气人？"

"妈，你别再说了，我死了也不愿意回那个破家了。"红梅厌烦地说，"我要和他离婚。"

"离婚？孩子，这怎么成呢？不是叫人笑死了么。"

媒婆在一旁插言："笑话啥？婚是人结的，也是人离的。一个不爱一个，在一起有啥意思。"

"现在我看还不到离婚的地步，再说离婚也不像喝一口凉水那么容易，公社能给办手续吗？"刘凤琴有点不太同意。

"我的好嫂子你真糊涂哟，这哪儿用得着去公社离婚，当初过门儿时，为了快完成两家私订下的事，结婚证都没领，露水夫妻一场。"

"是这样吗？"刘凤琴半信半疑。

"这是《婚姻法》上说的，国家还能哄人么？"媒婆的样子显得很神秘。

"那你说该怎么办？"

"我给你出个主意你看怎么样？"

"你快说吧。"

"前年两家换亲，是为了给咱栓劳换媳妇，也是为了两家都好，咱委屈了一下，把红梅这么好的女孩给了狗喜那个狼不吃的，现在拴劳有了媳妇，你也有了孙子，本当都应好好过日子才是，可狗喜他不争气，欺上门来，为啥不顺水推舟，悔了这门婚事，给红梅再找个好婆家。"

"我也想过了，狗喜那个家，是个没底的坑，哪一天才是出头之日呀！不过，狗喜从小死了娘，也怪可怜的，这样做人会不会骂我们没良心？"

"唉呀呀，我的老嫂子，你咋这么善良呢，这年头良心一斤值多少钱？你这样做，也是狗喜逼出来的，他虐待媳妇，活该这样下场。"

"……"

"嫂子,你还犹豫啥呢?为了红梅一辈子好,就是背个坏名也值得。"

"结过婚的人,又身怀有孕,谁会要她呢?"

"哎!就有人要,前几天,我去了曹沟岭我妹子那里一趟,他说隔壁她侄儿叫曹锁儿,三十好几还没找上媳妇。我把咱红梅的事说了一下,人家也不嫌。曹锁儿上无爹娘下无弟妹,没有负担。去年承包了大队的石灰窑发了大财。虽说远一些,但远了闲话少,再说人家愿意出这个礼。"媒婆眉飞色舞伸出了五个指头在刘凤琴眼前晃。

"那我得和他爹商量一下。"

"行,我等你回话。"

在春喜的房子里,红梅正对着一面穿衣镜梳头。春喜端着一碗面条进屋。"给,红梅,你吃饭吧。"

"你先吃吧,我自己去端。"红梅身子没转,坐到了炕头。

春喜犹豫了一下,又去端饭了。红梅扎好头,转身看到墙上装有栓劳和春喜结婚照片的镜框,呆呆地看了起来,她大概会想到,她的举动,会给他俩宁静的生活中投一颗不愉快的石子。

春喜端饭进来,在身后叫了一声:"红梅,吃吧,饭都凉了。"

红梅回过头来看了春喜一眼,发现她脸上有点不对劲,想说什么但开不了口。春喜先开了腔:"红梅你回来也快两个月了,还不回去,狗喜哥不知咋过活呢?大概快饿死了。"

"让他受点罪也好,要不然,他还觉得老婆是多余的呢。"

"红梅,说归说,可你还得回去,你已是五个多月的身子,待在娘家不太好,还让狗哥放心不下。"

"春喜,咱姐妹今天在一起说点心里话,我问你,你觉得我哥人怎么样?"

"他人老实,对我好,我觉得能嫁给他是我的福气。"

"可是,你说你哥是怎么个人,我嫁给他般配吗?"

"红梅,你问这话叫我怎么说呢?我觉得咱们女人就像一件衣服,穿在哪个男人身上就是哪个男人的。你人品好有文化,应该嫁个好人家,可是你偏偏又遇不上,这是命啊,你得认。况且这几年都过来了,生米已做成熟饭了,将就着也是一辈子。"

"现在是啥时候了,你还这么封建。"

"我不识字，没有你见识广，这事碰在别人身上，说不定我还支持你离婚，可偏偏又是我哥，他就这么个人，想发财没运气，想把日子过好又没本事，他打了你很后悔，还偷偷哭了几次，可就是拉不下脸来给你道歉。红梅，你就看在我的面上，回去吧，地球转哩，人也变呢。"

"我是下决心再不回去了。"

"啊？"

"春喜，我想对你说，如果我不回去，你可千万别学我的样子，把我哥扔下。你是你我是我，不要因为我而害了你。"红梅说着，眼泪扑溜溜落了下来。

春喜拉着红梅的手说："你放心，即使我劝不住你，也不会糊涂到那一步，我家穷，我哥没本事留不下你，人往高处走，水往低处流，社会就成了这个样子了，我不怨你。不过你想过没有，你走了扔下狗喜哥一个人咋么活，你想想啊！"

"你叫我咋办呀，春喜？呜呜……"

"你别伤心，呜呜……"两个人抱在一起哭了。

杨阁庄在瑟瑟秋风中迎来了冬天，大路两旁的杨树全都落了叶，使村子一下子变得苍老了许多。太阳懒洋洋地照着村子，吃过早饭，一群年轻媳妇坐在一起聊天，有的纳鞋底，有的绑辣子，有的剥棉花，慢慢地把话题扯到了秀文身上。

甲："哎，你们说，小伟爹三周年都过了，秀文怎么还没有走的意思，前几天我还看见她给油菜打药哩。"

乙："咳，图啥呢？寡就那么好守，给我一座金山我也不干。"

丙："哟，怪不得勒，人家男人都出去挣钱去了，就你把我二哥关在房子不让走，感情是离不得啊。嘻嘻，嘻嘻。"

乙："呸，谁像你们两口子，没出息，粘在一起拉都拉不开。"

丙："拉不开又咋咧，自己男人自己爱，你眼红么？"

乙："就那么一个男人，还拿来眼红人，我还以为你有多余的男人呢？"

丙："你这个骚情鬼，说话都想占便宜。"

甲："你们都不知道底细，根深大叔这个人抠的要命，他看出秀文是个好劳力，哪能让她走。"

乙:"是呀,秀文一走,把两个娃娃带走,每月四十元的抚养费也就没有了,人财两空他舍得吗?"

丙:"那总得有个办法,不能叫秀文守一辈子寡呀,三十多岁的人了,还能活几天人?"

甲:"根深家嫂子对我娘说了,准备让英杰回来和秀文结婚。"

丁:"这也是个好主意。"

丙:"现在是啥年月了,还有这种事?"

乙:"咋不行,谁和谁过也不是老天爷安排的,英杰和秀文年龄相当,复员回来,背包一放入洞房。"

丁:"这下可好了,咱杨阁庄总算能把秀文留住了。"

狗喜家,狗喜满身灰尘,正打扫卫生。经过他一天的泥抹,粉刷,清理,家里一切焕然一新,他现在正往炕上铺麦草,铺了一些,总觉得不够,又铺了一层。

杨阁庄汽车站,平儿背着锯子,斧子等木匠工具候车,他要到外地干活挣钱去。狗喜站在一旁对平儿说:"你如果到赵家湾干活,一定要把红梅叫回来,就说我把什么都准备好了,叫她回来坐月子。"

"狗喜哥,你放心,我这次去,凭咱这三寸不烂之舌,就是吹,也要把红梅嫂子吹回来。"

公共汽车来了,狗喜满怀希望地把平儿送上车。

赵家湾汽车站,媒婆,刘凤琴领着掂着大肚子的红梅来到站牌下。

"红梅,这次到了曹沟岭,咋都要好好的,再不要叫娘操心了,人活一辈子淡得很,不能把结婚当成走亲戚。"刘凤琴看汽车来了,还一个劲给女儿叮咛。

汽车停稳,平儿刚想下去,忽然发现了红梅和媒婆上车,就回到原来的位置,压低帽子,想看个究竟。红梅和媒婆上了车,正好坐在平儿前面的座位上,他们的一举一动全在平儿的视线之中。

汽车开动了,媒婆问红梅:"你把介绍信开了没有?"

红梅点了点头。

"那就好,到了曹沟岭,第一件事就是赶紧把结婚证领上,叫《婚姻法》把你给保护住,要不然,狗喜那个榆木墩墩,难劈着哩。"

听到这儿,平儿明白了一切。"司机快停车,快停车!"平儿急喊。

"吱"的一声，汽车一个急刹车，把正在得意的媒婆头碰在一只椅背上，她"哎哟"一声"怎么搞的，这儿有孕妇，也不小心。"

司机回头问："什么事？"

"到赵家湾下车，过站了。"

"你怎么不早下车？"

"对不起，我睡着了。"

红梅看清是平儿，忙把头埋在怀里。

平儿一下车就往回跑，连车上的东西也忘拿了。

司机高喊："冒失鬼，你的东西还在上面。"

"噢噢噢"平儿返回来，差点被石头绊倒。

狗喜家，狗喜正在做饭。他蹲在灶前烧火，柴禾太湿，光冒烟不着火，他低着头一个劲吹火，两眼刺的直流泪。

"砰"一声，平儿一脚踏进了门，狗喜大吃一惊："怎么啦，你又回来了。"

"狗喜哥，你还有心吃饭？嫂子叫人拐跑了。"

"你说什么？啊？拐到哪里去了？"

"被一个老婆儿拐到曹沟岭去了。"平儿把耳闻目睹的情景说了一遍，狗喜听了大吃一惊，手中的碗掉在地上，摔成了八瓣。

大队部，老支书杨根深戴着一顶军用皮帽子，披一件羔皮短褂，蹬一双军用毛皮鞋，坐在办公桌前擦墨镜。这时，狗喜闯了进来，"根深大叔，我的媳妇叫人拐跑了，你快给我想办法。"狗喜一下子哭了起来。

"怎么，那么大一个人，还能拐跑，不是快给你生儿子了吗？"杨根深在这时不忘轻轻讽刺狗喜一下。

"咳，还提啥儿子，那次我打了她，想治一下她的倔劲，谁知她家把事做绝了。"

杨根深想起狗喜当红卫兵时的荒唐事，成见油然而生："你也有用大叔的时候呀！可惜大叔的腿在游街时摔坏了，不能给你跑腿出力了。"

"大叔，你不要这样想了，我的错处我知道，但咱们一笔写不出两个杨字，我总还是咱大队的人吧。"

"这是你们夫妻之间的私事，组织上不好出面去管。"

"你到底管不管？"

"我管不了。"

"那好，你给我开个证明信，我自己去抢！"

"能成，大叔给你开。"杨根深从电话记录本上扯下一张纸写道：

曹沟岭大队党支部：

今有我大队社员杨狗喜前来贵村要媳妇赵红梅，请接待为盼。

杨阁庄大队党支部（盖章）
1982 年 12 月 8 日

当天晚上，狗喜房子，烛光悠悠，烟雾缭绕。

七八个小伙子坐在炕头，把脚埋在被窝里。这些 20 出头的小伙子，包括平儿在内，都是狗喜的本族弟兄。

一只黑色的木盘放在被子上，狗喜炒了一盘鸡蛋，拿出一瓶太白酒开腔："兄弟，今儿哥把你们叫来，没有啥好吃的好喝的。哥遇上难处了，你们都知道，红梅是用咱春喜换来的，你们看在死去叔的面子上帮哥一下。今晚上去，能说就说能抢就抢，一定要把红梅弄回来。"

甲："妈的，这不是狗喜哥一个人的事，这是欺负人，往咱杨阁庄人脸上扣屎呢？一定要给咱把这口气争回来。"

乙："狗喜哥，你就放心，这个事就包在咱们兄弟身上，吃！"筷子交错，一盘鸡蛋见了底。

丙："咱们这几个人能行吗？"

"还有这个"狗喜把开的证明递上去。

乙："你这个顶屁用，要靠这个"，他把证明撕碎扔掉，举起右拳在晃。

丙："打人可不好，万一出了事儿……"

乙："胆小鬼！怕啥，晚上他们摸不清虚实，打一个冷不防，夹上红梅就跑。"

"唉，我还有去年民兵训练时剩下的一颗纸手榴弹，扔出去吓唬一下。"平儿也凑上来。

一队骑自行车的小伙子，在月光下出发了。有的扛着钢叉，有的拿着木棍、铁锨。小伙子乙双手撒把，唱起样板戏《沙家浜》选段："趁夜幕奇袭沙家浜，打他一个冷不防，好一似汤浇蚁穴，火燎蜂房。"

平儿拿着假手榴弹，狗喜坐在平儿车上，腋下给红梅夹着棉袄和红头巾。

曹沟岭村口，杨阁庄的小伙子把自行车放在打谷场上，让狗喜看住。他们摸进村不一会，就和曹沟岭村的人接上了火，呐喊声、叫骂声、棍棒铁器交碰声响成一片，打得难解难分。

"推他们的自行车去！"曹沟岭人发现了杨阁庄青年的弱点，叫着向打谷场扑来。狗喜听到这话，忙叫小伙子往回撤，杨阁庄不战自溃，眼看就要被包围了，这时平儿急中生智，掏出手榴弹扔了过去，"轰"一声把曹沟岭的人镇住不敢再追了。

小伙子趁机各自骑上车子往回逃，如鸟兽散。狗喜没有人带，独自往家走。乡间小路上，狗喜疲乏地走着，月光从云缝中泻了下来，撒在狗喜孤独的身上，夜茫茫，路遥遥，等他到家时，东方已经发白。

打群架还投手榴弹，这可是大事，周村公社派出所被惊动了。

杨阁庄的小伙子挨了打，委屈的不行，就怂恿狗喜先去派出所告状，欲借法律力量解决问题，挽回面子正好自投罗网。

派出所朱怀志所长接待了狗喜："有啥事，请坐下说。"

"我告曹沟岭的人，拐了我媳妇，我们去要人，反而挨了打。"

"好，好。"

这时，桌上电话铃响了，朱所长接电话："喂，我是周村派出所，杨阁庄十几个小伙子……啊，钢叉、木棍，啊，还有手榴弹，好，我们立即查……"

"你就叫杨狗喜？"

"对"。

"你们昨晚去曹沟岭干什么？"

"给我要媳妇"。

"有多少人？"

"十几个。"

"好，你把他们都叫来，快回去叫。"

小伙子都被叫到派出所，他们有的头上、脸上抹着红汞，有的手上缠着纱布，好不沮丧。

朱怀志说："人家是领了结婚证的，名正言顺的夫妻，受法律保护。你们夜入民宅，打人抢人，已经犯了法。是谁出的主意？啊？"

小伙子吓得一个个往后躲。

"是我。不怪他们。"狗喜站了起来。

"好，你留下，按治安管理条例，拘留7天，其他人回去。"

被扣留的狗喜，食不甘味，觉不安枕，每天还要去劳动，打扫街道，用石灰水刷树，等放回来时，人模鬼样，面黄肌瘦，一瘸一拐的向村里走去。

一辆北京牌小吉普在公路上疾跑。

车上坐了3个人，一个是县民政局干部，一个是周村乡政府干部，另一个是军队干部。军队干部开了口："我们去给杨大叔怎么讲呢？听说他的大儿子已经牺牲了。"

乡干部说："老杨是村党支部书记，50年代的老党员，很有觉悟，刚刚退下，工作好做。"

汽车到了村口停下，他们下来打听杨英杰的家。

秀文正在抱柴禾，乡干部拦住问："杨英杰家在哪？"

"是我家。"秀文把他们领进婆婆房子，给他们递烟，泡茶。

杨根深，康大婶儿和来人一起随便谈，越谈越觉别扭。根深说："我们大队对军属照顾很周到，帮收帮种。叫英杰不要操心家里，安心工作。"

"大叔，不……英杰不愧是你教育出来的好儿子……"军队干部先开了口。

"怎么？我英杰咋了？"大婶接着追问。

县民政局干部说："英杰牺牲了。"他说着，从提包里拿出了部队发的《革命烈士通知书》。

"英杰啊……"大婶受不了这么沉重打击，当即晕了过去。

杨根深抱着头跑出了屋子。军队干部拿出了一封血染的遗书，交给张秀文。

双亲大人：

最近身体健康吧？嫂子和小伟、小平都好吧？

很长时间没有给家里写信了，现在，我在战场上给你们写信，也许是对爹娘最后一次讲话了。养兵千日，用兵一时，打仗免不了牺牲，如果儿子在战场上牺牲了，请爹娘一定不要伤心，国家总得有人保卫，常言说：

忠孝不能两全，为国捐躯儿无憾，只是我爹的身体叫儿放心不下，他在"文革"中受了折磨，哥哥牺牲后，对他打击很大，我再有个三长两短，叫他怎么受得了，这叫儿在九泉之下也难瞑目。

父母来信，劝我复员回来和嫂子成亲，我觉得这事儿不能由父母包办。嫂子是个好人，勤劳、朴实、有文化，在咱家也吃了不少苦，今后应该得到幸福。如果我牺牲了，嫂子愿意改嫁，父母不要干涉。嫂子愿意招一个合适的人进门，父母也不要阻挡，总之，要支持嫂子自己做主。

遗书没有落款，里面夹着一个血糊了的英杰二寸照片。秀文读到这里，已经泣不成声了。全村人听到英杰牺牲的消息，挽着杨根深回到院子，围着门口，一片悲恸。

年关将至，寒气袭人，狗喜衣帽褴褛，在土壕边散心。"狗喜，狗喜，你过来！"三叔在壕里和小儿子打土坯，他把烟锅从领口中抽出来，蹲在塄坎上装烟。狗喜走到三叔跟前。

"狗喜，你看你这一晌成了个啥熊样子了，丢了老婆就像把魂丢了，还堂堂一个男人呢？"

"三叔，我活不下去了。"

"嘿，我看你还碰死不成，大丈夫肚子里能跑船，媳妇跑了算个球事，今天走一个穿红的，明天来一个穿绿的，来，三叔给你出个主意。"

"你说，三叔。"

"屋子里人眼窝窝浅，都是贱皮货，你弄上几个钱，买上两件衣服拿去，她就乖乖地跟上回来了。"

"三叔，眼看要过年了，我连给我爹买上坟纸的钱都没有，哪还有钱给他买衣服呢？"

"有个事，能挣钱，看你干不干？"

"啥事？我干。"

"先别急，这个事儿听起来名声不好，可是工价好。"

"三叔，现在我还顾啥脸皮子呢？啥事儿我都干，只要给钱。"

"三叔给你说，是这么个事儿。朱家营的朱老七前天死了，朱老汉名气大得很，五个儿子都端公家的饭碗，眼看明天要埋人了，三儿子从新疆回不来，为了好听，听说想花钱雇一个人顶三儿子，披麻戴孝，一个钟头给5块钱，但要能哭出来。"

"三叔,我去,我会哭,我正愁没有地方哭。"说着狗喜用袖子擦眼睛。

"那好,那先帮三叔打一晌土坯,我到朱家营去给你跑一回。"

"嗵,嗵",狗喜拖着虚弱的身子,提着沉重的石夯,一上一下,非常吃力。不一会虚汗挂满前额,随着石夯的起落,他的眼前,天地失去了平衡,红梅的笑脸在他眼前一闪一闪。

次日早上,朱家营,送殡的队伍长达百多米。

二十多名男少年走在前面,用权挑着像瀑布一样的纸钱串,紧接着是十二名吹鼓手瞪眼鼓腮,十分卖力。后面跟进一辆手扶拖拉机,拖斗里装着一块大理石碑,上面写着"先严朱老公大人之墓。"最后面是一群孝男孝女,扶灵而行,披麻戴孝,哭声撼天恸地。男孝子哭声粗壮浑厚,女孝子哭声尖细悠长。两旁看热闹的男女老少簇拥着送殡队伍,并有邻村乡民,扛着铁锨前去埋人。

狗喜夹在男孝子中间,哭声最为真切悲伤,比亲儿子还痛切,引起了乡亲们的议论。

甲:"那个就是老三吗?"

乙:"听声音就是,从新疆那么远回来,不容易呀!真是好孝子。"

丙:"朱老七活着就最疼三儿子。"

丁:"啧啧,还是人家朱老七有本事,死了都这么大的气势。"

"我的爹呀,啊……啊……"狗喜眼前出现了一年前的情景……

一年前的一天,红梅和春喜各自回了娘家。杨福娃生了个大病,临终前把狗喜春喜叫到炕前。

"喜儿,爹这一辈子没本事,没有给你置下什么,还差一点叫你打光棍。"

"爹,你别说这些了。"

"哦,现在,给你把媳妇娶进了门,我也就放心了,可你要知道,你这个媳妇人花俏,要好好管,可别叫她飞了。要记住,咱杨家的香火不能断啊……"说完,眼睛直直地盯住狗喜去世了。

"我的爹呀啊……啊……"狗喜和春喜一起扑在爹的身上。

狗喜扶着棺材一声哭下去,眼前发黑,浓痰堵喉,一下子昏死过去,众乡亲急忙把不省人事的狗喜抬进了家。

当晚三叔来看狗喜。"狗喜，三叔真是一点也没有把你看出来，有的人笑你没本事，可我倒看你能演戏，哭的如此伤心，叫人分不出哪个是亲儿子，哪个是你。人家朱家营的人大方，说你出了大力，给他们争了气，给了十五元钱。不错吧，顶你打三天土坯的工钱。"说罢，又把一个大献祭（大蒸馍）放在桌上。

"三叔，你甭说了行不行？"狗喜心里痛苦难忍，望也没望三叔，转过身子脸朝后面。

数十天后，杨根深家，失去亲人的悲痛气氛有所淡化，原来的生活基调开始恢复。早上，秀文把儿子，女儿打扮好，背上书包去上学，给他们一人塞一张薄饼子。

小伟和小平走出村口，碰上狗喜，"狗喜叔，你好。"

"来，叔给你咬个马。"

小伟把饼子递给狗喜，他三两口，就咬出一个马，像极了。

"我也要，我也要"，小平也把饼子交给了狗喜。

"这是你妈烙的吗？"

"嗯。"小平点头。

"太香了。"狗喜越咬越小，忍不住狼吞虎咽的吃光了。

"你给我赔，给我赔。"小平气得直哭。

"甭哭，你明天再拿个大饼子来，叔给你再咬个驴。"狗喜极逼真地模仿了一声驴叫，逗得小平破涕为笑。

春天到了，杨阁庄恢复了生机，田野里麦儿青，菜花儿黄，大地有了新的气息。一天上午，狗喜在地里锄小麦，犁沟那边，秀文在给油菜浇水。

"你来锄麦？"

"你浇油菜？"

两个人开始了很不自然的对话，秀文低着头看四周，脸羞得绯红。一会儿，水渠垮了个大口子，水一下漫进了狗喜的麦田。秀文怎么也堵不住，急的她赤脚在地里扑腾，差点没喊出来。

狗喜看到这种情景，忙跑过来，用锄头老练的把口子堵上。然后，他蹲在水渠边洗手上的泥，对秀文说："怎么就你一个人来浇地，大叔呢？"

"大婶的病又犯了，他来不了。"

"你用的这把锨不好使,下午,你到我家来,我家有一把锨,好使得很。

"行,我下午去拿。"

下午,秀文向狗喜家走去,她环顾四周,见无人注意,就站在狗喜家门口,大声叫道:"狗喜,狗喜,把你的锨借给我用一下。"

"能成,我给你取。"

狗喜拿着锨出来,在给锨的当儿,两个人的手情不自禁地碰了一下,突然又触电般缩了回去,锨"哐当"一声掉在地上。

少顷,秀文低着头,从地上捡起先锨,头也不回地朝地里走去。

油菜地里,秀文拄着锨,陷入了沉思,好大一会儿,水沟里的水把她的脚都淹上了,她才清醒过来。她抹了一下眼角的泪珠,从水中把锨拿出来,端详起来:这是一把枣木把子的铁锨,把子紫红油亮,锨头光鉴照人,在秋阳下一闪一闪,她从光环中看到了狗喜的音容笑貌,看到了狗喜那颗淳朴的心。

过了一阵子,狗喜扛上锄头,装出锄地的样子又来到麦田,他走过去问秀文,"好使不?"

"好使,你的家具我一拿上就觉得顺手,让我再用几天吧?"

"秀文,浇地是男人干的活,我锄地又慢得不行,咱们两个换一下,行吗?"

"能成,小心把你的衣服弄脏了,你没有人洗。"

两个人换了工具干起了活,干活之中,秀文先开了口:"红梅还没有回来吗?"

"你明明知道没有回来,还问啥?"

"……"秀文的脸一下子红了起来。

"她另嫁人了,再不回咱杨阁庄了,我去了几次赵家湾,她娘说,叫我死了那份心。"

"一夜夫妻还百日恩呢,红梅的心也真够硬的,把你一下子扔下了。"

"都一样,小伟他爹不也把你扔下了吗?秀文,你现在还不回娘家去吗?"

"大叔老了,大婶有病,家里无人照看,我咋能这么走呢?再说,杨阁庄我也离不开,唉!"

"唉"，狗喜仰天长叹一声。

"你……"秀文看了狗喜一眼，脸一红又低下头去。

夜晚，上弦月挂在东天，大地如霜，万籁寂静，秀文轻轻走进了狗喜院子，听狗喜的房门。

"谁？"

"我。"

狗喜忙跳下炕，拉开了门："你现在来干啥？"

"我给你还锹来，你的锹好使的很，我用了好几天。"

"快进房子来，外面太冷。"

"我不进来了，人多眼杂的，我得赶紧走哈。"说着，就朝外走，快出门时，她顺手从推车上把狗喜的破布衫拿起，揣在怀里出了门。

一天，在通往镇子上的大路上，秀文拉着大婶从街上看病回来，半路上下起了大雨来，雷电交加，道路泥泞，秀文披头散发，单薄的身子在雨中弓得快要贴近地面。正巧碰上狗喜从街上回来，他急忙奔过去，脱下衣衫，给大婶儿盖上。从秀文手中接过架子车，光着膀子拉到了村口。

秀文一直在后面推车，到了村口她要过车子，示意狗喜走开，大婶在车上低声语："狗喜娃，今天多亏你啊！"

"大婶，没有啥，没有啥。"

狗喜家，狗喜蹲在一边抽烟。春喜回来给狗喜洗衣服，"哥，红梅生了，还是个儿子哩，名字叫小拣，上个月抱回来了，长得和你一模一样。"

"春喜，你别说了，我的心都乱死了。"

秀文在地里给玉米施化肥，狗喜也装着看自己的玉米，顺看玉米行子溜了过来。秀文转身欲走。

"秀文，你最近老躲着我干什么？我又不吃你。"

"我……我……"

"我看得出来，你不想走，你舍不得离开咱杨阁庄。秀文，今个儿这里没有人，我问你一句话，你到杨阁庄七八年了，我就这么个具体人，家里也没有啥，如果你情愿的话，到我家里来也行，我到大叔家上门，帮你伺候两位老人也行，你快答应我吧。"狗喜盯着秀文不放。

秀文低下头择玉米叶子，好一会儿，才红着脸对狗喜说："我得和大婶商量一下。"

夜，杨根深屋子，康春香对杨根深说："他爹，你看咱俩也老了，秀文这么下去咋办呢？"

"我也在思量这个事。"

"秀文是个好媳妇，这半年来，要不是她，咱这个家早就塌了，我是实在舍不得让她走。英杰在信上说，给秀文招个人，你说这么做行不行？"

"秀文和咱的亲娃娃一样，只要她能看上，我看行。"

"你说狗喜这娃咋样？"

"怎么，你想把他引上门，得我的绝业。"杨根深说着，一骨噜爬起来。

"我看狗喜这娃厚道，靠得住。"

"厚道个屁！瞎得很！文化大革命，差点把我逼得上了吊。你看，他那么大的个小伙子球本事没有，把地种的像个秃子头，败家子，亏他先人呢！"

"秀文也说他不错，心眼好，狗喜还对秀文说，他对不住你，烧了咱家的麦草垛，批斗了你，欠了你一份情，到了咱家要好好地孝顺你，补上他的过错。"

"黄鼠狼给鸡拜年，没安好心。秀文说他好，叫她搬出去住，在我家里少打主意。哼！"杨根深说完，蒙头大睡。

一天下午，在狗喜家玉米地上，狗喜又和秀文碰在一起。

"秀文，你问了没有？大婶同意吗？"

"大婶愿意，可大叔说什么也不答应。"

"那怎么办呢？"

"你先别急，我再慢慢给他说。他老了，一时想不通，他对你批斗他老是打不过回头转。狗喜，你的布衫我给你补好了，今晚你到我房子里来拿。"

"到你房子里……"

"嗯，小伟和小平都去了他舅家。"

狗喜看了秀文好大一会儿，从她的眼睛里觉察到了说不出来的恐慌。"行，我一定去。"

夜晚，狗喜推杨根深的门，门关着，他犹豫了片刻，就绕到了后院墙下，攀着一棵墙根旁的大椿树，用力往上爬。快到墙顶时，手一滑"咚"

一声摔下来。他休息了一阵子，又环顾四周，一片寂静，不由滋生出几分胆怯的心来。明亮的月亮，挂在树梢，大地朗朗的，一切都是那么美好，诱人。

狗喜又来了精神，他运了运气，搓了搓手，又攀住椿树，吃力地往上爬。爬到墙顶，轻轻溜下去，他看院子黑着，就摸到了秀文的门口。门是虚掩的，他轻轻一推就进去了。

杨根深听到院子里有动静，便急忙起了床，借月光一瞅，见狗喜钻进了秀文的房子，就出去叫人了。

秀文穿着乳罩，短裤孤卧在凉席上，月光从窗棂上流泻进来，均匀地洒在她光滑凝脂的肌肤上，乳房隆起，大腿光洁修长，总之，少女的姿色并没有完全从她身上泯灭。一对黑色的眸子闪闪发光，里面凝结着这些年来的忧伤和她对生活的憧憬。

门开了，狗喜进来，他一看床上的秀文，顿时痴呆了。

秀文一听是狗喜来了，就轻轻地呻吟："狗喜，你怎么才来，叫我好等啊！"

正当狗喜刚要过去的时候，杨根深领着族内一帮小伙子，捉奸来了，他们堵住门，从房子里把狗喜和穿着短裤的秀文拖了出来，一阵乱打。"野嫖客，臭婊子，叫你们胡骚情，打！打死他们！"

狗喜和秀文挨了打之后，被推到门外。他俩一起回到了狗喜家，秀文一头扑到狗喜怀里。"狗喜，我的命好苦啊！呜呜……"

"秀文，我对不住你，坏了你的名声，叫你今后难以做人，我去死，放开我！"狗喜发怒地往外冲。

"狗喜，我求求你千万别这样，要死我早就死了，我能活到今天，就是因为有你，我离不开杨阁庄，离不开你呀！"

"啊？"

"狗喜，我从心里知道，你人好，待我好，我怎么也要跟你过，今天晚上，就让我尽一个女人的职责吧，三年多了，我……"

狗喜一把堵住秀文的嘴，一下子把颤抖的秀文搂在怀里。

一阵热烈过去，秀文抬起头对狗喜说："事情已经到了这个地步，捂也捂不住，干脆揭开吧，我也不怕羞了。明天，咱两个大大方方地去领结婚证，光明正大的做夫妻，好好过几天日子吧！"

"秀文，你太好了。"狗喜抱住秀文，疯狂地吻着，月亮知趣地躲进了云缝，桌子上的小油灯油干了，火焰一跳熄灭了。

次日，乡政府办公室，秀文和狗喜在领结婚证。

乡文书说："哪个村的？"

"杨阁庄的。"

"叫什么名字？"

"杨狗喜，张秀文。"

"哦"乡文书套上钢笔，把卷宗哗啦一下合上，"不能办！"

"为啥？"

"杨阁庄老支书杨根深刚才来讲过了，不能领，如今他虽然退居二线了，但说话还是要听的。"

"我俩有证明。"

"有证明也不行。"

"《婚姻法》上都讲，父母不能干涉子女的婚事，你是共产党干部，凭什么这样做？"

"哎，杨狗喜，谁叫你给我来上政治课，告诉你，《婚姻法》是《婚姻法》。周村乡是周村乡，不凭什么，就是不给你办！"

"走，咱们去外面说理去！"狗喜拉着文书往外走。

"哎呀，你推什么，我没空和你讲理，谁还不知道你杨狗喜是什么人，有名的烂龇牙，我嫌骚得很。"说着，拉上门走了。

走出乡政府的门，狗喜和秀文来到了一个僻静的地方，他对秀文说："秀文，咱俩没有在一起的命，算了吧。你对我好，我死了也忘不了。"

"狗喜，我到阴间也是你的人，即使不能在一起过，但你在我心里，在心里。"

"秀文，人说一马不配双鞍，一女不嫁两男，这是章法，谁也破不了。咱俩要是硬结了婚，旁人在背后说长道短。非把大叔气坏不可，大婶还有病，这是往伤口上撒盐哩，咱们给大婶大叔买些东西，回去赔个不是，算了吧？"

"嗯。"

他俩来到商店，给杨根深买了半斤茶叶，给大婶买了一块磁疗表，给两个小孩各买了一件衣服。

杨根深打了人，还跑到乡派出所找朱怀志告状。"朱所长，你赶紧把杨狗喜去抓起来吧，他上次纠集人打仗，从你这放回来，一点儿也没改造好，昨天夜里，他又偷偷跑进我家，调戏我儿媳妇。"

"杨老支书，这回狗喜没有错，是你的不是了。她和秀文并没有干啥坏事，你就把他拉出去打上一顿，影响多么不好，本来没有什么，你这么一弄，反而满城风雨了。"

"他不是调戏就是勾引，反正没安好心。"

"退一步说，他和秀文就是有谈恋爱的意思，也是允许的。老人也让结婚，何况年轻人呢？你老哥是党员，要带个好头啊。"

"他在寡妇跟前骚情就该打。"

"寡妇的婚事更应该支持了，不能认为寡妇就低人一等，寡妇也是人，也有七情六欲，更有追求幸福生活的权利。"

杨根深闷闷不乐地回到家里，院里一片凌乱，往日的生活气息不见了，显得非常寂寞。两个孙子丧魂落魄似的扑到他跟前："爷爷，谁让你把妈妈赶走，我要妈妈，我要妈妈。"

大婶病在床上，轻轻地呻吟，一时又无人照看，这使他无比惆怅。

这时，狗喜和秀文拿着茶叶，神功元气袋和其他礼物走进院子里。

"妈妈，你回来了，爷爷，奶奶，妈妈回来了。妈妈，爷爷赶你不对，你再别走了。"

狗喜和秀文进了房子："大叔，大婶，昨晚的事是我不对，是我头脑一时发热，不能怪秀文，你们要打就打我两下吧。"

"……"

"大叔，我今天给你赔不是来了。给，这是我和秀文对你的一点孝心，我小时候不懂事整了你，现在我没爹没娘了，我就是和秀文不能结婚，今后也要好好孝敬你，将功补过，赎清我过去的罪。"说着，狗喜放下礼物，转身要走。

"狗喜，你回来……都怪大叔不好，这一个月，我没去大队看报纸学政策，思想封建，干涉了你们。我给你们赔不是，你们都是好娃娃，年纪不大吃苦不少，懂得事也多，在一起一定能把日子过好。现在，你俩就当着我和你大婶的面拜个天地吧，明天，我给你们去办结婚证。"

"爹，娘。"狗喜和秀文当即跪下叩头。

第二天杨根深家披红挂彩，狗喜和秀文的婚礼正在举行，平儿主持婚礼仪式。

"一拜高堂，二拜来宾，夫妻互拜。"

夫妻对着杨根深叔和大婶深深鞠躬，杨根深乐得合不上嘴。

"下面由夫妻俩谈恋爱经过和今后打算。"

"说，快说！"大家都喊起来了。

狗喜对秀文："你先说吧。"

秀文红着脸，昂起头讲："我看他的人老实本分可靠，就看上了。恋爱经过么，就是那把铁锨。"秀文指着那枣木把铁锨，大家莫名其妙。

"往细讲，往细讲！"

"行了，我说吧，我看上秀文心好，手巧，烙的饼子好吃。今后，我俩一定要和和气气过日子，像亲儿女一样伺候两个老人，叫咱杨阁庄的人都放心。"

"好！"下面的人高兴地鼓起掌来

平儿宣布："婚礼到此为止，夫妻双双入洞房。"

东方亮白，鸟儿啁啾，鸡叫，狗咬，马啸，阳光从树影中射进来，杨根深院子里一片明媚，新的一天又开始了。

狗喜起来挑水，秀文洒水扫院，两个孙子背起书包上学，向爷爷"再见"。

杨根深牵着牛往外走，狗喜放下水桶接过缰绳，"爹，我种地是外行，就那么几亩交给秀文经营，你指点指点就行啦，你认识信用社李所长，帮我贷些钱，买上个小四轮，我有力气，能下苦，给咱在外面跑。"

杨根深赞许地点了点头。

眉（眉县）林（林田）公路上，狗喜头戴草帽，身着的良衫，开着小四轮拖拉机飞驰，身后留下一团团浓浓的黑烟。渭北高原很远很远……

渭河滩上，狗喜光着脊梁给拖拉机里装沙子，他不时地望一下渭河大桥上的男女行人，心里泛起一股蜜意："呸"他往手上啐了一口唾沫，干得更欢了。楼房施工工地，一栋四层楼房即将竣工，狗喜开着拖拉机拐进来。

"哎！刘师傅，沙子拉来了，请来量方。"

"你自己倒吧，不用量了，你干的事儿我放心，只会多不会少。"

"好，那我卸车了。"狗喜把沙子卸下来，堆得方方正正的。

曹沟岭，曹锁儿的个体石灰厂。狗喜装完车和曹锁儿有说有笑："曹师傅你有眼力，包下这个石灰窑，靠山吃山，眉县火车站都让你染白了。"

"你也会弄事，眉林公路也快叫你拖拉机轧塌了，钱没少挣吧？"

"嘻！咱不为钱，图个好名声，让人看得起就行了。"

"曹师傅，你这么有眼力，嫂子一定很漂亮能干。"

曹锁儿嘿嘿直笑。

眉县火车站，狗喜把石灰往货场上卸，染成了一个白人儿。身旁，满载石灰的火车轰轰起动……

远处，秦岭湛蓝，近处，渭水悠悠，新生活给狗喜注入了新的希望。他往手上啐了一口唾沫，"噗噗"地把拖拉机发动着了。

公路上，狗喜哼着秦腔小调，驾着拖拉机飞驰，身后一股黑烟……这几个月以来，他从渭河滩上挖沙子拉到北塬上，卖给建筑队，又从曹沟岭石灰厂装上石灰，运到火车站，来回车不空。

狗喜有了钱，精神也好了，人也利索多了，草帽换成了太阳帽，破烂的良衫换成了猎装，脚上也穿上了人造革凉鞋。

一天，狗喜正在给二婶送肥，三叔赶着他那黑骡子，用大车往地里拉肥。

"狗喜，狗喜。"三叔拦住拖拉机。

"有啥事？把路挡住。"

"有空儿也给三叔拉一响。"

"不行，没空，你用骡子拉吧。"

"我给钱。"

"我不要钱，谁有钱我不给谁干，我给二婶家义务劳动。"说着，一踩油门，拖拉机窜出好远，一股黑烟喷在三叔脸上，差一点儿惊了黑骡子。

三叔自语道："唉，世事变了，地球转哩，想不到狗喜有这么大本事，想不到，想不到啊。"他赶着大车，吱扭吱扭地走着。

狗喜出车又回来了，他给大叔买了人参酒，给大婶买了老花镜，给小伟，小平买了泡泡糖。刚擦完拖拉机，又忙着推土垫圈，割草喂猪，和以前判若两人。秀文看到这些，脸上露出了幸福、满足的微笑。

曹沟岭石灰厂，狗喜接过曹锁儿付给的运费转身上车欲走，曹锁儿拍了下狗喜的肩膀："兄弟，世上的钱能挣完吗？国家把印钱的机子一开，叫你八辈子也挣不完。慢慢来，小心把身体弄日塌（垮了）了，你不是要看我媳妇吗？时间还早，到家里喝口水再走，误不了你回家。"

两个人边说边笑，沿着这坡上的小径朝家走来。曹锁儿家是一个丰裕的，颇有点现代味的农舍，房子里外，清一色石灰粉刷，干净雅静。

架上葡萄丝瓜，架下盆栽月季，仙人掌。东边一笼来亨鸡，西边一窝安哥拉长毛兔。曹小拣躺在一辆蓝色童车上，红梅手中拿一本《中国妇女》，一边看，一边"哦，哦"摇车子。

曹锁儿进门，"红梅，下点面条，咱家的老雇主来了。"曹锁儿喊着，把狗喜领进院子。红梅刚起身抬头，狗喜就走在眼前，两人面面相觑，尴尬了半天，曹锁儿站在旁边莫名其妙。

"红梅，你在这儿？"狗喜先开了口，"我……我打人不对，对不起你，当时我失手了，后来就很后悔，经常想来给你赔不是。"

"怪我……我的脾气不好。我早听春喜说了你和秀文成了，把日子过好了。你的名气很大，赵家湾的人都说你对大叔大婶孝顺，挣了钱不攒钱，拿出来周济村上的困难户。对了，前几天我听到县上广播里表扬你，说你响应计划生育口号，让秀文做了人工流产。我听了这些之后，真想到杨阁庄来看一看，但又不好意思。锁儿，他不是别人，就是我经常给你提到的狗喜。"

"啊……啊，好人，大好人。"

"快来看，小拣会笑了。"红梅高兴地叫着。

狗喜走到童车跟前，羡慕地望着小拣，百感交集。他弯下身子，用他那厚厚的略带胡茬的嘴唇，轻轻吻着小拣的脸蛋，并趁机把10元钱偷偷装在小拣的衣袋里。

"小拣，叫干爹。"红梅逗着小拣。

小拣嘴里"啊，啊"直叫，狗喜笨拙地应着。

"快吃饭。"曹锁儿端来了饭。

秋凉了，狗喜开着拖拉机回来，这次没有装沙子，却装了半拖斗日用百货，一直开到曹锁家门口。看到这些，红梅不解地问："这是干什么？"

"干什么，给你买的，我算过了，你家门口就是曹沟岭汽车站，每天来往的人都在百十号以上，在这里办个小卖铺，保证生意兴隆。你是高中

毕业生闲着没事干,坐地生财的买卖为啥不做?狗喜边说边卸货,营业执照我也办上了,是知青商店的牌子,免税3年,这点东西就算我给小拣留的家业,他虽然把我叫干爹,但他也是我亲骨肉啊。"

红梅望着狗喜,别有一番滋味的在心头,她只想一头扑上去,但理智没有使她这样做。

狗喜接着说,"红梅,好好的过日子,人到哪里都要活着呢,缺什么货说一声,我给你捎上。"这一下红梅终于忍不住了,一下子扑上去趴在狗喜肩头,"我真对不起你啊。"

"红梅,别难受,安安心心在这里过日子,我看出了锁儿也是个好人,实在得很,你帮他操心好,把小拣管好,这儿沟深,来往车多,你要多谨慎一点。"

"狗喜,请你原谅我,我不是那种不正经的坏女人,我也只是想生活得好一点才出来的。"

"我能原谅你,人往高处走,水往低处流。早年,我娘不也是撇下河南那个男人,逃荒到杨阁庄来了吗?我也想把日子过好,为死去的爹争上一口气,叫旁人看一看,我狗喜不是狗熊。"

"狗喜,今天我才发现,你不笨,你有本事。"

"我有啥本事,还不是这几年世事好,叫咱农民过安心顺劲日子,要不然我现在不知干啥呢?行了不说了,今年10月23日,咱乡上有古会,又大又热闹。那一天正好是根深大叔的六十大寿,到时你和锁儿都来,一定要把小拣带上。"说完,提上摇把走了。

红梅跟着出去,只见狗喜开着车正爬那片大坡,身后留下一团浓烟,一片模糊。红梅倚在门前的老槐树上,眼睛也模糊了。

10月23日,秋后的杨阁庄一片生机,大小孩子衣帽整洁,兴致勃勃,朝古会上走去。杨狗喜家更是热闹非凡,放鞭炮,扬纸屑,娃娃追逐嬉戏。

杨根深穿一身黑呢料中山装,被小伟用一根拴狗的铁链子拴在脖子上,牵在院子乱转。他也模仿狗的样子双手着地,乐呵呵的笑。大婶抿着嘴笑,村里的人捧腹大笑。

曹锁儿,赵红梅,赵拴劳,杨春喜等宾客也夹在人群看热闹,狗喜牵着小拣和秀文相视而笑……

黄昏，狗喜抱着小拣来到杨福娃的坟地，烧纸，点香，倒酒，跪下连叩三个头。然后对火苗说："爹，你醒醒，我和小拣看你来了，咱杨家的香火没有断，没有断……"狗喜的声音在莽原上回荡，传得很远。

　　纸灰像黑蝴蝶一样飘在天空。暮色中渭北高原上，留下了狗喜的剪影……

小个子连长和大个子兵

从皮鞋底量到头发梢刚好一米六二,正四号军装把九十一斤重的身体包得严严实实,海棠叶型的脸上生着小而矮的鼻子和小而黑的眼睛,带着几分滑稽相。他,就是炮连的最高首领——连长武胜。

乖乖!这样的长相还能当军官?简直让人难以置信(据说他丈母娘在嫁女儿的前一天,仍然有上很大疑虑,动摇不定)。但他毕竟是一连之长,并且能把所管辖的 101 个人调理得有鼻子有眼,202 条腿走起路来一是一二是二。这就奇怪了,有人向他取经,他只是说:"战士也是人,要用疼老婆的心去爱他们。"也有人不服气,说这小子用小恩小惠收买兵心。不服气也无妨,事实胜于雄辩,连队工作样样在全团名列前茅,连续三年荣立集体三等功,有三面锦旗为证。

话分两头说,这里给读者扯一件小事。年初,连队分来一批新兵,其中有个战士生得牛高马大,长得虎背熊腰,和连长形成鲜明对比。此人姓赵名浩,山东青岛人,时年 18 岁,是妈妈心头肉,爸爸掌上珠,姥姥眼中星。赵浩高中毕业高考落榜,在家里待腻了,正好部队到青岛征兵,他灵机一动,"嘿,有门,当兵去!"年轻人哪个不幻想,当上三年兵,再回到青岛造船厂稳稳弄上个二级工,还有一段"西行漫记"的经历,像探险家一样自豪。谁知五天火车、三天汽车就把娃坐得直不起腰来。一下车,一碗膻味浓烈的抓饭递过来,"哇!",不吃还想吐哩。第二天,到营区外面戈壁滩转了一圈,荒凉的骇死人了。这是什么鬼地方,连个蚂蚁都找不到,人能活吗?一口气跑回连队,二话不说缠着连长死活要回家。并且又哭又闹,愈演愈烈。

有天清早,吃早饭时赵浩仍然蒙头大睡。

"小赵,小赵,起来吃饭吧。"连长轻轻地唤着。

怎么不吭气?连长撩起被角,喔,一股尿味扑鼻而来。掀开被子一看,我的爷!18 岁的赵浩在床上解了小手,人大尿多,"灌溉"面积达

30%，除了棉衣外，被褥、床单、毡子都不同程度遭了"水灾"。

小赵懒洋洋地用臂支起身子，蔫着头说："连长，让我回去吧，我有尿床病。"

"嗯？"连长脑子里闪过一个问号，"小赵，快穿上衣服，小心着凉……好……好，我给你端饭去。"

小赵默默地嚼着咸菜，连长把他的被褥晾在门前的铁丝上。

早春二月，新疆还是滴水成冰的季节。小赵的被褥非但没干，反而冻成了牛皮一样的硬板板，晚上睡觉成了大问题。

这类事连长自有办法。他把小赵最近的表现联系起来进行综合分析，得出结论：小赵不一定有病。

连长一口气跑到家属院，一进门就向妻子要箱子钥匙。

"精猴，现在蹓回来干什么？"

"取被子。"他随口应答。

"取被子？"

"噢，忘了告诉你，电台预报今天晚上有寒流，我睡觉怕冷，加床被子。"说完，向妻子扮了一个鬼脸。

妻子急忙打开箱子，拎出一床红缎面、雪白里、八斤重的大棉被，爱昵地塞给丈夫。这是她结婚的"嫁妆"，结婚5年一直舍不得盖，为了丈夫她连心也愿意掏出来。

连长一看，乐不可支，高兴得顺手轻轻拍了一下妻子的脸蛋，就夹着被子奔出家门。一边走一边自语道："小赵呀小赵，我看你今晚敢不敢尿！"一阵得意，还哼起了曲儿：

我为祖国守天涯，
连队就是我的家，
同志们就像亲兄弟，
团结战斗把敌杀！
……

连长来到小赵班里，对小赵说："给，尿床的人最怕冷，今晚铺被子睡。"说着，把被面朝里一折，铺到他的床铺上，催他上了床。

这一夜，小赵怎么也睡不着，辗转反侧，一直折腾到半夜才勉强入睡。一会儿，他觉得自己在滨海浅滩游泳，正痛快时，海空飘来一片乌云，顿时狂风暴雨。他刚上岸，滩头的衣服又被风吹到海里去了，他穿着湿淋淋的短裤，一口气跑回家，冻得直哆嗦。妈妈心疼地把他搂进怀里，好长时间才渐渐暖和了，并且越来越热。一伸腿醒了，原来是在做梦，自己不是躺在妈妈的怀里，而是躺在连长暖融融的被子里。摸出夜光表一看，离起床只剩下五分钟了。这下他毛了：怎么办？尿不尿？不尿吧，回家不成反而露了馅，别人会说他是装病，羞死人；尿吧，这软酥酥被子，红艳艳的缎面，还有连长那一片真情，又不忍心。不，反正我要回家，管他三七二十一，说不定连长在考验我呢。我赵浩一不做二不休，与其束手就擒，不如破釜沉舟，将计就计，看他还能使什么手段。于是牙一咬，眼一闭，一股洪流夺门而出。尿完了他又有些后悔，只好躺着不动，按原计划行动。

连长有点将疑将信：他要是真病了，每天湿一床被子不说，还要受多少罪哟。

连长把小赵找来，准备详细问一下病情，小赵低着头，说什么也不应，光是呜呜哭，还是一个劲地嚷着要回家，态度比以前更加坚决。

这下可把连长给逗躁了，别看他性子柔，真发了火比炮弹爆炸还震人："哼哼唧唧什么？哪像个战士！成何体统！赵浩！"

小赵从小娇惯，有点吃硬不吃软。连长一吼，他发慌了，哭声止了，嘴劲也小多了，只剩下喃喃地絮叨。

连长很快又平静下来："你真要回家也行，请过来。"连长把小赵带进连队的荣誉室，"先认识一下咱们连队的老前辈，走前给烈士们告个别……我就去给你打报告。"

门轻轻闭了，房子里只留下小赵一个人，他缓缓地抬起头，打量着对面墙上五位烈士的六寸照片，似乎听到了枪炮声，闻到了硝烟味。

当他把目光移到第三张照片时，不禁觉得有些面熟。啊，长得好像妈妈。他顾不上细想，便急不可耐地看文字说明：吴英杰，18岁，1960年从青岛造船厂入伍，同年11月参加中印边境自卫反击作战，在拔除印军16号高地的战斗中，用25发炮弹摧毁敌军18个火力点，在战斗中不幸牺牲，荣立一等功。"

他把妈妈吴英俊的名字和姥姥经常给他讲的那个炮兵英雄儿子的故事联系起来一想，顿时泪水涌满眼眶，羞愧得无地自容，失声痛哭起来：

"舅舅——"

少顷,连长请来了卫生队的医生,推门一看,愣了,只见小赵哭得天昏地暗满头大汗,嘴里不停地唤着"舅舅",心里明白了几分。

小赵又躺下了,这一回是真的病了。

又是尿床又是感冒,这下可急坏了连长,到哪里再找被子?他索性把小赵叫进连部:"今天晚上你睡我的铺当连长,我带哨。"小赵怯生生的乱躲,连长用命令的口吻逼他上了床。

连长往火炉子里加了一铲煤,蓝色的火苗直往上蹿,屋子里热乎乎的。

十二点,连长推小赵起来解手,小赵光哼哼不动,凌晨三点又叫了一次,他用抽泣作了回答。后来连长干脆不叫了,靠在椅子上打了个盹,天就亮了。

"小赵,好些了吧?阿嚏——"

小赵好了,连长又病倒了。炊事班送来鸡蛋葱花面,小赵含泪捧给连长。

"尿床风波"很快过去了,小赵再也不提回家的事了。不久,在军事训练中获得了"神炮手"的称号。妈妈来信要照片,他非把连长拉去合影不可,一个又高又白,一个又小又黑,谁看了相片都要笑得抹泪。

炮连还是炮连,连长还是连长。只是过去不服气的人现在改了调:"别看人家黑,人家是原子铀。""小看人可不行,秤砣虽小压千斤哩。"

小连长情话

　　小连长叫武胜。其实，他原名叫武月生，名字横着一写，许多人就认成了"武胜"。后来，他干脆采纳了夫人潘梅的建议："武胜"写起来和"武月生"一样，笔画不多不少，而且叫起来顺口，更有军人特点，索性改过来。嘀！"月""生"二字结合如同炸药和雷管的结合，连长的威风立即升高了八度，使人听而生畏，一下子想起无人匹敌的武松，不可一世的拿破仑——不，他要比武松"紧"一点，比拿破仑"完整"一些。有人经过长期的观察，认定万万不可小看此人，在他身上，除了小闯劲外，还有一种不易被人注意的小魅力。

　　武胜人小命好，什么好事都让他碰上。比如七九年调级，明文规定1973年入伍的正连职可以调一级，这不，他刚登上连长宝座三天，就成了同年兵中的"冒尖户"，每月多捞7块，眼红得政治处与他一起入伍的文化干事小高直发馋，经常在他跟前唱着京剧腔调："哎呀，小—人—啦—啊，老子通宵达旦，废寝忘食，眼睛熬成鸡屁股，脑子想成马蜂窝，腰杆累成骆驼背，倒不如你喊'一二一'来得快。"这算什么，更叫人嫉妒的是他那一位妻子，用《陌上桑》都难以形容的潘梅，简直是放了卫星。"恋爱大师"一排长毫不含糊地给她打了105分，也有人说是杨贵妃再世，还有人骂电影导演怕苦怕累不到新疆来挑演员，让张瑜、李秀明轻而易举地拿走百花奖。在潘梅的影集里，保存着一张她青春妙龄时颇具代表性的照片，似乎能说明几分她美的程度。

　　那是一个夏日的傍晚，她和女友秋红带着一架"海鸥"照相机，来到了凡乃斯大草原。呵，真主，你是多么的通人性，造就了令人陶醉的大自然。青得发嫩、嫩得发青的各种水草，散发出奶油的香味；红的、黄的、白的、粉的、紫的、大的、中的、小的、抽穗的、绽蕾的、吐蕊的、迸瓣的各种野花，有的生在草的根部，有的系在草的腰间，有的顶在草的上梢，姹紫嫣红，煞是好看。潘梅完全被眼前的景色迷住了，她尽情地享受着大自然的杰作，把少女具有的一切表情、一切姿态、一切动作都浪漫无遗地表露出来，她像山雀一样欢跃，像彩蝶一样轻盈。秋红举着相机，不停地变换角度和距离，用取景窗把潘梅紧紧套住。啊，太美了——80年代的维纳斯！秋红看着看着，情不自禁地按下快门，"咔嚓"一声，秋红长长地舒了口气，像吞下一颗蜜桃一样滋润。也就是在这一瞬间，晚风好像有意把潘梅淡雅的连衣裙撩起来，把她蓬松的头发向后一掠，露出鹅蛋形的脸。也就是在这一瞬间，太阳也好像在讨好般地停顿一下，大山也似乎庄重了一些。总之，一切美都经过相机镜头，迅速聚焦，永远定格在胶卷上。于是，这照片由120变成了一尺二寸，取代了照相馆原来招揽生意的女郎照，惹得一些小伙子经常去照相馆的玻璃橱窗前溜达；镇得城里好几位"花儿"好长时间不敢上街露面，即使偶尔路过照相馆，那脚步也是匆匆如飞。

啊哟！这样一只白天鹅怎么掉进蛤蟆嘴里去了？更使人诧异的是潘梅身为大学生，是当今社会之骄子。谁能把潘梅和这个其貌不扬的小军官联系在一起呢？潘梅也没料到，就连世界上最先进的美国情报机关和著名的观察家们，恐怕也很难预测到。

那是一个寻常但又偶然的机遇。

由上海发往乌鲁木齐方向去的53次特快列车从南京就要发车了。像开闸的洪水一样，扛箱的、拎包的、抱孩子的、背行李的人们蜂拥而起，你推我、我绊他地向检票口移动。

在武胜前面，有一位乡下老大娘，挎着竹篮，随着人流，艰难地蹒跚而行。

"大娘"，武胜上前扶住她，"你这么大年岁了，上哪里？"

"我儿子在新疆当兵，去年娶了媳妇，今年生了个胖小子，我高兴啊！去看看！"说着，大娘拿出写有部队地址的信封。

"那咱们正好同路，大娘，我送您。"武胜接过竹篮，搀着大娘上了车。

在卧铺车厢5号下铺，有一位二十出头的姑娘，一条腿搁在她对面铺上，用手托着腮，凝视着窗外。她就是潘梅，上海复旦大学新闻系学生，回新疆过暑假。

"同志，请让一让。"武胜扶着大娘走到潘梅跟前。

潘梅一看，心里想：娘俩啊！大概他要把母亲接去，雇一个不要钱的保姆，"节能牌洗衣机"这类事，她在上海见得多了。

"大娘，您就躺在这里休息，我打些开水来。"武胜掏出瓷杯欲走。

"不……不对，我在南京没有买上卧铺票，怎么会……"

"大娘，这是我的铺位，您老走远路，坐着怎么受得了，我年轻，咱俩换一下就行了。"说着，按下大娘，就朝茶炉走去。

这一段小插曲，使潘梅有点纳闷。是呵，在市内公共汽车上让座，她听说过，也亲身经历过。但几千里路，非亲非故的这样做，真有点"那个"，凭着新闻职业的敏感，她凑上去和大娘攀谈起来。

"你们是亲戚？"

"不是，刚认识，他也在伊犁工作。"大娘又拿出了信封。

"大娘，我家也在伊犁，你儿子离我们不远。"

"我儿刘斌，是个营长，前年不给我打招呼，瞅了个新疆丫头，叫潘菊，长的又俊又窈窕，生了个接班人，你说喜不喜？"大娘边笑边说，"儿子干公事忙得很，媳妇又经常在医院上夜班，我不去，那心肝宝贝要受亏的。"

"呀！"潘梅吐了下舌头，差点喊出来。两月前，姐姐来信，说小外甥问世了，叫她回家"审察"，并郑重其事地说已经给她物色了个"东床"，叫她顺便见面，还旁敲侧击的开导：找对象最好找个男子气加点军人气的，就再理想不过了。什么军人办事果断利落，表面苛刻，内心细腻，会体贴人。潘梅知道，姐姐是借表扬军人夸姐夫，当然，家口皆碑，姐夫是无可挑剔的。但她老担心，万一自己碰上个"二杆子"，就倒了九辈子霉。

潘梅正暗自思忖，武胜端着两个水杯走来，他把一个放在茶几上，用双手将瓷杯捧给大娘。当他刚端起自己那只杯子时，"哐噹"一下，火车开动，水杯不慎滑掉，一杯温水从潘梅领口浇了下去，把她弄成了落汤鸡。

"啊呀，你瞎——"潘梅急忙用手绢乱擦，手触到了胸前"上海复旦大学"校徽上，才没有骂出来，马上改口，"你——吓坏了吧？没关系，夏天坐车闷热得很，你用水一冲，凉飕飕，挺舒服的。"

车厢里的人立即投来惊奇的目光。武胜先是窘迫地站在一旁，等着挨训，想不到姑娘这么开通。他一边连声说"对不起，对不起"，一边拿来毛巾要帮她擦。当他拿毛巾的手正要碰上潘梅丰满的胸脯时，又突然触电似的缩回，惹得人哈哈大笑，武胜像小偷一样尴尬。

"算啦算啦，又不是有意的，让她自己收拾。"大娘过来解围，将武胜拉到身边坐下。

车厢里又恢复了正常秩序。悠扬的歌曲，素不相识的询问，慢声细语的攀话，甩扑克牌的、看杂志的、削果皮的、启罐头的。看得出，人们都把心绪交给了那两根平行的、铮亮的钢轨。

武胜坐了一会儿，找来拖把，帮列车员搞卫生，把摔坏的杯子、茶叶渣子和果皮、纸屑清理干净，转身对大娘说："您休息，我找座位去。"

潘梅已经知道对面坐的大娘是姐姐的婆婆，拘谨的不敢言语，生怕捅破那层纸。在刚上车时她所做的那种估计，想不到是对姐姐和姐夫无形的亵渎，心里十分内疚，她默默地看了一会儿《丝绸之路漫记》，索性闭上了眼睛。

倒是大娘看出了她的心思，"姑娘，不舒服吧？咱换换位，你坐那边倒着走太别扭。"

"不，大娘，快一半路程了，我已习惯了。"

这时，武胜端着两盒面条，一盒递给大娘，一盒举在潘梅面前，"大学生，请你吃饭。"

潘梅感到意外，警惕地盯着武胜："你干吗给我送饭？我又不是残废。"

"我已经吃过了，餐车里太挤，就给你捎来了一盒，你把钱给我就行了。"

"谢谢。"潘梅接过饭，甜甜地敬上一句，"你摔坏了杯子，就用我的吧，我很健康。"

"不用客气，我也不是讨好你，我只不过想弥补刚上车时的过失。"

潘梅差点噎住，心里直犯嘀咕。还是军官哩，心胸那么狭窄！

车到兰州，潘梅下来，想买点小吃，顺便看看热闹。不料围上一帮大鬓角，宽裤脚。

"哥们儿，帅啦，看！"

"嚄，比港姐还崭，今天算解了眼馋。"

"你他妈咋呼什么？新疆洋岗子一枝花。高鼻梁、双眼皮、长睫毛……"

"商标也镇人，'上海复旦大学'，女大学生还会孵蛋，哈哈……"

潘梅开初并不在意，当她听到这帮"市皮"在奚落她时，不由一阵憎愤，少女的自尊心促使她要维护自己的尊严。

"你们说什么？嘴里干净点！"

大鬓角们正愁没有搭茬机会，想不到潘梅自投罗网，他们得意极了。

"哥们，有味，小姐对咱们来意思啦。愿意吗？陪我们同上五泉山，蹦蹦嚓。"

"呸，不要脸！"潘梅怒不可遏。

"好姐儿，不讲文明。哥们儿，上去教训她。"首领发了号令。一个着港衫的小个子，瘟鸡般地扑上来，但又不敢下手。

"走吧，这类事不好说。"一个围观的乘客退了。

"是的，这帮人不好惹。"又有一个溜了。

"你们干什么？"武胜拨开人群。

"她男人来了。快撒！"一个"市皮"小声说。

"怕什么，沉住气。"首领开了口，"她骂人，我们要惩罚，不碍你的事。"

"怎么不碍我的事？你们这样侮辱人，难道你家没有姐妹吗？"武胜说着，上前抓住首领的手腕，含威不露，只是将拇指和食指稍微合了合，那首领就龇牙咧嘴直皱眉，连连说，"我们一定改正。行行好，行行好。"武胜松开手，他们悻悻而溜。

上车后，大娘说要到硬座车厢那边看一看，实际上是让武胜睡一会。武胜和潘梅相对而坐都有点不自然。不知是被武胜小而紧凑、圆而玲珑的眼睛所诱惑，还是潘梅的职业灵感发生了作用，或许是二者兼而有之吧，潘梅对武胜开始了审问般的采访。从属相到口味，从爱好到理想，详细极了。到底是未来记者，不乏诱发之招，武胜连小时候掏鹌鹑蛋，被父亲喝下树时挂破裤裆的事都讲出来了，逗得潘梅差点捧腹。

采访在有条不紊地进行。只剩下最后一个问题——个人问题，潘梅绕圈子试探，"你每年回一次家，孩子记不住，大概要叫解放军叔叔了。"

"什么孩子，连我自己还是个大孩子！"

"这么说，你还没有找上对象？"潘梅感到采访出了范围，不觉脸上直发热。

"对象？我岳父还没对上象呢。"武胜诙谐的口气里，带着几分郁虑。

"那这次回家，也不顺便找一个？"

"说得轻巧，又不是顺手牵羊。现在的姑娘要价得很，房子、家具、大'三洋'、西铁城、'嘉陵'不说，还有一个置军人死地的条件，厮守在一起。我要找姑娘，又舍不得边防，3年共吃了5个姑娘的闭门羹。"

"在驻地找一个多好。"

"也不容易，哪有我们营长的运气？碰上了个潘菊，一谈就成，一成就结婚，一结婚就当爸，神气得很啦。不过营长对我很关心，潘菊嫂子更是同情我，两口子一个当正红娘，一个当副红娘，要把他小姨子介绍给我。当初我觉得还可以，后来听说那个鬼精学习成绩太棒，考上了上海什么大学，我心里就结了冰。大姑娘！大学生！大上海！会把我这个小军官搁在眼里？"

"哦……"潘梅一惊愕，心里难受极了，她无法为自己辩护，只好忍气让小军官为所欲为。

"思前想后，还是趁早拉倒，所以，我见了营长两口子总是躲着。不瞒你说，这位大娘就是营长的亲娘，我没给她老人家说清，打算把她送到家属院门口就行了。"

"营长一家人对你那么好，你应该把大娘送到家才对得住人家。"

"哼，我才不拍他的马屁呢！营长他妈的——噢，营长他妈的腿脚灵便，能自己去。营长对我好什么，都是假的。探家前，团里搞军事演习，叫我们连当'蓝军'，事先安排好了，让我们顶一阵子就投降，好让'红军'占领山顶。可是打着打着，我觉得不对味，怎么老是共产党的兵打胜仗，这些花架架到了战场要变成鲜血弹孔的。我一看地形对我们有利，管他三七二十一，一个反冲锋打过去，把两个'红军'连追得屁滚尿流，一下赶到首长们的参观台前。整个演习全搞乱了。后来，营长板着脸骂我是'二杆子'，给全营丢了脸，并说和他小姨子那事，永远没门！但演习总结时，师团首长表扬我有开创新局面的闯劲，记了三等功。至于和营长小姨子那事，我早有思想准备，况且没见过她是什么样，也不值得后悔。"

潘梅听完武胜这段长诉，敬意油然而生。她似乎也成了武胜这边的人了，为他的处境不平。潘梅觉得武胜人不错，实在、军人气质浓，姐姐眼力真不差。她想把一切都告诉武胜，但又难以启齿，只觉得一股蜜流从心头淌过，粉脸变得绯红。武胜抬起头，潘梅秋波般的眼神一荡，他羞赧地把头扭向窗外。

令人窒息的沉默中潘梅开了口："假如那个女大学生并不像你想象的那么现实，或者主动追你，那么，你又怎么办？"潘梅故意把大学生几个字说地很重，"国家号召大学生到边疆去，比如我吧，总觉得新疆有什么牵着我，就不愿意留在内地，把建设家乡的责任推给别人。即使将来毕业，也要把自己的一切献给边疆和一同在边疆工作的人。叫那些对大学生有偏见的人，在事实面前服气一辈子。"

"那，那可能有人要烧碾盘粗的香了。"

"你很直率，直率的令人……不过，帮人帮到底，我家也在伊犁，我建议，咱们一起把大娘送到家，好吗？"

武胜点了点头。

伊犁到了。

武胜扶着大娘，看潘梅往前面奔，忙提醒她："大学生，你不知道地址，不要乱闯。"

"我会打听，不会碰上'二杆子'"。

她在一幢砖房前停下，上前敲门："姐姐，姐夫，你们快出来，看谁来了！"

刘斌和潘菊应声出门，四人相见，一下子都惊呆了，但随即恍然大悟。大娘扔下行李找孙子，刘斌操起菜刀追母鸡，潘梅姐俩搂在一起咬耳朵，只有武胜脸红脖子粗，兀立在院子里……

一包草药

上等兵哈斯木最近有一个问题老是琢磨不透：连长，你年纪轻轻为什么越来越瘦？连长，你是咋搞的，一天两块多钱的伙食费，精粉、大肉那么多营养，为啥不往外胖往里缩？你还不如我，别看我们哈萨克人禁食大肉，蔬菜也很少吃，可身体棒！没办法，当兵才一年多，就长了三十多斤。人说三十五，肚子往外鼓，我刚二十岁，就鼓得连单杠也卷不上去了。要不是你那一个杠两个豆，我早成了你的连长了。

哈斯木的连长叫武胜，要说他们之间的关系，还有一番交道哩。刚入伍时，哈斯木不懂汉语，新兵训练时，班长下了个"解散"的口令，他"咚"一下坐在地下，被人笑了好长时间。还有一次，他给心爱的阿依古丽写了一封信，话长得像葡萄蔓，甜的像哈密瓜。他想阿依古丽看了，一定会像喝了酸奶子，醉得把脸用纱巾遮起来。谁知他把收信人和寄信人位置写反了，信发出去一个月又回到他手中，连长知道了，轻轻一改，那信就跟长了翅膀似的"嗖儿"飞到了他的故乡——巩乃斯草原。他敢肯定阿依古丽把信卷进了她裙下的长筒靴子，一天看几遍，乐的快把石榴小牙掉下来了。

哈斯木自然还想起去年在昆仑山上施工的事：五月份部队上山，他们连是先锋，走了十几天，天天过冰大坂，路险的连黄羊都发愁。过了界山大坂进了西藏，他身体不行了，他想大概是新疆人到西藏水土不服，头疼得无法忍受，吐出来全是黄水。连长把他搂进怀里，像小时候阿朗（妈妈）在马背上抱着他，他不好意思，就是没有一丝力气，挣脱不了。

昆仑山上的太阳没有草原上那样湿软，毒得很，光芒像一根根带钩的针，刺进肉里，往外一拔，皮肤就开了花。就是在昆仑山上，他看着连长像雪一样融化，先是由白变黑，接着由胖变瘦。每当连长光着身子干活露出一排排肋骨时，他就想到过冬的老母羊或者姥姥家那块沙枣木搓衣板。

施工后期，生活用品供应很困难，一个多月连根菜毛也没吃上，天天啃辣面子夹馍。他发现连长吃饭时老是往帐篷后面钻，以为连长搞特殊。

一天中午，他好奇地跑去看，只见连长蹲在地上，像吃中药丸子一样咽馒头，脸上的表情难看的吓人，眉毛拧成个黑圈圈。后来，他听人说，连长得了胃溃疡，他才知道，人和羊一样，有个肚子叫胃，那东西有了病不好治。

一天深夜，连队加班浇筑坑道口，一连干了十多个小时，哈斯木又累又饿，在昏暗的灯光下，靠着坑道壁休息。这时，一块大模板滑落下来，他觉得头顶有一阵风，但跑已来不及了。在危险关口，有个人箭步冲过来，用肩去扛，就在那人"哎哟"的同时，他兔子似的跳了出来，紧接着连长被抬出来。

从此，哈斯木就感激连长，连长是他的救命恩人。知恩不报非君子，哈萨克人最忌讳这个。他准备回一次家，为连长采一些中草药来。

草原上有一种草，形似艾蒿，高盈尺，夏开黄花，味道苦咸，采之炖羊肉，治胃病有特效。

七月天山腹地，骄阳融冰雪，雪水汇溪流，溪流润草原，草原成了绿色王国，花的海洋。远处，雪染峰顶云漫谷，塔松森森墨山腰；近处，花香浓郁百灵唱，风吹草动浪牛羊。正是草原的黄金季节，正是采花好时机。

哈斯木想回家没有理由，食不甘味，觉不安枕。他打了个很精明的小算盘，将想法告诉了阿依古丽，阿依古丽很支持，大力配合。于是一封"母病危"的加急电报就落到了哈斯木手里。

哈斯木找到连长，痛哭流涕，好不伤心。连长信以为真，找团里批了十五天假，并捂着胸口上街，买了些方块糖、砖茶等礼物，让哈斯木带回去。

哈斯木到家，阿朗喜出望外，兴奋之情，无法诉之于笔，按下不提。

且说第二天清早，哈斯木牵马备鞍，准备外出，阿朗一看，乐得合不上嘴。儿子大了，想去看女朋友，便拿来金银首饰和绸缎纱巾，交于他。哈斯木连连摇头，说不去看阿依古丽，去草原给连长采药，阿朗疑惑不解。他将事情的来龙去脉一一说出，阿朗直夸他做得对，有出息，叫他快去，采带露花治病更灵。

哈斯木扬鞭策马，飞也似的冲向草原。一阵马嘶，他跳下马一看，阿依古丽按约定早早来了。她已采了许多花，包在纱巾里像一堆金块。

十天后，哈斯木归队，连长住进了医院，他带一大包草药直奔病房。连长已做了胃切除手术，再不需要他的药了。他后悔来迟了，心里很苦，望着连长肚子上月牙似的刀口，一串清泪砸在地板上……

"老抠"进城

"老抠"不是他的名字,他叫牢靠,那时候婴儿命短,爹妈怕他活不长,起了这个名字,"老抠"是年轻人根据他名字的谐音给他起的绰号。他把日子过得很紧细,二十年前,"老抠"买了一双胶鞋,穿了五年,破了一只,跑到商店,缠死缠活要让售货员给他再配一只。还有一次,他参加村上的村民大会,走到半道急着往回跑,有人以为他家里出了什么事,原来他憋了一屎到自家地里屙。当天刚刚下过雨,他怕踩坏了地,就蹲在地界一边的别人家地里,打算撅着屁股把屎顺到自家地里去。谁知道他前一天吃了发馊的剩饭坏了肚子,一泡稀屎全拉在地界沟里。他用手连泥带土挖下扔回自家地里。末了,捡一个石头擦了屁股,觉得怪可惜的,上面粘了屎有点舍不得,又扯下一缕玉米须把石头擦干净,闻了闻石头后,才把玉米须扔了过去,把石头留在别人家地里。整个过程被一个也正在玉米地拉屎的年轻人看到了,从此就传出了"老抠"这个绰号。

放屁都要过筛子,蒜皮也要榨出油。"老抠"是有些小气,但这能怪他么?新中国成立前那阵儿,光景太恓惶了,谁家不是吃了上顿没有下顿?民国18年,饥荒加瘟疫,村上断了炊烟,"老抠"跟着爹妈吃"观音土"、柿树叶,吃得屙不下屎,用树棍捅,落下肛门脱垂,几十年好不了。如今,他73岁依然很精神,城里人羡慕他的经历,都说吃素食长寿,真他妈的胡说八道,傻瓜才不知道吃好的。

省城里他去过,那是讨饭时去的,眉高眼低他看够了,一提进城就伤感。儿子是省政府的一位处长,正在走红运,权势很大。按现在的说法是很有"派",一口酒二两油,脚一蹬一头牛,屁股一坐一栋楼。儿子要开车接他去城里,开眼界,他心里不乐意,但儿子的面子搁不住,只好答应他去住几天。

"老抠"寻摸着带些什么东西,孙子五岁了,总不能空着手吧。儿子倒不会在意,但媳妇是外人,不能叫他小看了。多了没有,少了拿不出手，思量半天，觉得五谷杂粮最合适。城里人白米细面鱿鱼海参吃得脑满肠肥，听说口味又变了，当官的不吃油食，专门吃红小豆苞谷碴子。儿媳妇多次捎话，要吃红薯减肥。

到了城里，"老抠"被人围住走不开，都要买他带的东西，他很讨厌。好不容易到了，一敲门，儿媳妇从门上猫眼睛一样的东西看了半天，出来堵在门口叫他换拖鞋，弄得他很不自在。孙子打开口袋，把板栗当巧克力，咬破吐得遍地都是，"老抠"心疼的直喊，正要弯腰去捡着吃，被儿媳妇用拖把捅走了。

晚饭准备得很丰盛，鸡鸭鱼肉，山珍海味，热炒凉拌，香烟啤酒，水果瓜子，样样齐全。他叫不上名字，也吃不出味道，最能提胃口的还是那碗苞谷粥。儿子给他夹菜，媳妇让他把骨头放在桌上，连孙子也指教他用卫生纸擦嘴，他觉得别扭，索性不管，蹲在椅子上独自喝粥，完了还要和在老家一样把碗舔了。儿媳妇见公公舔碗很不舒服，肥大的舌头，零乱的胡须，在碗里蹭来蹭去，发出"吱溜吱溜"的响声，狠狠地翻了一眼。

孙子第一次吃苞谷粥，胃口极好，但又不得法，糊得满脸都是，"老抠"见状，扑过去抱孙子头就啃舔起来，吓得孙子哇哇直叫。儿在一旁看不过眼，厉声呵道："爹，你也不至于抠到这个程度啊。"这时，"老抠"听到厨房传来"乓"的一声，他舔过的那只碗被摔碎了。他的心头像被针刺了一下痉挛起来，痛苦地闭上了眼。

是夜，"老抠"躺在客厅的沙发上，久久不能入睡。隔壁传来了儿媳妇与孙子的对话。

"妈妈，你为什么不理我？"

"以后别再让我亲你，脏死了。"

"爷爷给咱们带了那么多好东西，你为啥还不高兴？"

"你爷爷是抠门，那些东西不值一个冰棍。"

"老抠"听了，狠狠地骂了一句"驴日的败家子"，但只是在心里喊一下，没有敢发出声来。

闷棍炮

虎爷爱下象棋，村上人都叫他棋夫子。

虎爷的棋艺很高，一般情况下没有人能赢他。谁要是能和虎爷走一局和棋，那一定是虎爷发了慈悲——给他台阶下。

虎爷有一本棋谱书，上面记录了上千种布阵形式和残局下法。书是祖上传下来的，颜色发黄，有一股油烟味，年代也不知道有多久，几乎磨成圆角。

虎爷从小就泡在棋摊上，长大了又把棋谱背得滚瓜烂熟，一招一式，像刻在脑子一样。据说他下棋不出五步，就能摸清对方的棋路，迅速和棋谱上某一局阵对应，如计算机有了程序，几乎不用思考，轻车熟路，就把对方置于死地。有一年庙会，他打擂台，蒙上眼睛不看棋盘，用"心"和五个人对阵，把看大戏的人从台前扯过来一大半。即使遇上个别强手，走了漏着，他也能死缠烂磨，化险为夷，转败为胜。

虎爷下棋，绝就绝在叫你早早知道死法，心服口服。每下一局，他都先说出来用什么办法把对方将死，或者错车，或者铁门栓，或者马后炮。当然，最过瘾的还是闷棍炮，出其不意，攻其不备，老将死了还稀里糊涂。所以，一般情况下，虎爷都力图把每一局导演成为闷棍炮，宁可丢了车马。他喜欢看闷棍炮奏效时对方莫名其妙、扼腕叹息的神态。每当这个时候，他会用小眼睛同情地盯住对方，吸溜着口水，咽下无限的快意。

市场经济越来越活跃，什么都可以兜售。虎爷试着在闹市摆了一个棋摊，一方面卖弄棋艺，另一方面挣个烟钱。他不知道知识产权的价值，更不知道现在各种"陪费"要价很高，他陪人下棋图个消遣，谁输了给一元陪棋费。

虎爷和往常一样，盘腿坐在摆好的棋盘前，像个棋圣。这时候来了一个后生，要和他切磋棋艺。虎爷嫩嫩地瞥了他一眼，漫不经心让后生执子开局。后生出于礼貌，请虎爷先走，虎爷瞪圆眼睛斥道："红先黑后，死

了不臭！规矩你懂吗？"

后生平淡地走了一步马，虎爷搭了腔："年轻人，只下一盘。闷棍炮捶死你！"话语里露出一股自信和蛮凶。

后生沉着应付，每一步都走得很稳。虎爷开始有些不自在，隐隐约约觉得无法入谱，他点了一袋烟吸，也没有把情绪调整过来。相反，好像被一种无形的力量牵着走，越走越迷茫，脑子里的棋谱变成了一副迷宫图，手也不停地抖动起来。

兵来将挡，水来土掩，几十个回合，终于进入决战的关键时刻。"将军"！后生抡起炮，一个闷棍炮把虎爷置于死地。

这一炮实在突然沉闷，虎爷也一点准备也没有。他痛苦地扫了一眼深宫里的老将，吃力地站起来，烟袋也落在地上。这时，回头看到扶他的后生腋下夹了一套棋谱书，共有三本。虎爷像触了电一样，惨叫一声，绝望地倒在地上，死了。

花　　瓶

　　这是一个玛瑙质花瓶，半透明的朦胧味儿，给人一种单纯的、不成熟的美感。圆鼓鼓的肚子上雕着蓝莹莹的花，颀长的脖子上系一根红缎带子，瓶口微微张翘着，充满好奇心。总之，一见花瓶，就可以想象出它的主人。

　　她是它的主人，一个颇时髦的女神。去年她和丈夫到北京旅行结婚，一天，在王府井大街的古董店里，她一眼就盯上了这只花瓶，执意要买。

　　"咱们主要是逛和玩，这个东西以后再买吧。"

　　"嗯——，不么，我要买，就要买！"

　　"花瓶有啥实用价值，三百多元相当于咱俩来回路费呢……"

　　"小气鬼！你懂啥？这叫艺术，你看他们旅行结婚，光知道买衣服，多俗！"

　　十八平方米的房子放上一只花瓶并不典雅，何况又欠了别人一屁股债。慢慢地，实惠代替了艺术，花瓶成了她放纽扣、针线和钢镚儿的容器。

　　机会终于来了。《大众电影》发售百花奖彩票，一等奖是一辆豪华小卧车，真叫人垂涎，她买了一张，并相信一定能中上。这几年她的运气糟透了，分房子、调工资、上大学都没有她的份儿。前两天，街上来了个算命的，她拿着5元钱换了一句吉利话：半年内有洪福。莫非就是这个？她早算计好了，若是中奖，先给别人还账，再买彩电、冰箱、"双缸"和"双卡"，剩下的就存在银行吃红利。

　　电视上公布了中奖号，她一口气跑回家，手伸进花瓶取奖票。花瓶脖子又细又长，她的小手好不容易塞进去，摸到了奖票，但瓶子套在手腕上，一会儿就肿了，卡在瓶颈里怎么也拔不出来，疼得她直掉泪。

　　丈夫回来了，看见她提着花瓶满屋乱转，就上去帮忙。这时手腕已经瘀血，根本取不出来。

"中了没有?"

"中了中了,肯定中了,一等奖,我记得非常清楚。"

"上医院太丢人,砸花瓶吧?"

"嗯。"

"啪"的一声,花瓶碎了。

她的彩票号和一等奖中奖号码仅是邻居。

第三辑 **3**

有情有议

1997年，我从军队转业到广播电视系统，由于在部队长期从事组织党务工作，顺理成章地安排在纪检监察部门。一时间很不适应，苦于性格和城府上的弱项，整天吃力不讨好。我知道问题出在自己身上，我的智商只能做100以内的加减法运算，却要面对复杂的人事关系方程式，许多时候还是无理方程组，我解不开这些难题，恨不得逃走了之。

有时候也会发生枕头找瞌睡的好事。2000年省政府机构改革，广电局增设影视艺术处，许多人摩拳擦掌跃跃欲试，我也想坐上这把交椅，但心里没有底。好在程序公开公正公平，我通过竞争上岗幸运地成为该部门负责人。两年后因为部门职能交叉，又把艺术处合并到总编室，两个部门由我一肩挑了，全省宣传影视管理工作义不容辞地落到我的肩上。运气来了门板都挡不住，我在任期间风调雨顺收成颇丰，先后获得了中国新闻一、二等奖各一件，电影电视剧也有精品接连问世，创造了历史上的小高峰。我不能揽这个功，我自知能力微不足道，管理者仅仅只是报送材料而已。但肥肉经了我的手必然沾了油，别人的肉也没少，相信当事者会理解我这个送肉的。

成了管理者，不想当内行由不得你，我也是被婆婆逼出来的媳妇，时间长了也就皮燥肉厚不怯阵了，对工作有了指手画脚品头论足的权利了。就像驾校的教练，车技好不好只有天知道，但师傅是当定了。管理工作除了前期策划外，后期要干的事几乎都与评审有关，评稿件、评栏目、评节目，差不多都是空口"吾"评。当然还要审电影，审电视剧，审各类要播出的片子，总之审在播出发行前，评在播出发行后。但评论不能信口开河胡说八道，而要言之有理言之有据，让人家心悦诚服。因此文案准备是必不可少的，以下评论文章大多是评审工作的副产品，水平高低另当别论，一家之言也可商榷，就像中医看病把脉，说的对用我的药，说的不对分文不取。况且武有第一文无第二，有的人说臭豆腐恶心，有的人却抢着吃还嫌味气不大。

吹响"影视陕军"冲锋号

——评电视剧《号角》的突破效应

基本情况

7集电视剧《号角》由陕西电视台2000年制作。王真、苏力编剧，万盛华导演。李婷、沈力、张志坚、王光辉、赵福余等参与演出。该剧在中央电视台一套黄金时段播出，是第8届全国精神文明建设"五个一工程"奖入选作品，被评为第21届电视剧"飞天奖"三等奖和第19届电视"金鹰奖"提名奖。这部电视剧是陕西省为"五个一工程"准备的重大文化项目，吹响了新世纪主旋律电视剧创作的冲锋号。当时我刚刚担任省广电局影视艺术处长，这是第一份工作答卷。当年10月下旬，我陪宣传部文艺处刘嘉军前往延安拍摄地探班，因下雨路滑，车过洛川不久后发生侧翻，造成刘嘉军右边锁骨骨折，当晚住进延安医院，第二天照顾他坐火车返回西安，在红会医院做手术。可以说刘嘉军为该剧付出血的代价，因为有了这次生死患难，我俩从此成为挚友。

剧情梗概

1999年10月1日北京一

电视剧《号角》海报

片欢庆的海洋。广播老前辈吕新雨一家人坐在电视机前观看建国50周年庆典。只有满头银发的吕新雨一个人守在收音机旁，聚精会神地收听庆典实况，思绪飞向60年前的延安……

那是1940年春天的一个黄昏，归国华侨大学生张曙光赶往中央军委三局报到，路遇毛泽东。在三局，夏中义告诉他这些电台设备是周恩来副主席通过共产国际搞到的，辗转万里才运达延安。我们要艰苦奋斗自力更生，从零开始，建设中国人民的广电事业。从此，他们一批热血青年凭着革命激情开展工作，土法上马解决了发电和电台调试等一系列技术难题。不久，从保育院跑出来的烈士遗孤吕新雨也加入进来，成为新成员。她的嗓音清脆动听，深受大家欢迎，很快就成了骨干。

1940年12月30日，延安新华广播电台（SNCR）正式对外播音，把中国共产党人的声音传向四方。

1943年春天，延安新华广播电台遭日军轰炸，损失严重，被迫停播，人员解散，只有徐子东一心想把吕新雨培养成一名优秀的播音员。

有一次，吕新雨在教战士学文化时投机取巧受到徐子东严厉批评。而这时知热知冷的大哥哥张曙光偏偏调往重庆八路军办事处，她感到无助和孤独。

日本鬼子投降后，电台又恢复了播音，在与国民党反动派的斗争中发挥了重要作用。张曙光从重庆回来，重逢的日子是快乐的，吕新雨已经长成了大姑娘，两个人见面关系微妙起来了。共同的理想和追求加深了了解，增进了感情，最终结成了革命伴侣。

而徐子东看到吕新雨成才，也了却了一桩心愿。在艰苦的工作中，积劳成疾，带着无限的遗憾永远离开了心爱的广播事业。

重点评论

延安新华广播电台建立以来，在中国人民解放事业中发挥了巨大作用，吹响了真理和正义的号角。电视剧在忠于史实的基础上，用现代人的眼光回顾往昔，塑造了中国广播事业开创者的群体形象，热情讴歌了老一代广播人艰苦奋斗自力更生，亲密团结无私奉献的崇高精神。全剧如诗如画如火如荼，唱响了一曲英雄主义和集体主义的理想赞歌。《号角》只有7集，篇幅较短，却浓缩了主旋律电视剧的全部内涵，从题材形式、主题思想、人物塑造和创作艺术都有新的突破,达到一个较高的水准。

首先是传达了中国共产党为理想而奋斗的声音。中国共产党是为人民服务的,这样崇高的理想不光是只写在章程中,而且还体现在一批信念坚定、意志坚强、为了远大目标追求的奉献者身上。女主角吕新雨是烈士的女儿,命运坎坷,失去父母被人贩子贩卖几次,在新华广播电台大家庭里,她得到了珍贵的情谊和真挚的友爱,明白了革命道理,完成了对人生价值的彻悟。在开国大典直播时得知爱人张曙光牺牲的消息,强忍痛苦,说道:我不哭,我要保护好嗓子,明天,五星红旗将在这里升起,爸爸妈妈,曙光我的爱人,你们都走了,你们要说的、想说的和还没来得及说的话,我会在广播中全部替你们说出来。她把自己的人生同革命事业融合在一起,在精神境界高峰谱写了理想之歌。

夏中义是一个寡言内向的领导,妻子在上海从事情报工作,失踪十多年,他与播音员曾笑冬心照不宣地相爱着。一次分手时老夏的相机中只有两张胶片没有照成合影,直到再次会面,曾笑冬深情地说,你就是我久仰的平原,永远装在我的心中,理想与情感高度和谐。

其次,抒儿女情,咏英雄志。《号角》作为一部有战争背景的主旋律电视剧,并不回避对情感的描写,而是用诗一般的镜头语言、精彩的台词对话、感人的细节表现人物心中的情感波澜,始终把人物置于情感悬崖,让他们选择,表现其复杂的内心世界。许雁平的形象就是在一次次选择中得到升华。丈夫失而复得,她由悲转喜。给孩子起了个名字叫大学,希望将来上大学成为栋梁之材,但在战争年代只能把儿子放在保育院。他们看儿子时他已经近视并认不出父母,临走时儿子突然叫了一声妈妈,让她百感交集。骨肉分离恋恋不舍,把人性之光渲染得淋漓尽致。

再次,历史的真实与生活的真实在艺术上高度融合。《号角》不是虚构的故事,而是以延安新华广播电台建立发展壮大的过程为素材创作的,剧中的沈力就是我国第一代播音员,许多剧情是与中央在延安活动关联的,必须经得起历史的考验。狭小的创作空间几乎没有艺术发挥的自由维度。但编导采取虚实结合,史料镜头插入的手法,主体化与个性化叙事互相补充,互相印证,不仅跳出了意识形态的框限,让艺术之光从宣传管理的篱缝中照射进来,唯美唯真,为观众创造了一个崭新的观看历史角度和审美想象极为丰富的自由天地。

热播不衰的"红色经典"

——评电视剧《激情燃烧的岁月》的标杆作用

基本情况

西安长安影视公司是陕西第一家民营影视企业，先后拍摄了《中国模特》《黄土魂》《口红》等电视剧，并取得了巨大成功。22集电视剧《激情燃烧的岁月》是2000年策划的，刚开始剧名叫《父亲进城》，后来改为《向前向前向前》，最后定为《激情燃烧的岁月》。编剧陈枰，导演康洪雷，制片人张纪中，主演孙海英和吕丽萍。因为该剧涉及军队，最后与解放军合作，剧组转战东北、内蒙古、四川、上海等地，花费了很大代价，制作完成后发现褚琴与石光荣官阶相差太大，硬是用电脑在褚琴的肩章安了一颗移动的星。拿到中央电视台审查，有的评委认为组织为干部解决婚姻问题，违反恋爱自由，不够人性，没有通过，使中央电视台错过了一部与《亮剑》一样的好剧。送到深圳电视台播出，一炮打响，从此在全国各级电视台反复热播，最多的台播出了八九遍。VCD光盘供不应求，出现了电视剧的"激情"现象。如今十几年过去了，许多电视台仍然在播

电视剧《激情燃烧的岁月》海报

出。该剧被评为第 22 届电视剧"飞天奖"优秀作品奖和第 9 届全国精神文明建设"五个一工程"电视剧一等奖，为"影视陕军"树立了一个标杆。

故事梗概

新中国成立前夕，在部队进城的欢迎仪式上，充满青春活力的褚琴强烈地吸引着身经百战的石光荣，他凭借军人的勇敢发起爱情进攻。在褚琴父母和组织的支持下，石光荣与心爱的人举行了热烈单纯的婚礼。但是还有一个人——谢枫，他也对褚琴一往情深，他看到心爱的人被别人抢走，丧失了理智要开枪打死石光荣。石光荣以一个军人的胸怀面对谢枫，使谢枫自愧不如。后来，谢枫在抗美援朝战争中英勇牺牲，赢得了石光荣的尊敬。但是，褚琴却忘不了谢枫，认为是自己和石光荣结婚刺激了谢枫献身战场，这成为她最大的心结，加上与石光荣性格、生长环境和感情理解的差异，原本可以消除的误解，在褚琴这里变得不可理解。

长期的战斗生活使石光荣与部队战友结下深厚友谊，成为他生命中的一部分，这让褚琴觉得不可思议，认定丈夫的心里只有战友没有自己。石光荣在部队中呼风唤雨如鱼得水，却在家庭生活中力不从心孤单无奈。孩子们慢慢长大了，他们个个性格倔强，与石光荣之间的代沟尤为明显。几十年风风雨雨磕磕绊绊，因为孩子参军，与乡亲们的来往及很小的家庭琐事，石光荣家与家庭成员不断地发生冲突、摩擦。但他往往采取极端手段，使自己在家中陷入了四面楚歌的境地。褚琴一方面不能容忍石光荣对孩子们的严厉，另一方面也不能忍受石光荣在家庭生活中的独断专行，夫妻关系越来越紧张，几乎闹到了离婚的地步。

时间是一个伟大的教师，长期的共同生活与磨合让石光荣和褚琴学会了包容和理解，他们在冲突和摩擦中不断地贴近对方，有时候反而离不开对方。老兵不死，英雄不老，褚琴明显感到石光荣的激情依旧在燃烧，而且越发炽热。在石光荣生命垂危的时候，褚琴才真正认识到他们之间的感情是多么的深，在这个英勇的军人身上蕴藏着多么可贵的品格，使他们的生命水乳交融，无法分离。

重点评论

《激情燃烧的岁月》立体而宏阔地表达了共和国军人面对战争与和平、

生命与死亡、婚姻和家庭、改革开放和军队传统等一系列重大问题，从家庭生活层面和人性角度进行描述，让人强烈地感到一种久违生活的真实。剧中人物个性鲜明，情感描写细腻到位，折射出强烈的时代之光和军旅之光。全剧始终充满革命英雄主义和革命浪漫主义色彩，洋溢着激情、单纯和乐观，注重营造浓浓的生活情趣。聚焦普通军人的戎马生涯，多角度展现军人形象，把老题材拍出了新的审美情趣，如同一壶醇酒，勾起了观众回忆与回味的快慰。有人为这个故事而哭，也有人为它而笑，每个人几乎都能找到自己，找到情感的寄托。在那个火红的年代，橄榄绿军装，纯真的岁月，纯朴的人们，没有矫饰的虚伪，已久远的真与善夹着淡淡乡土味的春风扑面而来。和平时代没有轰隆的炮声，平静的日子里只有情感的涓流，偶尔加上一点吵闹的调料，将锅碗瓢盆的交错声融为在一体，构成生活的交响曲。在那个激情燃烧的岁月里，石光荣把青春留在了纷飞的战火中，把眷顾留在了对往事的无限的回忆中；褚琴把初恋的激情留在了少女的天真时代，把平淡留在了几十年家庭生活的琐碎中；石晶将思念留在了默默地等待里，将憧憬留在身边默默关怀着她的人；石林将青春贡献给了让他既恨又爱的军营磨炼中，将追求留在了与父辈一样生儿育女的生活追求中。激情源自于一份美丽的回忆，源自于一张发黄的照片，源自于一声久违的问候，源自于一杯身边的热茶，源自于一生平淡的相守。

　　该剧在制作各个环节上都表现出很高的艺术水准，其中音乐创作是该剧的一大亮点，音乐与剧情互相烘托，营造出的怀旧氛围直击心灵。多年以后，该剧旋律音乐成为我国影视剧的颁奖必选音乐。

关中题材的开山之作

——评电视剧《关中匪事》的题材创新

基本情况

30集电视连续剧《关中匪事》西安华人影视文化公司（现为西安光中影视文化公司）制作。编剧庞一川，导演张汉杰，主要演员有田海蓉、凌潇肃、刘立伟、赵春羊，许还山等。该剧根据杨凌残疾作者贺绪林的长

电视剧《关中匪事》海报

篇小说《兔儿岭》改编，导演张汉杰是陕西岐山人，故事发生在岐山、扶风、武功一带，所以就有了虚构的岐功县，兔儿岭这个地方好像也成了真实的存在，弄出了一大堆笑话。电视剧播出后在全国引起巨大反响，第二年，都有人来到陕西专门找岐功县，还要求到兔儿岭去旅游。

故事梗概

民国18年，富饶美丽的八百里秦川，遭百年不遇的大旱，赤地千里，饥民饿毙无数，史书称十八年馑。

兔儿岭的匪首刘十三在县城粮仓抢粮，枪声大作，看戏的众人逃散，

只有喜凤还在台上清唱。刘十三路问喜凤：为何不逃？喜凤答：行有行规，唱戏人死也要死在戏台上。刘十三大笑，扔下一块银圆扬长而去。虎牙嘴的匪首杨豹子因缺粮想与刘十三合并，刘十三使计提出谁抢了县长的三姨太谁坐头把交椅。杨豹子抢功心切，率众弟兄下山抢了三姨太，惹怒了保安团长罗玉璋，在枪战中杨豹子被打伤，李世厚无奈给杨豹子治伤。

喜凤和墩子定了娃娃亲，罗玉璋来抓杨豹子，墩子喜凤隐藏在红苕窖中幸免，罗玉璋杀了杨豹子和墩子的父母。墩子听说父母被杀害报仇心切，刺杀罗玉璋不成，反被逼跳进了渭河。七年后，跳河未死的墩子学了一身本事回来，而喜凤已成了许云卿的大儿媳妇。许家大儿子许望龙爱上顶头上司的女儿赵亚男。罗玉璋得意扬扬要娶女学生玉竹做三姨太时，把玉竹骗上了山。

罗玉璋为保卫许家粮仓，打死了土匪二掌柜冯四，许云卿怕刘十三报复，在家设宴款待罗玉璋，希望他能派兵护院。罗玉璋借醉酒当晚强暴了喜凤，许云卿得知此事怕张扬出去伤了许家的脸面，不许喜凤声张，喜凤暗地里请墩子帮忙来杀罗玉璋。墩子趁夜色潜入喜凤房中，刺杀失手，在喜凤的帮助下逃脱。

墩子投奔新二师时误入了刘十三的地盘，刘劝其入伙遭墩子拒绝。在玉竹的帮助下一块逃出了兔儿岭。玉竹劝墩子到陕北找红军，墩子却执意报仇，并化名为李文化投奔了新二师刘信义。玉竹在附近学校当老师，俩人渐渐产生情感。

赵亚男和望龙回老家，被匪首小白狼意外劫持了，刘信义邀功心且，命墩子带钱上山赎人。墩子以胆识和高超的武功救回了望龙和赵亚男，刘信义将他提升为手枪营的连长。墩子多次去保安团寻机报仇，无法接近罗玉璋，所以未能得手，吓得罗玉璋草木皆兵。罗玉璋借新二师剿灭了小白狼，望龙却借特派员的权势逼迫刘信义干掉罗玉璋。刘信义派陈满强刺杀罗玉璋失手，刘信义为保全自己拔枪打死了陈满强。

望龙巴结上司娶赵亚男。喜凤因被强暴而怀孕受歧视，一怒之下离家上山做了刘十三的压寨夫人，条件是废了许望龙。刘十三被喜凤的血性打动，带人赶到许家为喜凤报仇，望龙已回城，子债父还，剁了许云卿的一条腿。罗玉璋命郭拴虎带人冒充刘十三杀了许云卿全家，望龙因公务意外幸免。望龙为报仇用特派员的关系命刘信义剿灭刘十三。刘信义派墩子前去剿匪，墩子在匪巢发现已怀刘十三孩子的喜凤，刘十三自杀。墩子私自放走喜凤被刘信义关了禁闭，喜凤为救墩子去师部自首，向刘信义讲明李文化就是墩子。刘信义秘密跟踪喜凤并将其行踪告知望龙，罗玉璋得知墩子放了喜凤，知道李文化是墩子，他命心腹郭拴虎带上掺入剧毒的水晶饼去杀害被关禁闭的墩子，却意外毒死了前去看望墩子的玉竹。刘信义对外称墩子已死，并要挟罗玉璋交出凶手。罗玉璋以为毒死了墩子便放松了警惕。他告诉郭拴虎，墩子已死，我再被杀肯定是刘信义干的。

墩子找见喜凤，正遇望龙带人来杀喜凤，在墩子的保护下，喜凤向望龙讲明不是刘十三杀他全家，而是罗玉璋。河灯会上喜凤在台上唱戏，墩子弹无虚发，打死罗玉璋身边所有的保安，罗玉璋被吓死。

墩子终于明白革命道理，离开新二师，去延安投奔革命，成为一名八路军战士。

重点评论

电视剧《关中匪事》被誉为一部中国版的《乱世佳人》，讲述了一个女人和三个男人的故事，剧情跌宕起伏，曲折传奇，剧中人物个性鲜明。关中地域色彩浓厚，文化民风别具一格，音乐优美，成为当年的一部热播电视剧，一时间，"他大舅他二舅都是他舅，高桌子低板凳都是木头"流行全国……

电视剧《关中匪事》是陕西电视剧的重大创新，至少有三个贡献，一是开创了关中地域类型电视剧的先河。因为有了第一部，接着在短短几年时间内推出《关中秘事》《关中女人》《关中男人》《关中义事》《关中枪声》，形成了"影视陕军"品牌中的关中系列剧，使陕西电视剧在创作生产的路标。二是捧红了一个公司和五个人。华人公司因为制作了该剧进入全国十大制作公司之列，赵安赵军兄弟与华谊兄弟的王中军王中磊不分伯仲。导演张汉杰成为民国情节剧的开山鼻祖，不少公司效仿。田海蓉在这部剧中扮演的土匪压寨夫人给人印象最深，被称为"最让人心疼的媳妇"。凌潇肃出场时大学还没有毕业，用今天的话来说，就是最嫩的小鲜肉小帅哥，也因此一炮打响，一发而不可收。三是探索出陕西电视剧制作的独特的经验之道。陕西经济落后，影视公司实力普遍弱小，用钱砸大制作是走不通的。电视剧说到底是用屏幕讲故事，剧情为王，只要把剧本做扎实，把故事讲好，就能收到事半功倍的效果。后来，陕西许多公司基本上都是走的这条路线。

细节传神　细节传情
——评电视剧《保卫延安》中彭德怀形象塑造

基本情况

28集电视剧《保卫延安》是由陕西电视台为庆祝新中国成立60周年而精心策划的一部重大革命题材剧目。编剧刘嘉军，导演万盛华，唐国强、耿乐、潘雨辰等参加演出。作为庆祝新中国成立60周年开篇剧目在央视一套黄金时间播出，在人民大会堂举行新闻发布会，中央重大革命和重大历史题材领导小组给予高度评价。获第11届全国精神文明建设"五个一工程"奖。

故事梗概

1947年初，蒋介石调集精兵强将，重点进攻山东和陕甘宁解放区。敌众我寡，形势严峻，党中央决定撤离延安，转战陕北，在运动战中消灭胡匪。大战在即，彭德怀主动请缨挑起重任。军委急电二纵周大勇率独立营西渡黄河，总部医院护士谢芳苓负责伤员，追赶总部参谋王成德，到黄河渡口三人相遇，王成德被分配到独立营当教导员，累倒的谢芳苓被一辆马车拉回到甘谷驿，谢芳苓决定留在陕北。延安保育院情况紧急，独立营奉命去解救。交战中，一个孩子遗落在敌我双方阵地间，谢芳苓冒着生命危险冲上去营救，她的勇敢赢得了战士们的尊敬。

电视剧《保卫延安》海报

胡宗南命令部队实施方型战术，妄图把我军赶过黄河。彭德怀命令独立营冒充主力向磻龙、青化砭撤退。王成德指挥行动，迅速消灭敌人搜索连，故意扔掉重武器吸引敌人，取得了青化砭战役的胜利。蒋介石派空军封锁黄河，切断我军补给线，实施所谓"困兽计划"。彭德怀指挥解放军主力在羊马河全歼敌整编135旅。

彭德怀指挥西野主力向磻龙发起攻击，集玉峁是双方争夺的焦点，攻坚战异常激烈。独立营伤亡严重，彭德怀来到连队了解情况，恰巧遇见战士大个子和李大旺比荷包，严厉批评了他们。彭总采纳了王成德的"对壕作战"方案，惨烈的战斗再次打响。李大旺与未婚妻巧花偶然擦肩而遇，俩人呼唤着对方投入战斗。宁金山在作战中发现了自己的弟弟是国民党军士兵，命令弟弟放下武器。

战斗结束了，彭德怀面对国共双方战士的尸体，百感交集。他捡起大个子鲜血染红的荷包，目光投向远方……

西野主力出击陇东，留下独立营掩护野战医院转移。女俘虏苗真再次自杀，谢芳苓为了保护苗真掉下山崖，负了重伤。周大勇拔枪要打苗真。醒来后的谢芳苓第一个问的还是苗真，她恳求苗真珍惜生命，失去爱情，万念俱灰的苗真心有所动。

蒋介石命令胡宗南不惜一切代价抓捕中共首脑，开始"擒王"行动。敌人发现了中央机关电台动向，胡宗南急调刘戡29军追击，在陇东与马匪作战的彭德怀牵挂着中央的安全……

小战士小成急需手术，医生无能为力，决定土法上马。山路险要，野战医院驮药品药械的牲口掉下山沟。谢芳苓心痛难忍，宽慰小成。苗真在谢芳苓的鼓励下，巧施妙计，调来了敌人的医疗车……周大勇对谢芳苓刮目相看。陕北小河村，为了牵制陕北敌军，调敌北上，西野横穿沙漠，进兵榆林。上级命令独立营接应从晋西北送来的粮食，独立营一路忍饥挨饿，艰难地往榆林进发。

蒋介石飞抵延安，部署榆林围歼计划。为了减轻彭德怀的压力，毛泽东带着刘戡捉迷藏，一路险象环生。彭德怀再次进攻榆林城，亲赴阵地指挥，习仲勋叫警卫员把彭德怀抬了下去。

独立营发现了穿过沙漠的敌军钟松36师，周大勇急忙派人报信，组织狙击。激战中周大勇身负重伤，生命垂危……战场形势突变，彭德怀沉着地撤出了部队，榆林解围成功。毛泽东被追到"四绝之地"，胡宗南大喜，

令刘戡钟松南北夹击"共"军主力,择机捕杀中共首脑。蒋介石以为此战可定陕北局势,中央机关处境危险,除了消灭钟松毫无退路。彭德怀决心背水一战,西野主力设伏沙家店,一举吃掉了胡宗南王牌整编第36师,钟松等化装成老百姓落荒而逃。

二纵出击黄龙开辟新解放区,独立营负责粮食运输,周大勇得知实情后从医院逃跑,谢芳苓阻挡不住,把一些药品送给周大勇。部队马上出发攻打宜川,周大勇做战前动员,大声宣布自己喜欢上了一个女人,这个人就是谢护士!独立营与野战医院相遇,王成德鼓动周大勇当面向谢芳苓表达情谊。

增援宜川的刘戡部队被挤压在瓦子街,敌人凶猛顽抗。小南山阵地久攻不下,周大勇独立团组成敢死队,光着膀子提着手榴弹冲上前去……敌人溃不成军,敌29军军长刘戡自杀身亡。

1948年4月,我军收复延安,延安又回到了人民的怀抱。黄河岸边,毛泽东与周大勇、王成德、谢芳苓、李大爷告别。船上,毛泽东深情地回望陕北……

重点评论

电视剧《保卫延安》恰恰在细节上对彭德怀做了绵腻的刻画,丝缕入扣,传情传神,把一个有血有肉、有情有义、有勇有谋的人物形象展现在了观众面前。

细节一:抬轿子。毛泽东曾有诗云:"山高路远坑深,大军纵横驰骋,谁敢横刀立马,唯我彭大将军。"他对这位老乡加战友十分信任,把保卫延安的重任交给彭德怀。毛泽东知道彭德怀有胃病,饭也不好好吃,就非常关切,并叮嘱周恩来:"中央要下一道命令,必要时可以强迫他吃饭睡觉。"见了彭德怀就问:"听说你的胃病又犯了,还经常不睡觉",还送给他一袋炒黄豆。而彭德怀对毛泽东的忠诚也通过大量的细节表现出来,肩负指挥作战的任务,却无时无刻不在牵挂着毛泽东的安全。延安已经十万火急,毛泽东却迟迟不肯撤离,为了对党中央负责,彭德怀决定必要时把毛泽东抬走。他把警卫人员叫到一起,反复进行"抬轿子"训练,亲自示范,让战士抱腰抬腿。并不停地交代:"手劲儿要轻一点,重了主席受不了。"这些细节,把彭德怀粗中有细和对毛泽东的敬重表现得淋漓尽致。

细节二:鸳鸯荷包。彭德怀指挥打仗向来以勇猛著称,每次大的战斗，都要亲临前线视察。攻打集玉峁的战前，他来到战壕，看到战士李大旺和机枪手大个子追抢荷包，非常生气，训斥道："别人在打仗流血牺牲，你们却在想女人，满脑子女人，敌人的碉堡能攻下吗？简直是乱弹琴。"还嫌不够，又叫来营长和教导员狠批一通："你们这两个小子，带出这样的熊兵！"集玉峁战斗结束了，彭德怀又一次来到阵地，一连120人只剩下16人，远处山坡，尸体陈横，机枪手大个子满脸是血，已经死去，在他翻起的衣摆下，露出一个红红的荷包。荷包上有两只戏水的鸳鸯，看到这里，彭德怀禁不住流下悲怆的泪水，滴到荷包上。他半跪在地上，猛地抹了一把眼泪，把目光投向远方。男儿有泪不轻弹，只是没到伤心处。我们的彭老总也是有血有肉情感丰富的人，此时此刻，他的胸中已是波涛万顷……

细节三：给部下道歉。集玉峁战斗进入白热化，飞机盘旋，燃烧弹爆炸火光四起，我军战士前赴后继，接连倒下。彭老总身先士卒，来到前沿。习仲勋怕不安全，劝彭德怀回指挥部去，彭德怀大发脾气。王政柱传达张副司令员电话，部队伤亡过大，问能不能暂缓进攻，让彭德怀大怒，他一把抓住王政柱的胸襟："王政柱你听着，再敢动摇我的作战决心，我枪毙你！"并命令二纵和新四旅，拿不下集玉峁，否则就拿司令和旅长的脑袋！蟠龙战役胜利了，彭德怀找到王政柱说："本来我想找一个正式一点的场合，向你道个歉。"王政柱不理解，彭德怀说："犯错误就要承认……我不应该粗暴地对待你，请你原谅。""十多年了，我的坏脾气就是改不了。"向部下承认错误并道歉，让我们看到了他正直大度、光明磊落的品质。

细节四：一碗鸡蛋羹。连续作战，生活不好，彭德怀病了，在给干部讲话时，拉了几次肚子。领导操心，乡亲们着急，李大爷把做好的鸡蛋羹端到他的面前："听说老总的身体不好，乡亲们特意给你蒸了这碗鸡蛋羹，请你吃下去。"彭德怀说："心意我领了，现在是困难时期，老人生病，孩子挨饿，我不能违反纪律呀！"在乡亲们的请求和劝说下，彭德怀端起鸡蛋羹冲进窑洞。抹了满脸泪水，仰头吃下鸡蛋羹。此时无声胜有声，他出门，传来乡亲们的欢呼声。这个细节，不仅传达了老百姓对彭老总的爱戴之情，也把边区军民之间的鱼水关系也充分展示了出来。

换个角度更精彩

——评电视剧《西安事变》的现实意义和艺术魅力

基本情况

28集电视剧《西安事变》由西部电影集团制作,编剧李凯军,导演由叶挺将军的孙子叶大鹰担纲。主要演员有胡军、唐国强、刘劲、刘交心、霍思燕等。西安电影制片厂改制后生机焕发、信心倍增,承担了制作《西安事变》的重任,经过一年多的细心策划和精心制作,终于将这一鸿篇巨制送上中央电视台,成为2008年的开年大戏。

电视剧《西安事变》海报

故事梗概

1935年前后,日本帝国主义侵略我国,在民族危急关头,蒋介石坚持"攘外必先安内"政策。张学良将军被迫"剿共",在陕北战场上屡遭失败,受到蒋介石的责难,急于寻求出路。在国民党"五全"大会召开期间,他与杨虎城将军分别通过进步人士杜重远和田文浩与我党有所接触。从南京回到西安后,张学良通过被我军放回的原东北军团长高福源的关系，与我党周恩来同志在延安举行了会谈，决定以民族存亡的大局来说服蒋介石停止内战，一致抗日。与此同时，杨虎城收到了毛主席派人给他送来的亲笔信。但是，他们的活动早就被蒋介石安插在西安的特务头子李达权、郑广清注意并向南京密报。

国民党陕西省省党部促成张、杨共同携手，也引起了正在南京主持解决"两广兵变"的蒋介石的震动。1936年12月初，蒋介石亲临西安，下榻于临潼华清池，张学良多次对蒋"苦谏"，均痛遭拒绝。蒋介石限他三天内答复是否继续执行"剿共"的命令，否则将他和杨虎城的东、西北军调离陕西。张、杨被迫实行"兵谏"，爆发了震惊中外的"西安事变"。事变发生后，我党应张、杨二位将军的邀请，派出以周恩来为首的代表团飞抵西安，说服了张、杨并使得蒋介石接受了抗日救国的"八项主张"。"西安事变"得到了和平的解决，抗日战争从此进入了一个崭新的阶段。

重点评论

公元1936年岁末，在古城西安发生了一场震惊中外的大事变——西安事变，这个偶然事件改变了近代中国历史的走向，以至于影响到当代世界的格局。往事如烟、尘埃落定。当年年轻勇猛、果敢发动兵谏的少帅张学良已经长眠在夏威夷绿色的草丛中，事件也淹没在了历史长河的漩涡，成为教科书中精彩的篇章。71年后，这段尘封的历史又一次被电视剧制作之手开启，事件本身强烈的戏剧性成了电视剧创作的元素。中国命运的大开大合，错综复杂的国际国内矛盾，民族危机关口各种势力的较量整合，大敌当前领袖人物的运筹策略以及个人情感与民族大义的强烈冲撞，在剧情中一一呈现。最后，由西部电影集团（前身是西安电影制片厂）制作的36集电视连续剧《西安事变》在中央电视台8套黄金时段热播后，好评如潮，称赞之声不绝于耳，网上点击率飙升，帖子似雪片纷飞。

《西安事变》是建设西部强省一个鲜亮的文化符号。《西安事变》是"影视陕军"的新突破。20世纪90年代，是陕西省电影耀眼岁月，代表中国电影走向了世界，如《红高粱》《人生》《野山》《老井》等。电视剧的创作也走在全国前列，代表作有《神禾源》《庄稼汉》《道北人》等，其中《半边楼》在中央电视台播出，给广大观众留下了深刻的印象。进入新世纪后，陕西省的民营影视公司异军突起，每年全省生产电视剧20多部500集左右，推出"激情系列三部曲"和"关中系列四部曲"，这些作品

在全国产生了巨大的影响,成为"影视陕军"的品牌作品。但是,陕西经济落后,公司弱小而分散,无法承担大片大剧的制作。在这种相对平淡的情况下,我们加强组织策划、加强支持引导、加强服务帮助,确定了一大批重点项目,电影有《白鹿原》《司马迁》《李白与杜甫》等,电视剧有《大秦帝国》《西安事变》《保卫延安》等。终于从西影集团首先传来捷报,《西安事变》创作突围成功。十年磨一剑,从《半边楼》到《激情燃烧的岁月》再到《西安事变》,充分证明"影视陕军"是一支好队伍,相信今后还会有扛鼎之作问世。

　　《西安事变》是思想性、艺术性、观赏性统一的新范例,西安电影制片厂首开先河,拍摄了电影《西安事变》,一时间声名鹊起。但是这部电影毕竟是在中国改革开放初期,思想解放不彻底、不深入的情况下制作的,带有那个时代的烙印。虽然闯进了禁区却又战战兢兢、小心翼翼。思想的局限抑制了艺术力量的释放,使人们越来越觉得不满足。怎样在电视剧创作中弥补电影的缺憾,怎样有所突破,最重要的是怎么样达到思想性、艺术性和观赏性的统一,成为主旋律作品创作的范本。所以《西安事变》做了大胆的创新,一是还原历史,将张学良摆到事变的主角地位。电影《西安事变》中,中共领袖作为主角,张学良、杨虎城是配角,无法表达历史的本真,也难以解释事件的过程。电视剧中对张学良、杨虎城和周围人的描写更真实,让人信服,使人性在艺术中大放光彩。二是塑造了一群个性鲜明、栩栩如生的人物形象。如东北军的张学良、高福源,西北军的杨虎城、赵寿山,中共毛泽东、周恩来,南京政府蒋介石、何应钦等,都是放在历史的显影液中与性格逻辑相吻合。特别是少帅的形象,张扬、刚毅、敢作敢为,几乎成为荧幕偶像。三是编了一个很好的故事。西安事变本身为《西安事变》提供了丰富的戏剧素材,曲折、神秘、悬念、战争成为最好的观赏要素,但编剧在编织故事时,以事件为史实,大事不虚,小事不拘,追求艺术性,达到了观赏的最佳效果。再一次说明,主旋律题材的电视剧,只要在艺术性上下功夫,也能取得良好的收视率。《西安事变》就是这样一部优秀电视剧,相信你欣赏之后也会有同感。

讴歌华夏文明源头的生命张力

——评电视剧《大秦帝国之裂变》的史学价值

基本情况

51集电视剧《大秦帝国之裂变》是由陕西电视台、西安国风影业投资公司联合制作。编剧由同名小说作者孙皓晖担纲,导演为黄建中、延艺担任,制片人焦阳。该剧演员阵容强大,云集了候勇、王志飞、孙飞虎、高圆圆、许还山等一批优秀演员,塑造了一群血肉丰满、呼之欲出的人物形象,浓墨重彩地勾勒出了一个帝国艰难崛起的历程,是一部大气磅礴、撼人心魄的历史正剧,被评为第28届电视剧飞天奖二等奖。

故事梗概

大秦帝国在群雄逐鹿,山河日变的"大争之世",在英雄辈出,百家争鸣的战国时代,华夏大地的西陲正经历着一场亘古未有的"黑色裂变"。古老的秦部族正是在这裂变般的阵痛中重生,用一段血与泪、爱与恨交织的悲壮故事,推动着时代前行。最终打出天下,与中原六国相融合,共同开创了华夏文明的正源。

公元前362年,满怀壮志、发誓要夺回老秦故土河西的秦献公嬴师隰,在黄河西岸的少梁山与魏国大军进行了一场惨烈的厮杀,尽管

电视剧《大秦帝国之裂变》海报

秦军斩敌无数,并一举擒获对方主帅公孙痤,但秦献公却身中毒箭而死。秦国此时已陷入四面楚歌之绝境,辎重耗尽,兵源匮乏,国力虚弱。嫡子嬴渠梁灵前即位史称秦孝公即位后,秦国危局如独木撑天,摇摇欲坠。六国在山东召集大会,准备分秦,内外堪忧,秦国的生死存亡,压在一个22岁的年轻君主身上。秦孝公清醒地认识到秦国的落后与六国亡秦之心,为了稳定最急于灭秦的魏国,他在所有大臣的反对下,释放了本应斩首为先父祭灵的魏国丞相公孙痤,并拿出国库与皇室私库的所有财产,用秦国不世珍宝,以及巨大商利相诱六国权贵,力保秦国三年无战事,为秦国赢得了一丝喘息之机。秦孝公手刻国耻碑,以血涂字,立于宫门,誓以变法强国。

秦孝公大召天下贤士,六国学子入秦为官。在与贤士的反复切磋度量之中,卫鞅脱颖而出。卫鞅只身一人游遍秦国穷山恶水,深入荒村野镇,了解当地民俗民风,努力寻找秦国落后的根源,竭力暝思治秦策略。同时,他也被这朴实、坚毅的秦风深深吸引。在这短短的三个月里,他便明确了此后二十年自己与秦国要走的路。他一展为政主张,以他的法家思想折服了秦孝公。卫鞅的《治秦九论》更使其看到了秦国未来的希望。他们连谈三天三夜,决定实行变法,依法治国。并立下了"君臣相知,永不相负"的誓言。

秦孝公拜卫鞅为相,开始了为期二十年的大变法,颁布命令,禁止私斗,平民有战功可以封爵,取消封地,废除井田等一系列主张,朝野之间,不啻天翻地覆。平民封爵,开三皇五帝之先例,废除封地,动摇封建基础,更有开阡陌、废井田,使六国守旧之士顿足大骂。当然,对卫鞅来说,压力最大的则来自于秦国内部的贵族势力,嬴渠梁的兄长嬴虔、长史公孙贾、上大夫甘龙等这些权倾朝野的大臣,对卫鞅恨之刻骨。由于秦孝公的支持,只能在背地下手。权贵之臣们关注着卫鞅以法治国的成效,到处游说鼓动,卫鞅通过城门立木,在民间赢得信任。适逢河西村村民群斗,以身试法,村民们仗着是太子封地,不肯伏法,卫鞅亲自监斩,一次斩首七百余众,天下大哗。犯人临死前幡然悔悟的吼声,"秦人莫忘,私斗罪死耻辱!公战流血不朽!"在所有秦人的内心深深地烙下了"法"的烙印。此事却震惊了主张"非战非攻,除暴政暴君"的政侠墨家的子弟。墨家向来以"除暴天下"为己任,闻知卫鞅的暴行,召集门下弟子,发出除暴令,准备对他们认定的"苛政""暴君""酷吏"进行大规模的刺杀行动。

秦孝公为了变法不在初期夭折,舍弃一己的生命,亲至墨家驻地神农大山,拜见墨子。在墨家论政台上,孝公慷慨陈词,连身居幕后的老墨子也被他的英雄气概与王者风范所折服。老墨子最终决定与秦国冰释前嫌。而且他们立下了至死不渝的誓言:"天地合,乃敢与君绝。"变法使得秦国蒸蒸日上。农人力耕,百工勤奋,商市通达,民风日新,人人踊跃参军,准备杀敌立功,授官封爵。新法法制逐渐深入人心。

重点评论

无论是小说《大秦帝国》,还是据此改编的电视剧《大秦帝国》,在国内外都引起了强烈关注与普遍好评。其根本原因,在于这部重大历史题材的文学作品与电视剧作品所具有的思想力量、美学价值和现实意义。春秋、战国、秦帝国三大时代,是中华民族由青铜文明向铁器文明跨越的转折时期,奠定了中国社会以统一形态发展的基本框架,体现了变革潮流与饱满的社会生命状态以及中国文明正源最为强大的生命力,其间所凝聚沉积的极其丰厚的历史经验教训,对今天实现中华民族新的文明跨越和伟大复兴,仍具有极其重要的借鉴意义。而这一辉煌阶段,在2000多年的历史长河中,却被"暴君"和"暴政"两个词汇所淹没,甚至被完全扭曲。拍摄这部电视剧,不光是为了发掘掩埋在千年历史烟尘下的文明宝藏,而是要用科学的眼光认识它的重大历史分量与时代价值,使国家的正源成为伟大民族精神的丰富内涵。

其一,我们要传承和弘扬秦人面对危机,为天下一统,不畏艰险、拼搏奋进、坚韧不拔、愈挫愈勇的图强精神。秦国经六代一百六十余年,变法矢志不移,推行改革绝不动摇,终于建立了人类历史上的帝国大业,就国体政体而言,对今天国家创建也具有奠基性和开创性。其二,秦国完成统一大业的一个根本法宝就是不拘一格,招贤纳士。名士英才是争夺天下的瑰宝,明君英主是最受拥戴的英雄。秦国名将辈出,人才如云,英主迭起,是他们以开放的襟怀招纳天下英才,占据人才高地,最后在风云际会、七雄逐鹿的竞争中胜出。其三,电视剧《大秦帝国》这部历史大戏,以改革强国为主线,表现出秦国人在"变法"过程中的坚决、果敢和为法献身的精神,他们认定变则强,不变则亡。只有彻底的变法,秦国才能从被动挨打的弱国转变为叱咤风云的强国。对于今天我们推行依法治国,建

设和谐社会具有现实意义。其四，秦人开放求新的精神值得学习和借鉴。秦人在军事、科技、制度、农业生产以及思想、文化上的开放和自我革新，是秦国社会进步发展的强大动力，物质丰裕，疆土扩大，人心凝聚，成为当时农耕文明最为发达的国家。挖掘以上这些具有重大社会坐标意义的秦代历史元素，是我们制作这部电视剧的动机，也构成了《大秦帝国》创作理念基石，使这部作品传达出独有的历史美感与精神魅力。

我们所处的时代，是一个伟大的时代，我们的国家正在崛起，我们的民族正在复兴，我们的文明正在酝酿着新的腾飞。对中国古典文明史上那一个最为重要的秦时代进行深度的文化开掘，以鸿篇巨制的史诗正剧，展现中国文明在原初时期的强大生命力，对于增强民族自信心，全面深刻准确地解读中国文明发展史，具有现实针对性，也是我们"影视陕军"应当担当的历史责任。基于这种认识，我们集中人力、精力、财力，与全国参与投资制作的其他单位一起，协力完成了电视剧《大秦帝国》第一部，首先在海外和网络上传播，一炮打响。2009年12月18日，四家卫视频道开播，前三轮播映中取得了广泛的社会认可。由此波及全国，形成大秦热潮。小说广泛传播，音像制品热销，网上点击直线上升，为后续创作开了一个好头。

电视剧《大秦帝国》第一部的成功，包含了参与制作在内的各方面力量的努力。在此过程中，也积累了宝贵的经验教训，就是忠于原著所确立的品格与精神，树立一种以文明正气为根基的创作理念，摒弃历史题材创作中的阴谋化、软骨病，以及泛嗲、泛软、泛媚等等畸形病态的表现方式。如果不这样做，就不会有这部作品的最终成功，就不会有《大秦帝国》的诗史品格，就不会有《大秦帝国》的历史美感与阳刚魅力。

作为具有强烈现实意义的重大历史题材的电视剧，《大秦帝国》系列将是一部巨型历史正剧，是一项前所未有的超大型文化工程。完成这一超大型文化工程，需要参与各方的共同努力，最重要的是把第一部的创作理念一以贯之地坚持下去，发掘并弘扬对中国文明强大生命力的那种创作追求，自觉展现中国文明强大生命力的主导意识，坚持唯物史观，积极地正面表现历史，反对将中国文明史阴谋化、宫廷化，将《大秦帝国》的创作变成在高端文明时代对原初文明准确解读的引导，而不是"纪实式"的再现或者戏说。

热爱命运　拥抱生活

——评电视剧《阳光灿烂周三强》的普世观点

基本情况

电视剧《阳光灿烂周三强》由西安大观影视文化公司制作,是一部追求快乐、单纯的青春励志剧。剧中经典台词就是"活着就别怕麻烦",重点反映了社会底层人民知足、乐观、积极向上的生活态度,很接地气,充满正能量。编剧庞一川长期生活在社会底层,对工厂工人非常熟悉,导演张晓春擅长拍摄情感剧,强强联合完成该剧。在电视台播出后反响很大,被称为继"士兵突击"后的"工人突击"。

电视剧《阳光灿烂周三强》海报

故事梗概

厂里有一个带工资进修的名额。三强的设计使自己成为破坏生产的狗熊,而志明成为保护国家财产的英雄。

三强狂热追求厂花潘莉莉,为了追莉莉克服恐高症爬天梯、闹舞场、使"调包计"偷煤油。可是莉莉却爱上"英雄"志明。被逼无奈的志明只得给周三强说明真相,三强愤怒之后接受事实,并告诫志明要好好对待莉莉。志明和莉莉约会时,莉莉被人强奸,胆小的志明没有冲上去保护莉莉,还要和莉莉分手。三强得知志明不要莉莉后十分愤怒,念在兄弟情深原谅了志明。

三强自己到树林找歹徒,却被巡逻队员当歹徒抓了起来。后来,他用自己的身躯接住了轻生跳楼的莉莉,虽受重伤却还是设法让无法见人的莉莉振作起来,他告诉莉莉她永远是他最爱的女人,但是莉莉心如死灰。

厂里悬榜招贤试制刹瓦机,志明志在必得,莉莉找到三强让他揭榜,三强同意了,揭榜却遭到母亲白淑娟的反对。三强给厂长杨民生立下军令状。为了使刹瓦机试制小组的大工匠们服气,三强竭力展示他的技术,为诚信到水库抓鱼却被守库人抓住,机智的三强在逃脱途中不顾第二天开工宴给水库修电机。

强奸莉莉的歹徒被抓住,三强偷了保卫部的手榴弹,打算炸死罪犯给莉莉报仇,被派出所拘留。莉莉被感动并接受了三强的爱。

三强在拘押时还不忘研制刹瓦机,刹瓦机屡经挫折试制成功,三强宣布要和莉莉结婚,遭到母亲白淑娟的强烈反对,三强和潘莉莉克服各种困难在仓库结婚。

怀孕的莉莉意外丧生,痛苦的三强得知自己是杨民生和白淑娟的私生子,三强无法面对痛苦堕落。志明得知三强身世后,为了车间主任的位子,偷换图纸使三强给工厂造成巨大的经济损失,被工厂开除。三强爸经受不住刺激脑溢血突发身亡,遗言让三强交罚款回厂。

徒弟郭晓媚一直陪伴在三强身边,给三强力量。她终于鼓起勇气向三强表达了自己的爱,三强振作起来,历尽艰难想尽办法挣够了罚款。志明却以没办手续为由阻止,气愤的三强拉电闸破坏生产,三强激怒杨民生,在众目睽睽之下说明了自己的身世。杨民生决心自己退休让三强顶替进厂。已经成熟起来的三强设法使母亲走出无脸见人的阴影,原谅杨民生并使其与母亲破镜重圆。

志明偷换图纸的事情被查出并被免职,经受不住打击的志明住进医院。三强原谅志明并告诉志明要站着做人。幸福中的郭晓媚得知自己患了血癌,她要离开三强,可是三强告诉她,即时活一天,我们也要幸福的生活。阳光下,三强快乐的奔跑,含着眼泪的新娘正微笑着等待他……

重点评论

　　奋斗是人生永恒的话题，在逆境中与命运顽强抗争，最能展现出人的精神力量和精神境界，而其所释放的人性之美也自然成为文艺作品创作的不竭源泉。这几年有不少电视剧塑造了一个个奋进不息的人物形象，从《士兵突击》中的许三多到《上门女婿》中的马四辈，都热情地讴歌了平凡普通的人们在面对生活中种种不幸，仍坚守信念，终获成功的故事。电视连续剧《阳光灿烂周三强》也是以一个普通工人的生活为视角，通过对生活中的种种不幸遭遇的描写，表现出了主人公乐观积极的生活心态，让人深受感动，引起了强烈的反响，被称为电视剧的"工人突击"。

　　艺术总是源于生活高于生活，《阳光灿烂周三强》作为一部成功的励志影片，首先是它把艺术的切入点和落脚点牢牢定位在一个普通工人的生活上，写他们朴素的情感，写身边的故事，没有太多太远的理想，没有太大太假的口号。无论是场地的选择、演员的服装，还是台词的设计，都力求真实，使整个电视剧弥漫着浓浓的生活气息，让观众感到"很近很生活"，一看就有亲切感现实感，一看就能融入进去。从操作层面上讲，励志片都容易把人物形象描述成一个尽善尽美的全能英雄，但这种情况往往脱离了实实在在的生活，塑造的英雄也是可敬不可爱，可看不可学。而在《阳光灿烂周三强》中，主人公周三强不是一个完人，他也有和一般年轻人一样的臭脾气、坏毛病和小聪明。偷鱼、打架、追女生、戏弄门卫，等等，捣乱骗人的事情他都没少干，然而，正是这些"乌龙"情节，反而达到了"瑕瑜映衬"的效果，让观众看到了一个有血有肉的周三强，人物的形象真实鲜活，主题思想自然而然地被人们所接受。

　　鲜明的时代特征是该剧受欢迎的另一个主要因素。任何一部影视作品都是时代的产物，它必须把特定时期的"人"作为刻画加工的对象，踏准时代的节拍，挖掘时代精神，只有这样，才能满足广大观众的需要，受到观众的喜爱。成功，无疑是当下最为流行的词语之一。在这个物欲横流、节奏飞快地时代，成功的词义渐渐地变了，它过多地被赋予了物质含义，词性也由一个抽象的名词渐变为一个瞬间动词，如何一夜成名，如何一夜暴富成了人们嚼舌的话题。一切关于成功的文化消费品，都受到人们的青睐，有的影视作品更是投其所好，赤裸裸地把对金钱、名利的追求占有作为主题，极力渲染权利倾轧，商业欺诈，奢华糜烂，等等，让人感到不适和恶心。而《阳光灿烂周三强》却更胜一筹，对于成功的理解则显得更加淡定成熟，力求解释生活中最为朴素的一面。它把人生成功定义为"人要活得简单才会快乐""活着就别嫌麻烦"等质朴简单的道理，诠释生活中真正意义上的成功是来自于内心世界的平和，内心世界的安稳。正是这认识的高度决定了该剧的主题。在此基础上，该剧始终把周三强乐观知足的心态作为幸福人生的真正目标，他不怕生活中挫折、不惧外界的诱惑，真诚、单纯、阳光、快乐，积极心态从电视剧的开始到结束，一直没有变化，可谓是一以贯之。正是在这种变与不变的对比下，把什么是成功、如何对待成功这个道理简单明了地阐述了出来。让老百姓看了既有激励，又有慰藉；既有感动，又想行动。

　　生活孕育艺术，时代召唤艺术。罗曼·罗兰说过，世界上只有一种真正的英雄主义，那就是认识生活的真相之后还依然热爱生活。电视剧《阳光灿烂周三强》又一次告诉我们，艺术作品必须把正确认识生活、积极热爱生活作为永恒的主题和最高准则，才能真正激励观众的意志与情怀，赢得观众的喜爱。

铁三角撑起一台大戏

——电视剧《上门女婿》的主创团队

基本情况

23集电视剧《上门女婿》由西安丫丫影视文化公司制作,张丰毅、王茜华等领衔主演,杨晓娟担任制片人。该剧围绕着上门女婿马四辈和高枝枝、冷洁两个女人之间的婚姻纠葛以及高枝枝和另外两个男人陈斌、李双银之间的情感变故,生动地讲述了这位身为上门女婿的黄河硬汉艰辛曲折的生存经历与爱恨情仇。原名《黄河九十九道弯》,后改为《上门女婿》。曾在全国多家电视台热播,荣获"五个一工程"大奖,并评为优秀农村题材电视剧,并在中央电视台一套和八套反复播出。网上评价颇高,许多台词都成为经典而广泛流传。

故事梗概

20世纪70年代的黄河滩一片荒凉,黄河岸边的桃花村里憨厚老实的马四辈从小就没了爹娘,无依无靠。一天,他竭尽全力救下了坍塌被埋的高枝枝后,被家无男丁缺少劳力的高家相中,一门心思的想招马四辈上门。

电视剧《上门女婿》海报

高枝枝是远近闻名的"一枝花",她漂亮、泼辣、心气高,羡慕和向往城里人的生活,不甘心一辈子窝在农村。村支书在城里工作的儿子陈斌,是她翻来覆去盘算的意中人,希望有一天也能攀上这个高枝,成为陈家的媳妇,随陈斌进城享福。想着想着就有了行动,竟主动委身给了陈斌。

日子一天天地过去了,当枝枝得知陈斌的新娘是别人时,看着自己渐渐隆起的腹部,不由得悲从中来。她不能让孩子生下来就没有父亲,恼怒地冲到陈家欲讨说法,却被当众羞辱。她伤心欲绝直扑黄河欲寻短见,被马四辈再次相救。善良的四辈不忍心看枝枝那哀怨无助的眼神,加之高满仓的乞求,让四辈接受了枝枝的一切,成了高家名副其实的上门女婿,也因此与陈家结了怨。

老实的马四辈被村里派到黄河滩当上了护林员,一家人的生活更加艰难,因遭人陷害防护林失火,马四辈被关进了监狱……

数年后,陈斌因在工作中玩忽职守,给工厂造成了重大的经济损失被开除公职,妻子也与他离了婚,无奈之下陈斌回到农村。陈斌的回乡使这些年来一直都不满足与马四辈结婚的枝枝的内心悸动、不安。平静的生活,出现了波澜。

黄河滩上来了一个能说会道的养蜂人李双银,他对城里生活天花乱坠的描述,又一次勾起了枝枝对外面精彩世界的梦想,枝枝最终也没能抵挡住诱惑与其私奔。枝枝与养蜂人的私奔沉重地打击了马四辈,他默默地接受了现实。

党的十一届三中全会的春风吹到了农村,四辈伺老抚女,在村里有志青年郭大海的帮助下,刻苦学习栽培技术,终于成为方圆百里远近闻名的苹果大王,被村民们推选为村主任,带领乡亲们一起致富过上了梦寐以求的幸福生活。

今日的黄河滩已变成了万亩鱼塘,夕阳西下,水面上反射出点点钻石般的银光……

重点评论

这部电视剧是继《秦川牛》《神禾塬》《庄稼汉》之后陕西推出的一部全新的农村题材电视剧,由西安丫丫影视公司制作。曾在全国多家电视台热播,被评为"五个一工程"大奖和陕西广播影视奖优秀电视剧作品,后来又被评为优秀农村题材电视剧,并在中央电视台一套和八套播出。社会上对这部电视剧评价很高,许多台词都成为经典而广泛流传,西安丫丫影视公司也因此在全国名声大振。分析这部电视剧的创作过程,固然有许多经验值得总结,但我认为编剧、导演和演员功不可没,他们构成了一个坚强的铁三角主创团队,共同支撑起了这部电视剧。

编剧庞一川是"关中系列"电视剧的开创者,首篇电视剧《关中匪事》由他执笔创作。他的人生经历十分有趣,当过电机厂的工人,烧过锅炉,也在工会做过宣传工作。后来企业不景气,又下海单干,开过饭馆,在黄河滩养过牛,但都因不会经营以赔本告终。事情往往有歪打正着的时候,当一扇门关死的时候就有另一扇门为他打开,庞一川做生意失败了,但新人生又开始了。曲折的生活经历给他这位文学爱好者积累了丰富而宝贵的素材,而这种接地气的草根生活正是在城市生活的作者十分奇缺的。在此前,他已经创作了"关中系列"四部,还有一部改编电视剧《软弱》都写得十分生活,其中《软弱》中有一个贩卖鸡的情节就是他自己的亲身经历。这时候创作《上门女婿》几乎不需要费劲,只要梳理一下自己的生活经历,与我们所处的时代变迁相搭就成了。他曾经对我说,他最熟悉是黄河边的农村,他要创作一部反映改革开放三十年来农村发展变化的戏,表现农民的喜怒哀乐,展示乡下人的曲折命运。不久他就写出了《黄河九十九道弯》初稿,一看就非常生动鲜活,展现了一幅新时期农村生活画卷。在剧本策划过程中,我对剧中郭大海后来和自己岳母结婚有异议,认为不符合中国的人伦道德,观众也不会接受,建议将岳母改为嫂子。他同意修改,就是剧中的柳柳,后来演员也自然不别扭了。当然,庞一川为写这部剧下了很大功夫,几乎是推倒重来,写了好几稿,其间也吸收了许多人的智慧。庞一川为了创作出好作品,又多次去他当年放牛的黄河体验生活,感受改革开放以来农村的巨大变化,采撷了许多生动的故事,像剧中马四辈为了给高枝枝吃牛肉,把生产队的牛顶下沟摔死,还有火烧防护林,都是这么挖掘出来的。真挚感人,这是凭空捏造不出来的。所以,我们都羡慕编剧的精彩情节,却不知道他们为此奔波和辛苦的付出。

导演张晓春擅长拍情感戏。剧本创作出来了,请谁做导演也是很重要的。就好比盖房子,图纸设计很好,请什么人当施工队长。在影视圈有这样一个说法,好剧本碰上好导演能加分,好剧本没有好导演就减分。有人说,电影是导演艺术,电视剧是编剧艺术,这话有一定的道理,同时也有一定的片面性。只是电影是从影响力上强调了导演，电视剧是从故事性上强调了编剧。实际上，电视剧更需要好导演，许多优秀电视剧都是著名导演的倾心之作。张晓春是西影厂培养的导演，多年来一直受电影的熏陶，加上是正经文学科班毕业，在影视审美方面不仅有理论基础，而且有实践经验。作为女导演，拍摄情感戏是她的见长，细腻缠绵又不伤故事，对女性的情感把握得十分准确到位。她在年轻时双下过乡，对农村生活非常了解。此前执导的电视剧《当家的女人》在央视播出了无数次，在观众中口碑很好。她介入制作后，又与编剧在一起，把剧本认真统筹打磨，使其故事性更为传奇精彩，人物个性更加鲜明突出。在九曲黄河的合阳湿地，搭台拍摄戏，一气呵成。最后又一遍一遍剪辑修改，完成了后期制作。这部电视剧一改陕西过去农村题材电视剧的落后和保守，从土气土色走向时尚靓丽，把当代新农村建设和农民的远见充分展示出来，有悲凉更有希望，有失败更有收获，像黄河一样的东流入海，永不回头，永不放弃。

  主演张丰毅是硬汉子代表。选择张丰毅作为主演，是最合适不过了。当时可选择的演员很多，几乎花了眼。按常理说，应当找一个对陕西比较熟悉的当地演员，才能把握好。但是张丰毅一眼看上了剧本，并同意演出，只是有一点是价位太高，每集要价10万元。这在当时是天文数字，制作方在痛苦之中还是选择了他，认为他演过《和平年代》《历史的天空》等有影响的大戏，表演出色，收视率很高，只要让他演男一号，戏不火也不由人。果然，张丰毅不负众望，把一个忠厚、朴实、阳刚，善良的马四辈淋漓尽致地表现出来，有许多小幽默小狡黠成了亮点。人强人包戏，戏好戏包人，人和戏都好那肯定是火上浇油，红得发紫。

旋律高奏传心声

——评电视剧《空巢姥爷》的宣传定位

基本情况

电视剧《空巢姥爷》是西安曲江丫丫影视公司制作的一部现代都市情感轻喜剧。导演林柯，编剧谈韦，制片人杨晓娟。由李立群、刘佳、王君平、赵荀、杜宁林等演出，2015年5月20日在中央电视台一套黄金时段播出，取得了很大反响，收视率最高突破2.0，后来优酷、搜狐、腾讯视频、爱奇艺等视频网站热播，受到了观众欢迎。该剧是通过影视作品表现社会热点问题的成功范例，中国即将进入老年社会，空巢老人大量出现的现实摆在人们面前，空巢老人怎么面对当下的生活，如何处理与子女的关系，老年人的婚姻、养老问题等等，从而折射出新的人生价值、社会风尚、邻里关系的道德评判。贴近生活，关照现实，让艺术的音符合拍与宣传思想工作的主基调。陕西省委宣传部专门召开了一次研讨会，我在会上作了书面发言后被刊登在《陕西日报》上。

故事梗概

"家家有本难念的经"，周家这本经眼下着实令两个女儿纠结不已——鳏居多年的父亲周开启黄昏恋就罢了，地下恋人竟是自家保姆！女儿们情理上虽支持父亲有个伴儿，但周开启的

电视剧《空巢姥爷》海报

特殊情况、刘西娜的出身和诡异行为却令周冬礼与周冬笑不敢掉以轻心……

周开启风趣优雅、周家黄金地段200平的"豪宅"令他成了炙手可热的黄金单身汉,刘西娜却是一介出身差、没文化的保姆。两个不同世界的人谈恋爱本身便非正常,加之刘西娜入驻周家后是非不断,周开启的无端袒护更令两个女儿觉得保姆面目可疑。律师周冬礼笃定——刘西娜就是冲房子来的!刘西娜渐渐露出些非寻常保姆的蛛丝马迹,在两个女儿看来,一切都为时已晚,父亲已深陷其中……

为保卫房子和父亲的晚年幸福,女儿们迅速进入警备状态,却不想老父亲对刘西娜的依恋使局面渐渐失控。周冬礼这个在法庭上冷静沉着、战无不克的律师终于在自家家务事上栽了跟头,每每抓到刘西娜的把柄,皆因父亲的袒护令她在"情"和"理"上节节败退,妹妹流产、离婚之际竟被父亲扫地出门……父亲"情令智昏"了吗?

姐妹二人渐渐明白——这场保卫战,斗的是感情!父亲最看重的并非房子,而是陪伴。姐妹二人在这场战役中真正理解父亲后,才察觉事情并非此前看到的模样,刘西娜身份更加复杂但却并非面目可憎。此前蒙住父女之间破朔迷离的迷雾逐渐散开,真相大白之际,亲情、爱情都经受了洗练。

女儿与保姆的战争是否有赢家?周开启的黄昏恋如何收场?"幸福斗婚"刚刚开场……

重点评论

西安曲江丫丫影视公司多年来制作了一批现实题材电视剧,先后在央视黄金时段播出,受到广大观众的好评。这对于巩固"影视陕军"在全国地位,展示陕西省文化建设的成果,弘扬社会主义核心价值观,唱响主旋律,传播正能量发挥了积极作用。在央视一套落幕的电视剧《空巢姥爷》就是代表作之一,不仅取得了良好的收视效果,而且以热点话题引发广泛关注,进而倡导人们亲善近美,珍惜养育之恩,唱响了一曲中华民族的优良传统赞歌。在观赏之余,从宣传角度梳理出几点,颇有借鉴意义。

唱响主旋律,必须首先唱准。文以载道,歌以咏志。影视作品一定要与宣传思想工作合拍合调,才能演奏出最动听的音乐。丫丫影视公司多年来一起致力于现实题材作品的策划制作,有励志类型电视剧《上门女婿》

和《我在北京挺好的》，有反映诚信至上的《胡杨女人》，还有两部农村现实题材作品《老爹的非诚勿扰》和《赖汉的幸福生活》等，都是关照现实生活，体现了当代中国人对生命意义的思考和价值坐标的矫正。但上述作品就其眼界的维度大都是以时间为纵轴展开的，触角伸及到了传统的道德精神层面，传达出广义的普世价值。而《空巢姥爷》则是一刀砍进现实生活的断面，针对中国即将到来的人口老龄化问题，把人们推向道德选择的崖口，从题材设计上找准了社会最为敏感的穴位，弹响了绷得最紧的琴弦，因此就有了大珠小珠落玉盘的效果，引发了广泛的共鸣。影视作品潜移默化的教化作用渗透在宣传思想工作的全过程，唱响主旋律的前提是唱准，基调准确的音乐必然优美悦耳。

唱响主旋律，一定要占领制高点。居高声自远，非是藉秋风。有了好作品，选择传播平台尤为重要。央视一套频道，覆盖了近十亿的人口，是向观众播发信息的首选高地，在全国电视剧播出中又有引领和标杆作用。凡是在一套黄金时间播出的电视剧，一定是和党的宣传工作贴得最紧的。这个窗口，体现了新闻导向与艺术取向的高度一致，也体现了社会效益与经济效益的有机统一，当然是各省和影视公司展示的舞台。丫丫影视公司以高度的社会责任感，淡利求义，宁肯少赚钱，也愿意把作品奉贡于高台之上，为我们陕西争了光。《空巢姥爷》一曲终了，余音绕梁，社会效益充分显献。

唱响主旋律，制作精良不可或缺。陕西过去出了不少优秀作品，成为那个时代的印记。但后来一个时期的作品就平淡无奇，主要原因是受观念和经济条件的制约，许多作品比较土气，比较粗糙，不够时尚亮丽，缺少像《闯关东》《乔家大院》和《红高粱》那样的大制作，这种局面到了《大秦帝国》时才有所改变。随着人民群众物质文化生活水平的提高，审美标准也越来越高，要求观赏制作精良的好作品。《空巢姥爷》在制作上精益求精，使艺术水准上了一个大台阶。把拍摄地放在风光秀丽的珠海，让时尚之风扑面而来；请来香港大腕李立群担纲主角，还有观众喜欢的刘佳等一批有分量的演员加盟，组成了相对整齐的阵容；在服化道方面求精求美，格调上档次，使观众赏心悦目。特别是片首片尾曲贴近内容，呼应主题，为全剧锦上添花。

平凡之中有美丽风景
——评电影《美丽的大脚》的主要角色

基本情况

电影《美丽的大脚》由西安电影制片厂拍摄，编剧李唯，导演杨亚洲，主要演员有倪萍、袁泉和孙海英。该片是陕西省新世纪以来取得最大成果的电影，获奖无数：囊括了第 22 届中国电影金鸡奖所有奖项（最佳故事片奖、最佳导演奖、最佳女主角奖、最佳女配角奖、最佳编剧奖提名、最佳摄影奖提名、最佳男配角奖提名）。第 9 届中国电影"华表奖"优秀故事片二等奖，优秀导演奖和优秀女演员奖。第 9 届全国农业电影"神农奖"。第 9 届全国精神文明建设"五个一工程"奖。电影《美丽的大脚》的拍摄，使西安电影制片厂从沉寂中焕发了生机，迈开了新世纪电影创作的新脚印。

电影《美丽的大脚》海报

故事梗概

丈夫无知犯罪被毙了，孩子因病夭折了。面临人生的苦难，西部农村少妇张美丽悟出了一些道理，她把所有感情都寄在学生们身上，请求村主任,当上了"孩子王"。

　　张美丽热情达观、自然真诚、侠骨柔肠、视学生为己出,在土房子里教着一帮"泥孩子"。她用她那浓厚的地方话教他们识字、造句;她用那跑了调的嗓子和笨拙的姿势领孩子唱歌跳舞做游戏;她用她那寸寸柔肠感动和影响了都市丽人夏雨;她用她那铮铮的侠骨给孩子们赢来了资助;她用她那"半遮面"的"情感琵琶"弹奏了一曲爱情的绝唱;她用自己一双"美丽的大脚"谱写了一幕幕感人至深的"美丽的画面"!

　　张美丽带着一群孩子边走边唱,飞扬的黄土迎来了北京的志愿者——年轻漂亮的女老师夏雨。黄土地上的生活潜移默化地改变了夏雨的人生轨迹,同时也逐步地改变了"美丽的大脚"的足迹。夏雨不适应穷乡僻壤的艰苦生活,山村里缺水的严重程度令她惊讶,而张美丽的朴实热情常常让她哭笑不得甚至火冒三丈。但看到真诚而乐观的张美丽,夏雨简直无法想象她的苦难经历。在朝夕相处的日子里,两个女人之间的误会、冲突、理解、感动通过一件件平静如水,细腻入微的小事展开收场,张美丽的形象也随之丰满和生动,夏雨在不知不觉中被张美丽的美丽的心灵所感染。当丈夫来接她回北京的时候,夏雨最终选择了黄土地,选择了朴素和真诚,因此跟丈夫闹得不欢而散。夏雨怀孕后,张美丽送夏雨回北京生孩子,可是夏雨却悄悄做掉了孩子返回了山村学校,张美丽把夏雨背在背上,边哭边骂。作为一个失去丈夫和孩子的农村妇女,能有自己的孩子是最大的幸福,张美丽无论如何想不通,夏雨怎么会不要这个孩子。夏雨趴在张美丽的背上也哭了,她无法把自己对婚姻前景的不祥预感告诉这个淳朴的女人,正是为了避免孩子将来的不幸,自己才不得不忍痛放弃。两个生活经历完全不同的女人,此时却用相同的泪水述说着心中相同的痛苦,表达着对孩子、对生命同样的渴望,那一刻,她们已经没有什么区别,心灵中最本质的情感完全融合在了一起,闪耀出最美丽的人性光芒。

　　为了给孩子们买电脑,她四处求人,好话说尽。当她求到村里的一名"大款"时,"大款"说只要她一口喝下一瓶白酒就可以资助,张美丽毫不犹豫,一口气喝下一瓶"二锅头",此时的张美丽绝对是一名舍生取义、大义凛然的女英雄。在世俗和文化的桎梏里,作为"第三者"的张美丽和电影放映员王树之间的感情也表现得颇为辛酸和有趣。随着剧情的发展,张美丽无可奈何地诀别了那段甜蜜而苦涩的爱情。

志愿活动结束了，夏雨也从"黄土大学""大脚班"毕业了，她在这里，体验了情感的秘密，理解了生活的本质，领悟了生命的真谛。出于感激，夏雨请张美丽和孩子们去北京看看。张美丽带着孩子们也带着自尊和自卑混杂心情来到了北京。面对都市的现代化和都市一些人的傲慢和偏见，张美丽情绪激动，语重心长地给孩子们讲了一番改变贫穷，改变人生命运的话语。

一次偶然事故，张美丽生命垂危。张美丽像平静地接受人生苦难一样接受了死亡，面对死神，她微笑地说，人哭着来到这个世界，但一定要笑着离开……孩子们用哭哑的嗓子唱着凄凉的儿歌为她送行。

夏雨用满面泪水和她告别。王树雕塑般地坐在村口，默默地为她守墓。"美丽的大脚"足声远逝了，余音无穷……

重点评论

农村妇女张美丽的丈夫因为愚昧无知被判死刑枪毙，对她震动很大。她决心开办学校当老师，不让娃儿们再愚昧下去。在北京习惯养尊处优日子的夏雨来到了这个偏僻小山村当志愿者。她的到来给落后在山村带来现代气息，让原本平静的山村躁动起来，山村外的世界使张美丽和孩子们感到困惑迷茫，山村里的贫穷让夏雨感到难熬。

就在夏雨开始动摇时，张美丽的纯朴感动了她，她说服有钱的爱人带着张美丽和孩子们到北京见世面开眼界，孩子高兴了满足了，但张美丽却在车祸中丧生。影片关注的是西部贫困地区乡村老师的命运，挖掘母爱的伟大和人性的美好。电影中张美丽为山村教育事业殚精竭虑的形象深深地打动了观众。她把学生都当成自己娃娃，把女性母爱特质充分的流淌出来，像甘霖一样滋润着干涸的心田。张美丽热爱教育，热爱孩子，完全是发自内心的，没有丝毫的掩饰，当学校需要电脑与她被要求喝酒时，她由母亲变成了男人，一杯一杯地喝酒，喝得泪水直流，这样的场面真是让人动容。

电影《美丽的大脚》不光只有酸楚，还流泻着淡淡的诙谐与幽默，张美丽把千里迢迢读成千里 zhāo zhāo，把皮大衣用水洗，还有给电影配音学毛驴叫，都不免引人发笑，这就是西部农村人的生活现状，同时也反映了他们单纯快乐的一面。电影中的城里人与农村人有明显地界限，张美丽一直向往城市人的洋气，也希望孩子过上城里人的生活，享受城里孩子们的教育条件。而夏雨来到这里，并没有和这一块土地贴在一起，无法接受这儿一切，与张美丽产生严重分歧，唯一共识就是通过兴办教育才能改变这种现状。

影片最后，电影放映员王树把光束投射到校舍，温暖而柔和，学校被烘托成为一座庄严的殿堂，影片的主题像光芒一样悠长……

两个谎言圆一个梦想

——谈电影《桔子的天空》的策划艺术

基本情况

电影《桔子的天空》是陕西希望在线文化传播公司制作的一部少儿公益电影。这是我一直构思了五年多的电影,把农村空巢老人和留守儿童的社会话题与当地自然风光结合起来,引发全社会的关注。该片由"五个一工程"专业户崔民做编剧,著名导演徐鸿钧执导,老戏骨李万年和儿童新星武东博任主演。在2014年全国"两会"期间,在中央电视台六套黄金时段播出,取得了很好的社会效益和经济效益。作为该片的剧本策划和统筹,我后文只谈体会,不作评论。

故事梗概

除夕,在外打工的天林回村,给儿子贵娃带的玩具飞机引起其他孩子的艳羡,被玩坏的飞机引发福果和贵娃两个孩子的矛盾,既而因为贵娃妈的不依不饶让福果的爷爷和爸爸建业陷入两难境地。一直有心外出闯荡的建业终于下定决心带着妻子和天林一起南下。爷爷知道无法阻挡,但心存隐忧。村主任知道对于花树沟这样大山深处的村庄,外出打工是改变生活的唯一途径,虽然有顾虑但还是鼓励大家,只是希望外出的人别忘记家里的老

电影《桔子的天空》海报

人和孩子，过年过节的一定要回来。十五刚过，天林带着人走了，福果的妈妈在依依不舍中告别了还在睡梦中的儿子。

爷爷不知道怎么给孙子福果解释父母外出打工，就告诉他说父母给他外出买玩具飞机了，这让福果又期待又得意。这个善意的谎言很快被贵娃戳穿，福果失望的同时第一次感受到什么是思念。爷孙两个相依为命的日子由忙乱变得有序，而远走深圳的妈妈却是牵肠挂肚。林苗苗布置作文我的爸爸，贵娃出人意料地得到表扬，福果不甘心，抄了爷爷保存的爸爸当年的作文，结果让小宝告发给贵娃，两个刚刚缓和关系的孩子又开始对立，不过，孩子们矛盾总是很快就解决，几个留守儿童因为同样的命运而集结在一起。爷爷为福果栽了一棵桔树，承诺说如果桔树结果，父母就会回来。一时间，这棵桔树成了孩子们思念的寄托，特别是贵娃，天天和福果一起为桔树浇水施肥，希望父母能早点回来。

可是离家的第一个春节，为了多挣些钱，外出打工的人都没有回来。而桔树也莫名的只开花没结果，福果对爷爷的话坚信不疑，认为是自己没有照顾好桔树。这让爷爷心里很难过。爷爷为了接听儿子建业从深圳打来的电话而摔伤了胳膊，村人们互相照应，福果也被大家夸懂事孝顺。谁也没想到，因为太想爸妈，福果和贵娃商量准备离家出走，去找爸爸回家。十五一过，两个孩子经过自认为的紧张准备，开始实施计划。一村的人都四处寻找，两个因为饥饿和寒冷而后悔不已的孩子终于被找到，老师林苗苗很理解孩子们的心，和村主任商量安装了网络，用电脑视频让孩子们看看爸爸妈妈。孩子和家长是激动而惊喜，只有福果，显现出久未谋面的疏离，林苗苗看在眼里，对福果和几个留守儿童更加留意。

因为过于思念，福果终于病倒，在昏睡中依然喊爸爸妈妈，爷爷和村主任商量，这个春节，无论如何都要让外出的人回家过年。福果学会了写信，因为信件来往时间长，福果捡到一只朱鹮，竟然想培训它给父母送信，一群孩子都期待这一壮举。朱鹮是研究所走失的一类保护鸟类，最后在爷爷村长和老师的劝导下，福果终于同意上交，得到了嘉奖。福果妈妈接到儿子的信，归心似箭。

桔树终于开花结果！福果一帮孩子们激动万分。深圳方面，天林也告诉大家，今年无论如何也要回家过年。可是，南方遇到百年不遇的大雪。火车不能照常发车，飞机停飞。村主任为安抚大家一直在广播里播报他们回归的路线，爷爷为了不让福果失望，悄悄将桔树上结的果牢牢固定。林苗苗从网上知道南方雪灾严重，为村主任的举动担忧。此时南方，天林为兑现承诺四处想办法，结果不幸遭遇车祸遇难。建业站出来，决定完成天林的心愿，带大家回家。村人将村外路上的积雪打扫干净迎接亲人回来，贵娃妈没想到迎来的是天林的骨灰。爷爷因为思念成疾卧床不起，建业带着福果摘果时发现了爷爷的秘密。回乡的建业得知政府对于农村的一系列扶持政策，决定不再出去打工，就在家乡创业，照顾老人和孩子，再也不分离。

创作体会

作为本片的出品人、剧本策划和统筹，我曾在陕西省广电局管理影视制作十多年，一心想拍电影没有机会。后来到陕西广电网络公司任职，终于有了机会。但这几年中国电影市场却发生了天翻地覆变化，让我无法理解。现在的电影观众平均年龄20出头，电影院成了娱乐场，他们夹杂着幼稚的爱情、崇尚娱乐，他们被可口可乐淹没了，被爆米花膨胀了，被粉丝绑架了。当张艺谋不得不妥协而拍《三枪》，当冯小刚的《1942》被《泰囧》冲得一塌糊涂时，我们能拍什么，敢拍什么？你可以挑战观众，你可以挑战市场，但作死的样子一定很难看。

但是，我还是不甘心，相信电影的魅力，相信故事对人的感染，相信视觉艺术的美感。尽管近年来娱乐喜剧成为票房神器，但仍然不能低估悲剧电影的艺术分量。莎士比亚戏剧和中国历史上的经典故事，大都是以悲剧征服人心的，把美好毁灭，让人心灵产生巨大震撼。如《卖花姑娘》《妈妈再爱我一次》《长江七号》等，儿童小人物往往能引发大情感。于是我打算做一部儿童题材悲情影片，接地气、通人性、有情趣，让笑点和泪点冲决观众情感的闸门。受美国小说《最后一片叶子》和法国小说《柏林之围》的启发，用两个谎圆一个梦想。我对影片做了这样的策划：以汉中洋县山村留守儿童和空巢老人生存现状为素材，展示市场经济给边远山区带来的巨大冲击，反映中国农民在纤动社会前行时付出的情感代价。现实生活的利刃拉开了社会的伤口，亲情分离，爱被抽空，生存选择挑战人性底线，艰苦的环境成为精神疫苗，激励儿童健康成长。同时影片又自然巧妙地将汉中风光、旅游景点、珍稀动物融入剧情，把爱贯穿始终，让美好的愿望成为心中不落的太阳。

新闻节目更要创新

——评陕西电视台新栏目《今晚播报》

陕西电视台《都市快报》被评为全国"百佳"电视栏目，值得庆幸。但要支撑一个区域性的电视强台，仅有一个名牌栏目是远远不够的。在目前自办的几十个栏目中，哪一个会成为"黑马"脱颖而出？依笔者观察，《今晚播报》初步具备了冲击名牌栏目的"品相"，只要坚持培育，就有希望变可能为现实。为此，提几点建议供参考。

一是要找准栏目定位。栏目定位并不是一个模糊的概念，而是有一系列定量的数字为依据，如收视率、观众满意度等。从某种意义上讲，栏目定位就是栏目对观众的细分与锁定。《今晚播报》秉承了《杨芳热线》和《新闻末班车》的某些基因（其中也有主持人影响力的惯性作用），把关注的焦点聚集于百姓的生活，这是十分智慧的策划。从陕西电视台几档有影响的新闻栏目看，《陕西新闻联播》属于时政新闻，基本形态是我播你听，观众处于被动接受的状态，宣导性很强，距离感较大；《都市快报》则属于民生新闻，基本形态接近于定制节目，宣导性大大减弱，轻松流畅地输送信息，观众由仰视变为平视，亲和力增强。但又有两个明显缺陷：一是视界不够开阔，仅仅关照都市生活，二是过于零碎，有点杂粮食府的感觉。而《今晚播报》在两极之间找到了契合点，恰恰以社会公共新闻形态填补了时政新闻与民生新闻之间的空档，完成了对观众精神需求起伏的巧妙弥合与平滑过渡，就像吃过大餐、小吃之后再上一碗汤那样自然及时。这样的定位，把新闻从教化的课堂请上休闲的雅座，是新闻资源分配规律的必然体现。在今后一个很长的时期，不论《今晚播报》栏目如何改进，这个"宗"是不能偏离的。

二是要保持栏目特色。稍加注意就不难发现，《今晚播报》以四个鲜明特点独成风格并与其他新闻栏目区分开来。首先是信息密集，满足了"我取我需"的要求。每期节目中新闻多达20条，在观众需求多元化的今天，如果无法"点对点"地满足个性要求，就要以高密度的信息量广泛的覆盖，播撒"新闻雨"，形成万矢千靶的局面。在编排上的"集束"捆绑，进一步强化了这种作用。其次是参与互动，完成了"我做新闻"的过程。新闻因人而生动，新闻更因亲身参与而激动。"今晚话题"的设置，不仅迎合了人们参与欲望，将观众拉进节目，而且会因参与者认识上的差异，造成观点的矛盾与碰撞，不断地裂变，制造出更多的新闻观点，将栏目变成新闻"池"，水波涟漪，激荡不息。再次是贴近生活，营造了"响应新闻"的效果。人们关心的问题，总是以自我为中心，由近及远展开的。同样的新闻，最能产生兴趣的是与自己利益有关的和近距离发生的。《今晚播报》的内容大都是省内事件，既有社会性又有公众性。向上溯源，与时政有关，向下延伸，又贴近民生，思考的空间很大，议论的范围很广，新闻的共鸣度也会大大增加。第四是体现服务，达到了"新闻为我"的目的。从广义上讲，反映广大人民群众的心声就是为群众服务。《今晚播报》为老百姓提供了大量的生活资讯，监督节目为老百姓出了气，宣泄了心中不快，还有更多的内容让人们明是非，知错对，何乐而不为？这里的"我"就是人民群众，就是我们服务的对象。

三是要提高编辑艺术。巧媳妇难以无米之炊，有米更需巧媳妇。如果说时政新闻重在采访的话，社会公共新闻能不能出彩，则要看编辑水准的高低。从已播的节目来期看，编辑下了一定的功夫，致使节目取得了很大的成功。再上台阶还要抓好这几个环节：首先，导视要简单明快，要埋下伏笔，有悬念，能把观众的胃口吊起来，非看下去不可。其次，要注意细节，把细节做精到。细节决定成败，细节就是艺术。这一点凤凰卫视《时事直通车》是很有讲究的，比较一下，我们的栏目就逊色多了。比如2004年6月10日那一期，虽然很好看，但还不尽人意，纰漏不少。有扶风县发生洪水淹亡两人的新闻，又有扶风县河道挖沙的镜头。同一地出现两次不妥，挖沙镜头天晴地干，河道里看不出一点儿发过洪水的迹象，有许多疑问产生。第三，要注意文字编辑。电视一般强调用镜头说话，对文字不够重视。但作为省级电视台不可因小失大。文字准确，标题生动可以使画面锦上添花，否则就会有吃苍蝇的感觉。还以同期节目为例，标题大多都欠推敲，遗憾不少。

四是要保证导向正确。导向是新闻栏目的生命。《今晚播报》栏目的形态有创新,在节目中增加了与观众互动的内容,这在控制上就有了难度,因此,对导向问题要更好地研究和把握。要弱化传统新闻机械、生硬的宣导模式,将导向融进节目之中,润物细无声。要从整体节目中体现导向,从对画面的剪裁与取舍中体现导向,从编辑的"匠心"中体现导向,从简洁准确的点评中体现导向。监督类内容,要与《今日点击》从选题到评论形式上错开,向边缘靠近,强调广义上的监督。如果《今日点击》是倒垃圾,《今晚播报》就是扫马路。在评论上不必全面展开深刻分析,而是分清是非点到为止。选择话题时,以社会生活中人们普遍关注的有价值的公共问题为主,避免敏感问题和热点问题,维护党和政府的形象。

贴近生活增艺术

——评陕西电视台栏目剧《都市碎戏》

每天晚上 10 点刚过,打开电视机调到陕西电视台都市青春频道,随着"嘹扎啦""有话好好说些""把人挤成肉夹馍了"等陕西方言的传出,《都市碎戏》便开演了。《都市碎戏》作为一档新节目,从一开始播出就受到了广大观众的喜爱,逐步锁定观众,运作日臻成熟,加上评奖活动的推波助澜,使《都市碎戏》的"戏味"越来越浓,越播越火,收视率大幅度攀升,形成了一道电视风景线。这样的局面,让策划者也始料不及。街头巷尾,公交车上,饭店商场,施工工地,到处都在议论,说长道短,不一而足。许多电视评论人士开始关注"碎戏现象",一些理论文章也见诸报端。

《都市碎戏》为什么这般火?论制作水准,和电影电视剧不可同日而语,论分量,在电视这池春水中,充其量是投进一颗小小的石子,但却荡起阵阵涟漪,让人们热衷迷恋,乐此不疲。热闹、好看,收视率高仅仅是成功的表象,背后深层次的原因是什么?值得分析研究,总结借鉴。

一是精明策划,创造了新的节目形态。电视与其他媒体相比,在于形式的变化会带来效果上的强化,有些看似平淡甚至毫不相干的东西与电视整合就会出现新的节目形态,产生重大的影响。如湖南电视台的《快乐大本营》《超级女声》等,陕西电视台的《华山论剑》《风追司马》等。电视进入人们的视线已经有几十年了,传统电视节目一方面培育了观众的收视习惯,达到了观众与电视之间的契合;另一方面,电视节目陈旧模式,板结了观众对节目选择的自主意识。固定造成平静,无奈必有期盼。这时候,一缕轻风,便可吹皱一池秋水。节目创新对电视来说至关重要,是经营之道、发展之道、生存之道。但创新的突破口选在哪里,却是需要智慧的。从目前国人的收视规律分析,电视剧占有很大比重,据推算,在电视台的广告收入中,电视剧的创收要占到七成以上。陕西电视台的节目创新瞄准了方言剧,与传统意义上的电视剧相比,方言剧除了有必须具备的剧情故事之外，又以许多新的特点与电视剧区分开来，形成了一个全新的节目形态。首先是便于观赏。《都市碎戏》一般剧情简单，短小精干，有完整的故事却不像连续剧那样冗长复杂。《都市碎戏》每部只有30分钟，符合人们生活节奏快的特点，如同吃饺子一口一个，干脆利索。其次是容易制作。《都市碎戏》虽然有编剧有导演有演员但却不能用电视剧的标准来要求，节目形态是栏目剧。所以制作时就巧妙地回避了电视剧生产过程的题材规划、立项、审查发行等关口，跨过电视剧制作的道道门槛，大大地缩短了制作周期，据称一出"戏"七八天便可完成。再次是成本低廉。《都市碎戏》基本上由很多非职业演员来表演，没有专门的灯光、化妆师和服装，甚至演变为与观众互动交流的大众娱乐节目形式，其费用大大降低。电视剧平均每集60万元，古装剧则费用更高。而《都市碎戏》的制作成本很低，平均每集不到1万元，有的甚至只有几千元，基本上没有风险。

二是科学编排，延长了黄金时段。陕西电视台都市青春频道是针对城市受众的主力频道，近几年在观众心目中有深厚影响，该频道的新闻栏目《都市快报》以在当地获得最高收率被评为全国电视百佳栏目。《都市碎戏》实际上是为这个频道定制的节目，在名称上也有呼应关系。节目播出，时机很重要，就像农民种粮食，要把握好季节。但是，这档新节目安排在什么时候播出，策划真是煞费苦心。每晚7点到10点是电视台的黄金时段，如果在这个时段播出，必然是泥牛入海无声息。因为这段时间，各家电视台正在火拼，新闻节目、专题节目、影视剧强档，《都市碎戏》根本不是对手。《都市快报》过去每晚9点30分播出，时长20分钟。收视率开始一路飙升，但一到节目尾声，收视率急剧下降。为了改变这种局面，陕西电视台首先对原来《都市快报》进行改版，制作了导视，增加了记者跑街、一说为快等内容，把时间延长至45分钟，通过制造时间差，回避黄金时段的竞争，把收视率稳定在一个相对高点，紧接着推出《都市碎戏》，这种衔接自然流畅，如同"焊接"一般不留痕迹。《都市碎戏》接过第二棒，一路狂奔，把收视率再度拉高，一直延续到11点左右。这样一来，就等于把宝贵的黄金时段延长了近一个小时。这样的编排，使两种形式、两种风格的节目互相推挽，相得益彰。《都市快报》作为名牌节目对《都市碎戏》起到了助推作用，而《都市碎戏》又对《都市快报》产生了

拉升作用。当然，要保持这种效果，必须每天有一部戏与《都市快报》匹配，否则，要么不会有大的影响，要么会产生大的起伏。几年前，西安电视台曾经有一档类似节目《狼人虎剧》，每周一部，虽然有些影响，但没有坚持下来。

　　三是巧借市场，实现制播分离。电视作为宣传工具，意识形态属性鲜明，电视节目一般都是电视台自制自播，只有电视剧是通过市场提供的。这种局面一方面不可能花费大量资金制作节目，另一方面，垄断经营形成的壁垒使外围资金无法进入。以陕西省为例，目前全省共有影视制作公司100多家，但真正有能力有实力制作电视剧的公司也只有十来家，其他公司只能望"剧"兴叹。陕西电视台要自己维持《都市碎戏》这个栏目的播出量，起码需要建十来个剧组，需要导演、编剧、摄像、道具等主创人员不下几十个，以目前的机制是根本不可能的，唯一的出路是借助市场力量。在经济利益的驱动下，通过供求关系实现电视节目的社会化生产，是陕西电视台的首次尝试。采取委托方式，把承制节目的任务交给社会上的影视制作公司，不论身份，不管资金有多少，只要能生产出节目，用市场方式收购，随行就市，按质论价。同时，严格把好审查关，牢牢把好播出权，绝不给有导向问题、格调低俗、制作粗糙的节目留空间，引导制作精良、品味高雅的作品生产。这样一来，就充分调动了制作公司的积极性，有的制作公司把拍摄"碎戏"作为进军电视剧前的"热身"，更有甚者，某大学几个影视爱好者竟然用DV做出了"碎戏"。一时间，掀起了"碎戏"生产的"炼钢运动"，成为电视剧制作的"咔啦OK"。据统计目前共有一百多个剧组在制作这种节目，吸引数千人参与进来，西安市到处可见"碎戏"剧组，促进了全省影视资源的大整合。陕西电视台因势利导，同电信部门合作，开展了"最具人气故事奖""最佳演员奖""百姓选百姓之星"等活动，风助火旺，使《都市碎戏》节目越做越红火。

　　四是贴近生活，满足了老百姓的口味。电视节目，形式很重要，但形式是为内容服务的，内容为王，内容决定成败。《都市碎戏》的节目形态的确让观众耳目一新，但真正能牵动观众心的还是内容贴近实际，贴近群众，贴近生活。因为剧目短小，所以撷取的都是百姓身边的小事；因为取材广泛，几乎涉及生活的角角落落；因为大部分演员是非职业演员，表演很朴实、很本色，观众看了很亲切；还因为剧中大量运用方言，自觉或者不自觉地展示了陕西特有和风土人情和心态习俗，让人在观赏节目时受到文化传统的熏陶。特别需要指出的是《都市碎戏》的时效性很强，生活中刚发生了一件事情，不几天就搬上屏幕，甚至把正在议论的问题，很快演绎成人们看得见摸得着的故事，近在咫尺，怎么能不关心呢？据说，有的人因为自家亲戚或者朋友演了演员，兴奋得控制不了，提前几天通知朋友观看。有的人经历的事被编成"碎戏"，好像自己也成了主角。有的观众因为"碎戏"感人故事教育了子女，给电视台送来锦旗。贴近生活使该剧有了生命力，赢得了市场，开播时收视率为3.63%，不到半年就上升到9.5%，创造了非黄金时段的收视奇迹。

当然，作为一个新的节目形态，《都市碎戏》还需要进一步完善，加强组织策划，提高制作质量，在娱乐性的基础上增强思想性和艺术性，尤其是对低俗、媚俗的问题要引起高度重视，否则，将自毁前景。只要努力培育，健康发展，相信好戏还在后头。

情到深处功自显

——评电视新闻《千米井下的掌声》

领导活动的报道几乎天天都做，司空见惯。说容易只要拍下来就能用，说不容易就是突破难出彩更难。陕西电视台制作的电视新闻《千米井下的掌声》是此类报道中的上乘之作，分别获得了2005年度"陕西新闻奖"一等奖和"陕西广播影视奖"二等奖，最近又被评为"中国新闻奖"二等奖，这是他们继2004年获得"中国新闻奖"一等奖之后取得的又一重大宣传成果。

这篇三分多钟长的消息从结构看比较简单。画面由温家宝总理悼念遇难矿工、看望矿工家属和井下与矿工交谈三大块组成，按时间顺序衔接，声音由记者现场解说和总理的同期声两部分组成，与常见的领导活动报道区别不大。从题材看，党中央提出了以人为本、科学发展的战略决策，近年来煤矿安全问题突出已引起国家领导和全社会的高度关注，这篇消息承载量很重。从时机看，陈家山煤矿刚刚发生重大爆炸事故不久，正值元旦期间，群众的冷暖、社会的稳定牵动领导的心。所有这些具备了制作精品的客观条件，但是怎样把这条消息做得有感染力，有重大社会影响，关键是抓住了一个"情"字，情真、情浓，情到深处功自显。

首先，大段采用温家宝总理的同期声，营造了现场感和真实氛围。消息用简洁导语说清背景之后，迅速切换到矿工家中，让观众直接听到了总理沉重略带悲怆的声音。总理的问候饱含感情，比如"搁到谁身上都一样""我记惦着你""我来晚了""我们工作没做好"等传达出了国家总理的愧疚感，还有伤感时的停顿和语言哽咽，表达了总理痛苦心情。在1300米深的井下，矿工们围着总理，"最艰苦的就是我们煤矿工人""要爱护每一个矿工的生命，让大家平安下井，平安回家"等，这些话温暖朴实，情真意切，再华丽的解说词放在这儿都会失去光彩。

其次，大量捕捉细节，传达新闻人物的丰富情感。新闻因人而生动，更因细节而精彩。细节传神,细节最能刻画出人物的内心世界。《千米井下的掌声》的成功之处在于细节取胜,用画面征服人心。节目一开始,从总理呼出浓厚的霜气中让人感受到季节的寒冷,情为民所系的领导形象跃入眼前。在矿工家中,总理搂着孩子亲切问候,并在孩子肩上一下一下轻拍,表达了总理亲民爱民之情。谈到事故时他闭目摇头,动情地摘下眼镜擦眼泪,分明告诉人们总理胸中万顷波澜。在井下,总理拉着矿工的手交谈,身上穿着有陈家山煤矿拼音字母的旧工装,用木筷子夹包子吃,用纸杯子喝水,展示领导普通人的一面,倍感亲近。

第三,突出使用特写镜头,渲染情感冲击力。陈家山遇难矿工达160多人,是近几年最严重的矿难之一,影响很大,媒体应当关注。如何使这则消息具有科学发展观、重视安全生产、尊重生命,以人为本,关心人民疾苦等丰富内涵,仍然需要从情入手,在中心人物身上开掘。在这方面特写镜头的运用发挥了重要作用。我们注意到,除了对总理手的特写、下井坐传送机的特写和吃包子的特写外,最能留下印象的就是对总理脸的特写。我们看到在矿工家总理最动情时,眼睛里含泪水,满脸忧伤,一时说不出话来。这时把镜头拉过来,大写特写,甚至抓拍到了眼泪流到面部皱纹上的细节。此时,酝酿已久的情感终于爆发,充分的渲染,把新闻推向高潮,相信谁看了都会为之动容。这仅是瞬间情感流露,抓到它需要准备、需要等待,更需要敏锐的目光和过硬的技术。

附:电视新闻原稿《千米井下的掌声》

千米井下的掌声

记者 许 梅 郑 原

记者:"11.28"陈家山矿难发生后,矿工的安危一直让温家宝总理牵挂在心。新年元旦,温家宝来到铜川,看望惦记已久的遇难矿工家属和井下矿工。

元旦傍晚时分赶到铜川并工作到深夜的温家宝总理,第二天一早,在陈家山煤矿悼念遇难矿工后,来到遇难的煤矿副总工程师牛铁奇家中,紧紧地握着他家人的手,听着家属对逝去亲人的怀念,亲切地慰问他们。

温家宝同期声：我知道你现在的心情，搁在谁的身上都一样，我专门来看望你们，我的第一句话就跟你说我来晚了，我惦记你们而且以后也不会忘记你们。我们工作没做好，我们要做好一点，就能少出这样的事。

记者：临近中午，温家宝在视察了陈家山矿难处理情况后，来到和陈家山一样含有高瓦斯的下石节煤矿，下到1300米深的井下，看望正在工作面生产的矿工，并和他们围坐在井下巷道的铁轨上，边吃午饭边拉家常。

温家宝同期声：我干地质的时候，上4000米以上的高山是经常的。但那时我就想，煤矿工人比我苦，他们见不上太阳，是不是这样？我还能骑个牦牛在太阳底下跑，但是煤矿工人见不到太阳，一个人工作见不着太阳是最艰苦的。在煤炭工业里边也要贯彻以人为本的科学发展观，爱护每一个矿工的生命，让大家平安地下井，平安地回家。我们经过努力，会逐步做到这一点，要把它作为本届政府的一项职责，一项任务。因此，煤矿工人要得到全社会的关注，要得到全社会的尊重，要得到全社会的热爱。

准确　简洁　响亮　合韵
——评广播电视新闻标题

题目是文章的眼睛，题好文一半。我们读书看报纸，常常有这样的体会，好标题对人的冲击和吸引很大，看了标题文章非看不可。有的文章多少年过去了，标题仍然记忆犹新。广播电视作为现代传媒，是人们获知社会资讯的主要渠道，广播电视新闻的标题是十分重要的，许多新闻栏目开篇就以新闻的标题做导视、导播，并以此吸引受众，稳定收视（听）率。全省广播电视新闻作品评审之后，发现新闻标题制作问题不少，在一定程度上影响了作品的质量。全省参加评选的68件作品，有近一半作品标题不准确。有的作品内容很不错，就是因为标题不好，让人感到美中不足；有的作品标题很空泛，不知道要讲什么事情；有的作品标题冗长，读起来实在别扭。

广播电视新闻标题就是新闻的"眼睛"，是新闻作品的重要组成部分，做完美、做抢眼是很不容易的。目前存在的问题带有普遍性，几乎每年都有，每个单位都有，过去在评比时多次提到，但都没有很好解决。分析原因，一方面，电台、电视台一般对新闻标题制作不够重视，认为新闻标题意义不大，播出后留不下印象，强调用声音和镜头说话，饺子好吃在馅子，精彩之处是内容。另一方面，电台、电视台的编辑、记者大都很年轻，其中有一部分是新招聘来的，业务水平不高，尤其是文字功不扎实，很难做出好的新闻标题。那么，怎样才能做好广播电视新闻标题呢？从今年参加评选的作品中，我们可以找到好新闻标题的共同特点。

准确。画龙点睛是最传神的一笔，新闻的标题首先要准确，能表达新闻的核心，能传递出最重要的信息，不要产生歧义。参评作品中标题准确的有商洛电视台《8.13特大杀人案疑犯在镇安落网》，陕西电视台《为讨工钱走绝路》，陕西人民广播电台《岐山县惊现西周大墓》，延安人民广播电台《延安苹果有了代言人》，渭南潼关广播电台《流动党员有了家》，延安黄陵广播电台《一堂特殊的法制课》等。不够准确的标题很多，如汉中洋县电视台《朱鹮再引实验进入实质阶段》和宝鸡陈仓电视台《李大开与法士特》根本就不知道说什么，更谈不上准确了。渭南富平电视台《唐陵破坏严重》，指的是唐朝哪个陵墓？陕西人民广播电台《让延安农民真正实现"零负担"》，谁让延安农民实现零负担？在此前是否有过不是真正的零负担？宝鸡电视台《西周贵族大墓惊现岐山》多了"贵族"二字，谁能证明大墓的主人是贵族，退一步讲，这样的大墓，也不可能是平民，等于白说。咸阳兴平广播电台《兴平生态小家园，领着农民奔小康》，小家园是哪一级政府，怎么个领导法？陕西电视台《"平民总理"的平民情》，这个"平民总理"不妥，应当是《总理的平民情》。渭南白水电视台《苹果大改形女比武赛》，应改为《苹果改形女子比武》。延安宝塔区《昔日开荒大生产，今日养牛竞风流》，应将"竞风流"改为"奔小康"。商南电视台《商南捣毁非法钒生产窝点》，钒作为一种金属，没有非法和不非法之说，应当改为《商南捣毁钒非法生产窝点》。

　　简洁。简单就是美。广播电视节目对时间要求很严，都是以秒来计算的，所以，广播电视新闻标题一定要精炼、简洁，一个字也不能多。比较好的新闻标题有西安电视台《惊心动魄的4小时》，延安富县电视台《县长卖鸡蛋》，延安电视台《旱塬通了自来水，驮桶成了收藏品》，铜川电视台《神殿堂成为交易市场》，西安电视台《商家促销出奇招，女士脱衣抢商品》，陕西电视台《坑你坑在钟楼下》等，这些新闻标题，除了准确外，一点也不啰唆。相比之下，有的新闻标题冗长，拖泥带水，要大动手术。铜川电视台《铜川矿务局陈家山煤矿发生特大瓦斯爆炸》，应取掉"矿务局"；安康紫阳电视台《瓦房渡口发生一起特大沉船事故》，应取掉"一起"；安康电视台《安康发生建国以来首起银行抢劫案》，应取掉"建国以来首起"；延安电视台《延安农民告别千年"皇粮国税"》，应取掉"千年"；西安人民广播电台《四医大成功研制开发"生命探测仪"》，应取掉"成功"；铜川耀州广播电台《遇难矿工遗腹子平安降生得到社会关爱》，应改为《遇难矿工妻生子，社会关爱到家中》；《榆林婆姨走向国际论坛》，应改为《榆林婆姨走上国际论坛》。

　　响亮。广播电视是有声音的，传达声音要有与之相关的文字符号。因此，广播电视新闻标题应当响亮，看了有视觉冲击力，听了能留下深刻印象。如咸阳兴平电视台《从种花大王到种粮大户》，标题中的"大"字用得有气势；陕西人民广播电台《岐山县惊现西周大墓》，"惊"字用得妙；西安人民广播电台《我摸到兵马俑了》，有触摸感觉；渭南白水广播电台《掌声在田间地头响起》，有音响效果。

合韵。广播电视新闻都是由播音员播出来的，新闻标题要有韵律，抑扬顿挫，朗朗上口。如汉中南郑广播电台《总书记细算减负账，好政策落实到茶乡》，宝鸡电视台《交通法规当儿戏，超载车辆酿惨祸》，咸阳电视台《干部吃桃打白条，农民讨要无结果》，渭南大荔电视台《一组俩组长，农民作难又遭殃》等，都比较符合广播电视新闻标题的韵律要求，读起来流畅，听起来顺耳。

准确也是新闻的生命

——再评广播电视新闻标题

做新闻宣传工作的人都知道这么一句行话：真实是新闻的生命。新闻是以已经存在或者正在发生的事件为依据，对新闻事件进行客观、公正的反映。离开真实性，新闻要么成为无源之水、无本之木，要么成为任意变形的哈哈镜。虚假新闻为什么令人深恶痛绝，围剿不止，最要害的一点，就是在真实性上犯了大忌。但是，仅凭真实性是不够的，还必须强调准确性，真实是准确的前提，准确是对真实的加工和延伸。真实侧重于现场感和主观的捕捉，准确则倾向于理性的提炼与表达。没有真实性，就谈不上准确性，同样，缺乏准确性，真实性的能量也无法充分释放，影响力会大打折扣。从这个意义上讲，准确也是新闻的生命。准确地表达内容，使新闻更加生动鲜活，更加具有感染力是记者的基本功。必须下功夫"酿造"，精细加工。

标题是内容的眼睛，题好文一半。画龙点睛之所以传神，就是把眼睛点到了最恰当的位置上，如果把眼睛点到脑门上甚至肚皮上，那就不是龙而是怪物了。标题对新闻来说，重要性是不言而喻的，记者的业务素质，往往一看标题就能分出高下，观察事物的角度，思考问题深度及艺术技巧，都在标题之中。因此，反复推敲，精雕细琢，把标题做准确，能使文章锦上添花，大放异彩。下面，以2007年度"陕西广播影视奖"参评消息的标题为例，对存在的问题作以分析。

这次参加"陕西广播影视奖"评选的消息共71件，其中广播消息29件，电视消息42件。且不说这些作品的内容如何，就标题而言，严格要求，合格率不到80%，归结到一点，就是不准确。一是言过其实，追求轰动效应。如陕西人民广播电台的作品《铜川市实行果品质量追溯开全国先河》，榆林人民广播电台作品《榆林市玉米单产创全国最高》，延安广播电视台作品《全省首例零费用扶贫手术在延安实施》，淳化县广播电台作品

《淳化建成全省最大的新品油料基地》，安康人民广播电台作品《人类首次放飞人工繁育朱鹮》，陕西电视台作品《我国首个活体"人造皮肤"门世》，西安电视台作品《国内首例"人造皮肤"应用临床》，榆林电视台作品《榆林有了自主研发的国际领先荒漠化治理发明专利》，《靖边百亩以上大田玉米超高产创全国之最》，府谷电视台作品《高乃则投资1.5亿建设陕西第一新农村》，宝鸡陈仓广播电视台作品《世界独有的环保煤燃锅炉在宝鸡问世》，《全球首台12000米特深井陆上石油钻机在宝石机械有限公司研制成功》，礼泉电视台作品《农民张荣成功研制遥控耕作机填补国内空白》等。当然，不排除有的新闻标题必须使用最大、最高、最好等词语，但过度渲染就有了炒作之嫌，也从另一方面说明贯彻三贴近还不扎实，作风不深入，浮夸、浮躁之风吹乱了本来就不平静的心。二是标题不够精练。广播电视节目是用秒来计算时间的，电视画面也是有限的。因此，标题一定要简明扼要，不能拖泥带水。许多标题可以修改浓缩，如陕西人民广播电台作品《亚洲第一长公路隧道——秦岭终南山公路隧道今天开通》，可以改为《秦岭公路隧道开通》，至于亚洲第一长放在内容中讲就行了。铜川人民广播电台作品《上百只白天鹅煤城安家》可以改为《白天鹅煤城安家》。晚唐诗人齐已描写春早，吟成"前村深雪里，昨夜数枝开"，送给郑谷，郑谷说："数枝开非早也，莫若一枝佳"，成为有名的一字之师。只要有白天鹅，不在多少。咸阳广播电视台作品《咸阳火车站多经公司在全省首家为农民工例行体检》，可改为《农民工享受例行体检》。韩城广播电台作品《韩城合力煤焦公司红旗三号煤焦炉烟囱爆破》，可以改为《煤焦公司炸掉黑烟囱》。榆林电视台作品《榆林有了自主研发的国际领先荒漠化治理发明专利》，可以改为《榆林申请治理荒漠化专利》。延安电视台作品《液化气运输车肇事，205省道延安阶中断十多小时》，可以改为《205省道因车辆事故中断》。宝鸡电视台作品《全球首台阶12000米特深井陆上石油钻机在宝石机械有限公司研制成功》，可以改为《万米特深井钻机在宝鸡诞生》。汉中电视台作品《国家高速公路京昆线陕西境暨西汉高速公路全线贯通》，可以改为《西安到汉中高速公路通车》。汉中电视台作品《郭义成15年如一日收养109位孤寡老人》，可以改为《郭义成收养百名孤寡老人》。出现这类问题主要原因是混淆了新闻标题和标题新闻（一句话新闻）之间的关系，老是怕字少了讲不明白。标题仅仅是个标志,就像汽车的厂标和电视台的台标一样,越简单越好。三是意思表达模糊不清。如西安人民广播电台的作品《宝塔献祖国,盛世兆和谐》讲了一个爱国人士将宝塔文物献给国家的事情,但在这里有献一座宝塔的歧义。铜川人民广播电台的作品《印台100户村民用上新型卫生间》,讲的是农村旱厕改水厕的事情,并不是卫生间。西安人民广播电台作品《和谐共建每一站,真诚服务每一客》有些牵强。延安宝塔电视台作品《兵妈开网站,拥军情更浓》,她有儿子当兵还是战士叫她妈妈,太模糊。商洛山阳广播电台《莲花乡花钱"买人"为科技下乡捧场》,"买人"太刺激,"雇人"为妥。类似的问题很多,不再一一列举。

  当然,也有一些作品标题很不错,如陕西电视台《百姓小事就是国家大事》就很通俗,紧扣关注民生的主题。延安电视台《总书记给咱回信了》,渭南人民广播电台《总理做客到农家》《小小奶山羊,牵动总理心》就很亲切。铜川电视台《昔日"臭水潭",今成"天鹅湖"》有很大的想象空间。榆林电视台《陕北高原赛驴欢》,一个欢字奇妙无比,生动场面一下子展现出来。岚皋电视台《岚皋小道乡,生死大撤离》让人想到灾难面前惊险的一幕。总之,好标题让人记忆犹新,印象如初。

第四辑

影视情结

在我管理影视剧生产十多年期间，全省共拍摄电影近300部，电视剧近5000集，创立了"影视陕军"的品牌。但所有电影、电视剧都是文化公司制作的，我只是提供了政策上的支持和业务指导与服务。娃娃是人家怀的也是人家生的，我就是一个助产师，充其量是一个外婆的角色。业内也有人不服气，说你高高在上，站着讲话腰不疼，嘴上头头是道天花乱坠，有能耐也干一票叫人看看。

影视剧本来就是我的心结，有机会一定要打开。2012年我转任陕西广电网络传媒公司副总兼陕西希望在线文化传播公司执行董事，成了企业法人，公司有了资质，我下决心亲自下厨操刀，当一回业内人士。不干则已，干就闹出些动静来。当年参与投资电视剧《养女》制作，在央视八套黄金档播出，次年又与人合作制作电视剧《黄金背后》，在陕西卫视黄金档播出，获得年度收视第三名。之后涉足电影制作，独立策划拍摄了反映农村空巢老人和留守儿童的公益电影《桔子的天空》，全国"两会"期间在央视六套黄金档播出，取得了很好的社会效益和经济效益。

当了出品人还不过瘾，我还想体验一下当编剧的滋味。2013年习近平总书记出访，在德国看望了正在培训的志丹县少年足球队员，这个消息成为我们拍摄电影的新动力。我用两个月时间创作了儿童公益题材电影《平凡的足球》，写出了小学生、采油工、饭馆老板、家庭妇女、眼科医生等平凡人的足球梦想，反映了少年强则中国强的民族复兴愿景。该片于"欧洲杯"期间在央视六套播出。在此将电影剧本刊出，让读者分享足球带来的快乐，满怀信心期盼中国足球的腾飞。

第四辑　影视情结

平凡的足球

1. 油田职工体育场　日　内

几个陕北大汉在体育场里挥舞着木槌，激情四射地敲打着大鼓，鼓声震天。

身旁几个球迷穿着奇特，脸上贴着各种球迷贴，做着各种疯狂的动作。

2. 英超家院子外　日　外

秋天的陕北。典型的陕北院落，干净整洁，三孔窑洞，窑窗玻璃上有陕北剪纸。院子里有一个废弃的石碾，奶奶站在院畔上向英超招手。

坡下路上，范跃进穿着运动服，斜跨在摩托上，梨花坐在后面，英超也穿运动服坐在中间，向奶奶招手。

范跃进猛踩油门，窜出一股青烟，发动摩托咆哮而去。摩托车后足球特写，足球上画有一个倒三角形，爸爸和妈妈是两腰，英超是上边，三角形内是一红色的心。足球变成一个小点消逝在远方。

电影《平凡的足球》海报

3. 公路上　日　外

范跃进骑着摩托车在蜿蜒的山谷间穿梭着。

范跃进兴奋地唱着苍劲有力的陕北民歌。

歌声在山谷间飘荡着。

英超唱着足球加油歌：GO，GO，GO，ola，ola，ola……

梨花呵斥：张狂什么！作业还没做呢，看完球补上。

英超噘嘴：妈，你烦不烦啊。

范跃进：好不容易趁着周末带娃娃出来一趟，就让娃娃高高兴兴的，你们今天最主要的任务，就是当好我的啦啦队。

英超：爸，您能赢球吗？

范跃进：你老爸我最擅长的就是，单刀赴会，我曾经一个人带球连过六人……

英超：哎呀，早听得耳朵长茧子啦。

梨花讽刺：咦，小小的采油工，别吹牛皮了，有本事先吹羊皮，咱们陕北遍地都是。

范跃进：小瞧你男人了吧，我不光要赢球，还要把儿子培养成世界级球星，中国的范佩西。

英超：老爸，我要成为中国的梅西。

梨花：你没戏。

范跃进：别打击儿子的积极性，梅西不姓范，所以你只能当中国的范佩西。

英超：爸，我今天给你加油，将来我当了球星你要给我多加油啊。

范跃进：我是采油工，油多的是，要多少加多少。

4. 路口　日　外

喇叭声音，一辆小货车从后边开过来。

客车超过停在路右边，范跃进把摩托开到车旁。

徐广林从车里下来，走近摩托车：嘀，一窝出动，去哪儿呀？

范跃进抬起头盔的面罩，骄傲地指了指身后：油田比赛，自带啦啦队。

范跃进：今天是我的个人表演，当年的铁杆队友，能不能给个赞？

徐广林：赞赞赞，哥几个就你还在坚持。

范跃进：咱哥俩什么关系，你能看着我孤军奋战吗，要不今天也去给老队友助助威?

英超：叔叔,来吧,我爸有单刀赴会,绝对不会让你失望的,他曾经连过六人。

范跃进连忙干咳了一声。

徐广林笑了：这是你爸说的?

英超认认真真地点了点头。

范跃进表情有些不自然,尴尬地笑了笑给徐广林使了个眼色：好汉不提当年勇。

徐广林津津有味,表现得栩栩如生：叔叔告诉你结果吧,你爸凌空一脚,球划出一条优美的弧线,一记可以载入史册的世界波,球飞进了自家球门。

英超：不会吧,我爸可不是这么说的,叔叔,去吧,说不定我爸今天就能创造一个奇迹呢。

徐广林：等我把货卸了就来。

5. 采油厂和延长油田炼油厂一组空镜头　日　外

6. 赛场上　傍晚　外

梨花、英超和徐广林在看台上专注地看球,不时鼓掌。

在比赛中,范跃进获得了一个防守反击的机会,只见他带球连连过人直达对方门前,眼看就要起脚射门,梨花和英超很紧张,不由得站起来。

徐广林：跃进,射门!快射门!

英超张开双手,等待进球鼓掌。

突然,对方一名防守队员冲过来,铲在范跃进小腿上,鞋飞向球门,被对方守门员扑住,一看是鞋子,表情惊诧。范跃进在地上打滚。

梨花和英超奔向球场。

7. 公路上　夜　内

徐广林的车内装饰着各种足球装饰。

徐广林车上拉着范跃进一家人。

徐广林回头：跃进，还能动不？

范跃进龇牙有点遗憾：能动，唉，可惜了，就差临门一脚，功亏一篑啊。

梨花：都这样子了还惦记踢球，你疯啦。

范跃进：好了我还要继续踢。广林，下次踢球你把咱那些老哥们叫上。

徐广林：你不要命了，上有老下有小的，可再不敢出问题了。

范跃进：命是啥，不就是一口气吗，爱足球就得付出，这就是爱的代价。

英超紧紧抓着梨花的手，梨花有些伤感，把头扭向车窗。

范跃进的脸上露出遗憾和无奈的表情，随着货车的灯光，隐约可以看到痛苦。

8. 病房　夜　内

医生安慰：腿接上了，半年后来取钢钉。

医生说完走出病房。

范跃进陷入无尽的痛苦中，茫然地盯着天花板。

英超带着哭腔：爸，疼吗？

范跃进：男子汉不许掉眼泪，不就是个小手术吗，等腿好，爸再给你表演单刀赴会。

梨花：求你别再踢足球了，好好养伤吧。

范跃进：你不懂，足球是国家的精气神，你看人家巴西，拿了冠军全国放假三天，那才带劲。

梨花：地球离了你照样转，足球离了你这平凡人照样有人踢。

范跃进：正因为咱是平凡人，才要关心国家大事呢，要不然为什么说国家兴亡，匹夫有责呢！

梨花：国家的事有人管，咱家的难处在眼前，你现在躺在医院要人伺候，妈的眼睛不好，谁给她做饭？谁管英超的学习？

范跃进叫儿子：家里有你我放心，儿子过来，爸看来一时下不了床，足球送你。

9. 教室门口　日　外

金校长背着手从一间教室门口经过，突然一只球从教室滚出。

金校长快步追上，娴熟的盘带着，用精湛的脚法把球勾到手中。

英超几个在教室门口，看得目瞪口呆。

金校长转身看到孩子，原本比较开心的笑容瞬间尴尬。

金校长干咳一声，把球送到教室门口，把球递给英超：以后不要在教室踢球。

英超：那我们就在校外踢。

金校长转身，刘老师站在身后不远处。

10. 教室　日　内

刘老师满脸严肃，一字一板：从今天开始，不准在学校踢球。

大家相互看着，一脸茫然。

英超举起手。

刘老师视而不见。

英超：刘老师。

刘老师有些不耐烦：讲。

英超站起来：学校能打篮球，就能踢足球。

刘老师：就是你踢球，这学期成绩严重下降。你自己不觉得吗？

英超似乎还有话说。

刘老师：坐下。

英超极不情愿地一屁股坐在凳子上。

刘老师：你们目前得以学习为主，要分得清主次，上课。

11. 教室外　日　外

下课铃声。

英超在几个小伙伴的簇拥下，背着书包朝外走。

蛋娃：英超，咱们踢球去。

徐志茂从教室走出。

刘老师在走廊上喊：志茂。

徐志茂回过头：妈。

刘老师：我还有点事，你早点回家写作业。
徐志茂：知道了。
徐志茂跑出学校。

12. 窑洞球场　傍晚　外

英超和小伙伴们在窑洞前踢球，热火朝天。
徐志茂气喘吁吁地跑到球场。
英超停下球：志茂，你怎么每次都来这么晚。
徐志茂：作业没做完，我妈不会让我出门的。
英超：你和你爸一样，父子双熊啊。
蛋娃：就是，将来一准也是怕老婆。
徐志茂：你才怕老婆呢，我爸说了，好男不跟女斗，男人得有绅士风度。
英超：惧内综合症。
徐志茂：你们才是。
英超：怎么证明你不是？
徐志茂：不就是以后来这踢球吗，我让你们也见识见识什么叫纯爷们。
几个孩子拉钩约定：谁要变，是软蛋，软蛋就是公鸡蛋。
徐志茂：走，去我家喝羊肉汤。

13. 病房　傍晚　内

范跃进躺在床上，用手机看着球赛。
梨花提着饭走进病房：你还有心思看球，英超到现在还没回家。
范跃进一门心思看球，心不在焉：别担心，他肯定踢球去了。
梨花：就知道踢球，还学不学习了。
范跃进：踢球多好啊，我儿子说不定将来就是世界级球星。

14. 羊肉馆门口　傍晚　外

英超一伙人跟着徐志茂，在街上你追我赶踢着球。
英超一脚把球踢飞，球径直飞向羊肉馆外一口冒着热气的大锅。

徐广林一个侧身跳跃把球顶出。

大锅旁的胖厨师扔下大勺子朝着英超他们冲了过来。

徐广林一脚把球踢到了大厨脚下。

胖大厨下意识接住了球,熟练地玩了起来。

15. 羊肉馆　夜　内

A. 几个足球少年围坐一桌,狼吞虎咽,眼睛却一直盯着餐馆电视机上的球赛。

徐广林坐在旁边看着。

桌子上手机响起。

徐广林拿起电话看了一眼:喂?

B. 刘老师站在客厅拿着电话(身后电视机也在播放着球赛):志茂在你那吗?

徐广林:在我这。

刘老师:是不是下午又跟着英超踢球去了?

徐广林:没有,下午一直在我这里做作业呢。

刘老师:你们爷俩就合伙骗我吧。

刘老师气愤地挂了电话。

16. 学校教室　日　内

刘老师:上周五布置的语文作业有几个同学没交上来,怎么回事?

英超第一个摇头:没有啊。

刘老师疑虑:我真的没有布置作业吗?

足球队的几个同学七嘴八舌:没有,我们不记得。

刘老师:姚婷婷,你是学习委员,我是不是布置作业了?

姚婷婷低头看了一下周围不吭声。

同学们齐齐地看英超,英超拿出一张纸,上面写着:人心齐,泰山移,放在背后。后面的同学捂嘴偷笑。

刘老师朝英超走过来,蛋娃给英超使眼色,示意英超藏字条。

刘老师边走边说:那今天我就把作业再布置一下,语文第九课作业,练习册第13、14页。

英超：这么多啊。

刘老师一把将字条抓在手里：上周的作业补上，下课。

刘老师走出教室。

刘老师离开。徐志茂和蛋娃赶紧跑过来。

徐志茂安慰：英超，你别生气，我妈脾气就那样，她也是为了咱们好啊。

英超：站着说话不腰疼，真是青春痘长在别人脸上不用急。

姚婷婷捂住脸：哼，讨厌，你在说谁呢？

英超：没说你。

17. 废弃窑洞外　日　外

一只足球的影子在地上晃动。

英超、徐志茂等几个人在窑洞外废弃的门板上写作业。

徐志茂把作业递给英超，蛋娃等人相继把本子递给英超。

英超美滋滋的：还是志茂主意多，这是团队的力量大。

18. 医院　日　内

范跃进躺在床上，徐广林提着幸之友凉茶、猕猴桃酒走进病房。

范跃进：怎么又拿这个啊？

徐广林：到我那吃饭的人都好这一口，凉茶消暑解渴，猕猴桃酒补充超级VC，强身健体，球踢得杠杠的。

范跃进：你卖广告呢？还杠呢，腿都快杠残啦。

范跃进扶着床慢慢坐起来：随便坐，梨花刚出去给我买饭去了，喝水自己倒。

徐广林：这几天怎么样？

范跃进捂着胸：快出院了，疼，心疼，单刀赴会，毁我手里了。

徐广林嘲笑般：牛人，还惦记那场比赛呢。

范跃进：病房里的电视收不到体育频道，把我急得呀，真想下去踢两脚。

徐广林：说你胖，马上还犯哮喘了。

范跃进冷笑了一下：哼，你才哮喘，正儿八经的气管炎（妻管严）还笑我。

徐广林：在毕业班当班主任压力大，她又把升学率看得重，神经都不正常了，志茂不能看电视，我屁股不能着地，简直是在殖民地生活，水深火热啊。

范跃进：你就不能反抗啊？

徐广林冷笑了一声摇着头：没用，我是软硬兼施，她是油盐不进，我一大老爷们，烟不准抽，酒不准喝，牌不让打，活生生一男佣。

范跃进：窝囊，你当年那股劲去哪了？

徐广林：好汉不提当年勇，生活是柄无情剑，岁月是把杀猪刀，所有的梦想在生活面前都得妥协，不过你是个例外，一石油工人的足球梦都把自己踢到这了，还这么执着，能有个啥好？

范跃进：石油工人就不能有足球梦了，梦想不倒，天荒地老。我就不信了，中国连月球都上去了，一颗小小的足球算个啥呀，咱们这一代不行，还有英超和志茂他们，他们肯定能踢出去。

徐广林：你家英超是个好苗子，值得好好培养啊。

范跃进：你儿子也不差，腿长个子高，是个中锋料。

徐广林：我婆姨还指望他上北大清华呢。班里都叫他徐志摩。

19. 废弃窑洞外　日　外

英超等几人在窑洞外踢球。

蛋娃接住了英超的射门：徐志摩，接着。

蛋娃把球踢给了徐志茂。

徐志茂带着球围着场院转圈，张晓航几次都没能抢下。

张晓航猫着腰，喘着气。

英超顺利地抢下足球，一个穿裆球，球从蛋娃胯下穿过，滚进窑洞。

蛋娃看着滚进的球，一屁股坐在地上。

20. 教室　日　内

下课铃声。

刘老师正在黑板上写字。

英超和蛋娃交换了一下眼神，两个人匆忙把书朝书包里装，足球被撞到地上。

刘老师回过头，看了看范英超，继续抄写。

英超紧张兮兮。

英超和蛋娃交换了一下眼色，范英超心领神会。

英超踢了一脚，足球朝着蛋娃方向滚了过去。

足球滚到蛋娃附近，撞在桌腿上，顺着走廊缓慢的滚向讲台，几个人瞪大眼睛。

英超猫着腰顺着走廊蹑手蹑脚地去追足球。

英超捡到足球，准备转身时发现刘老师站在面前。

英超抱着足球低下了头。

刘老师：教室不是足球场。

英超：下课铃响了。

刘老师：别找理由，我说过，不准你们踢球，去，门外边站着去。

英超：老师，这是体罚。

刘老师：这不是体罚，这是维护课堂纪律，出去。

英超抱着足球离开了教室。

21. 教室门外　日　外

同学们纷纷从英超身边经过，有做鬼脸的，有拍着英超肩膀安慰的。

英超站在教室外，手里摆弄着足球。

金校长提着水壶从教室经过。

金校长：范英超，怎么站在这？

英超：刘老师不让把足球带到学校，所以我……

金校长：哦，你爸腿好了吗？

英超：我爸刚出院。

金校长点了点头离开。

22. 英超家　日　内

金校长和范跃进在一起喝酒。

范跃进：是不是英超又惹事了？那小子淘得很。

金校长摇了摇手：没什么大不了的事，上课玩足球。

范跃进：都怪我把足球送给他，他玩得正热乎呢。

金校长：贪玩是孩子的天性，咱们也是从娃娃过来的。爱踢球也不是坏事，我真希望学校能出个足球明星。

范跃进：我还以为你当了校长就光知道抓学习，原来你心里还惦记着足球呐。

金校长：当年踢球上了瘾，当校长爱好难改，看见东西滚过来就想踢一脚。今天想看看伤了腿的采油工还有没有前锋的气质。

范跃进：改行当采油工又断了腿，但我对足球还是痴心不改，如果有一天中国冲进世界杯比赛，我非到现场看不行。

金校长：我是搞体育的，谁知道阴差阳错当了校长。成天逼孩子学习，浑身都不自在，有时巴不得出一个调皮捣蛋的。

范跃进：这么说，英超没事了？

金校长：哈哈，能有啥事，把你的伤养好才是大事。

23. 教室　日　内

同学们人手一份卷子，有喜有忧。

英超看到卷子上的成绩，相当失落。

蛋娃拿到卷子，显得异常兴奋。

蛋娃兴奋地跳到凳子上：同学们，我英语得了82分。

徐志茂：进步不小啊，不会是抄的吧？

蛋娃信誓旦旦：哼，小瞧人。

姚婷婷：那我们考考你？

蛋娃不屑：随便考。

姚婷婷：老师。

蛋娃很快回答：teacher。

徐志茂：足球。

蛋娃犹豫了一下：合法，不对，是非法（FIFA）。

徐志茂：苹果。

蛋娃踩着椅子跳上了课桌：（爱疯）iphone。

同学们哄堂大笑，有人问：你真疯了，谁教给你的？

蛋娃：广播电视，地球人都知道。

刘老师进：李亦辰，下来。

同学们分别坐好，蛋娃对着英超做个鬼脸，连忙跳下来。

24. 英超家　日　内/外

英超浑身是土，手里提着足球吊儿郎当地往家走。

梨花：英超，这次模拟考试成绩出来了吗。

英超转身想溜：呀，我东西丢学校了。

梨花揪住英超的衣领拎进门，关上门。

英超爸爸在沙发上看电视。

范跃进：跑啥，把卷子拿出来让我们看一下。

英超慢慢腾腾地从书包里掏出试卷。

梨花一把拿过来：啊？才62分，快不及格了！倒数第一吧！

英超：不是，是倒数第二。

梨花往英超屁股上拍了两下：还有脸说倒数第二，早晚会变成最后一名。徐志茂考的咋样？

英超：85分，也不咋样，你放心吧，我永远不会成倒数第一的，我们班有一个没考试，按零分计。

范跃进哈哈大笑。

梨花追着英超打：还是倒数第一啊。

范跃进：不要紧，成绩落到底一定会反弹，足球也有防守反击，尤其是单刀赴会，长驱直入，防不胜防。

梨花：有其父就有其子，你就把娃往沟里引。

奶奶：你好好坐着，也不看看你的腿。梨花啊，凡事要忍，我看英超娃乖得很。

范跃进：你对战术的不懂，许多球赛刚开始输得一塌糊涂，然后绝地反击。

梨花：绝地反击，马上小升初考试，还有时间反吗？

奶奶：只要我孙子快快乐乐，为这事争啥呢。

范跃进：不怕，终场绝杀更厉害。

梨花：范跃进，我现在看你整个人就是一个足球。

范跃进：为啥？

梨花：该踢。

25. 徐志茂家　夜　内

徐志茂趴在桌前写作业。

刘老师提着一件脏衣服走到徐志茂身边。

刘老师：志茂，怎么回事？

徐志茂一脸迷惑。

刘老师：你是不是踢球了？

徐志茂直摇头：没，没有。

刘老师：学会撒谎了？

徐志茂：妈，我是踢足球了。

刘老师：玩物丧志你懂是什么意思吗？

徐志茂：妈，踢足球也是为了放松放松。

刘老师：以后不许再踢了。

徐志茂：为什么？

刘老师：没有为什么，不准就是不准。

徐志茂：我抗议。

刘老师：抗议无效，再发现脏衣服，决不轻饶。

徐广林走到屋子：不就一件脏衣服吗，来，给我，我洗，以后志茂的脏衣服我包了。

刘老师：我是怕洗衣服吗？去去去，尽帮倒忙，别影响孩子写作业。

徐广林被推出了房间。

26. 英超家　夜　内

范跃进躺在床上，拿着足球爱不释手又一边叹气。

梨花坐在旁边，一边剪纸一边劝：取钢钉挺顺利的，你应该高兴啊。

范跃进：我以后再不能踢球了。

英超：啥？那怎么行啊，咱俩说好要父子齐上阵呢。

范跃进：医生说我骨质疏松，以后剧烈运动要当心，别说踢足球，连摩托车都骑不成了。

梨花抚范跃进的手：踢不成也好，咱就安心当采油工，踢不了咱看别人踢。

范跃进有些忧伤：看别人踢足球更难受，这钢钉刚从腿里取出来了，又扎进我的心里。

英超：老爸，你不要难过，我长大一定好好踢球，圆你的足球梦。

范跃进抚摸着英超的头：孩子，爸充其量是业余爱好，爸希望你走得更远。

英超信誓旦旦：踢出中国，走向世界。

范跃进欣慰地捶了一下英超：好儿子，有志气。

27. 校长办公室　　日　内

金校长正在看县上发的《关于加强青少年校园足球的意见》文件。

敲门声。

金校长：请进。

刘老师推开门：校长，我找你有事。

金校长：有啥事就说。

刘老师：这次模拟考试，毕业班好几个成绩下滑，他们成天和范英超混在一块踢球，是不是想点办法，把他们几个分开。

金校长：这恐怕不太妥当吧，小孩子贪玩很正常，不能因为英超调皮就伤了他的自尊心啊。先缓缓再说。

刘老师：刻不容缓，如果再任其发展下去，我们班今年的升学率，怕都没有保障，咱们要对学生负责，对家长负责。

金校长：好了，情况我了解了。

刘老师拿出字条：校长您看，这是他联合其他同学对抗我的证据，如果再不采取措施，我这个班主任怎么交代？

金校长：是这样，我替你去他家走一趟，这总行了吧。

刘老师欣喜：您出面，他们家长肯定会重视的，就这样吧。

刘老师离开。

金校长打开字条看了看：人心齐，泰山移。这臭小子，决心不小嘛，像他爸。

28. 英超家院落　日　外

跃进和金校长坐在场院。

跃进：校长，这个事情我知道了，等他回来我好好教训他。

金校长：说说就行了。

跃进：英超的事情说完了，咱是不是喝点？

金校长：今天本来找你还有另外一件事，看你情绪不高嘛。

跃进：您找我能有什么事？

金校长：关于足球的。

跃进：我这辈子恐怕是和足球无缘了。

金校长有点吃惊：伤得这么重啊。

范跃进无奈地摇了摇头。

金校长：学校成立了个足球队，想找一个教练，想来想去就你合适，没想到你伤得这么重，那我另想办法吧。

范跃进慢慢抬起头，表情逐渐兴奋：真的吗，太好了，我愿意。

金校长指着跃进：你的腿？

范跃进猛地站起来，来回走动：看，腿好了，你看。

范跃进面部肌肉抽搐着却装着没事人一样。

金校长有些为难：行是行，不过这个事情可能没有工资。

范跃进：嗨，倒贴我也乐意啊。

金校长：踢足球肯定对学习有些影响，有的老师意见很大，你有啥办法让他们既喜欢足球，还热爱学习？

范跃进：我试试再说。

金校长：凭你身上那股子韧劲，我相信你能做好。

29. 操场　日　外

金校长：今天，我们的足球队成立了。名字就叫秦兵队。你们都是选出来的有潜力的队员。

同学们热烈鼓掌（8个孩子，英超，徐志茂，蛋娃，其余五个）。

金校长：咱们的足球队员先确定你们几个人，其他队员通过运动会挑选，队长竞争上岗。下面，我把教练介绍给大家。

一阵掌声。

范跃进行走不太灵便，走向前台。

英超吃惊的小声说：老爸。

学生们顿时炸开了锅，纷纷回头看英超。

英超显得无比自豪。

30. 英超家　日　内

英超：奶奶，我们学校足球队成立了，我和志茂、蛋娃都是队员，我爸是教练，美死了。

梨花：你爸爸当教练，油田的事还干不干？

英超：当然要干，以后我们就在周末正式练球了。

奶奶：一定要小心，可不敢让人家踢了腿。

梨花：是你爸爸自己要去的吧？

英超仰头：不对，是校长专门聘请的，还举行了欢迎仪式。

梨花：好嘛，你爷俩以后就跟足球一样。

英超：咋样？

梨花：滚得远远的。

31. 徐志茂家　夜　内

志茂趴在桌子上做作业，刘老师端着一杯奶走进房间。

刘老师把奶递给志茂。

志茂接过奶。

刘老师：志茂，退出足球队吧。

志茂差点被呛着，放下杯子：为什么啊？

刘老师：你的当务之急是努力学习，踢足球以后有的是时间。

志茂：我成绩没有下降啊！

刘老师：不踢足球，更有提升空间。

志茂：反正我不会退出，绝不。

刘老师厉声：不听话是吗，我有办法治你。

徐广林满脸坏笑走进屋子：夫人息怒，走，咱别耽误志茂写作业。

徐广林拉着刘老师走出房间，进入客厅。

刘老师甩开徐广林的手：别装好人。

徐广林摸不着头脑：咦，你不是说咱们一个唱红脸，一个唱白脸吗？

刘老师一屁股坐在沙发上，关掉电视，双手交叉喘着粗气。

徐广林：我的态度就是顺其自然。

刘老师：这么关键的时候你还和稀泥啊，考不上一中，孩子就毁啦！

徐广林：不见得吧，去年县里的中考状元还是三中的，你就是太看重成绩了，太把分数当回事了。

刘老师转过头，狠狠地看着徐广林，徐广林被看得头皮发麻，坐立不安的。

徐广林：我是不是又说错话了，老婆大人息怒。

徐广林倒了杯水递给刘老师。

刘老师把头扭到一边：别献殷勤，嬉皮笑脸的。

徐广林顺手拿起身边的电脑键盘朝刘老师面前一放：我请求自罚。

徐广林假装要跪，刘老师憋不住笑了。

32. 篮球场　日　外

英超和几个队员站在门前，范跃进做示范。他抬腿射门，几个孩子准备欢呼，可惜他腿有伤，憋了一口气，试了几次，一脚踢上去，只踢了几米远，孩子们有些失望。

范跃进：我告诉你们，刚才是错误的踢法，正确的踢法是使劲……

范跃进腿痛吸气，他弯腰摸腿：正确的踢法是：我先把球捡回来。

孩子们帮他，把球放在脚下，他忍着痛一个一个踢，直到射进门。

范跃进：正确的方法就是坚持不懈的踢，一定能射中。

队员很给面子，不停地鼓掌。只有英超捂住脸，指缝里流泪。

范跃进装着系鞋带蹲在地上，英超要过来扶，他连连摆手。

范跃进抬起头小声说：不许哭，男儿有泪不轻弹。

英超：只是未到伤心处。

范跃进：记住，男子汉流血不流泪，爸会陪着你一起成长。

英超悲痛地点了点头。

范跃进捏着英超的脸，自己做了个鬼脸，英超破涕为笑。

33. 街上　日　外

英超和徐志茂等人骑车来到街上，看到人群围观。几个街舞少年正在斗舞，人们拍手叫好。

这时，一个叫小龙的男孩来叫板，他玩起了花式足球，足球就像黏在身上一样掉不下来，颠球、顶球各种花样，获得一片掌声。

英超他们看得瞠目结舌。

球落在徐志茂的脚下，徐志茂轻松的颠了几下球，然后顶回给小龙。

小龙：玩得不错啊，哪个队的，我们是宁陕队的。

英超：我们是秦兵队，有空较量较量。

小龙：好，一言为定。

34. 教室　日　内

讲台上各种复习资料试卷堆积如山。

刘老师只露了个头：同学们，好办法就是笨办法，大量做题，多能生熟，熟能生巧。把各种类型的题都做完了，你们就无敌了。

望着讲台上一堆复习资料和试题，学生们做出各种痛苦表情。

35. 操场　日　外

几个学生围拢在一起。

蛋娃：作业这么多，今天怕是没时间踢球了。

英超：刘老师要的就是这个效果，我们绝不屈服，一定要迎难而上。

张晓航：你有啥好主意？

英超想了想：足球最重要的是什么？

另外几个人异口同声：团队精神。

英超竖起指头：嘘。

36. 徐志茂家　夜　内

徐志茂趴在桌前挑灯夜战。

刘老师在一旁批改作业。

刘老师一边批改作业，一边打着哈欠，揉着眼睛。

徐志茂：妈，我作业写完了。

刘老师：放那，洗洗睡吧。

徐志茂端了杯水放在刘老师桌边：你也早点睡吧。

刘老师：今天的事情不能拖到明天，你别管了，睡吧。

徐志茂站着没动。

刘老师疑惑地看着徐志茂：还有事？

徐志茂：妈，以后能不能少布置些作业，这样不仅我们轻松，你也轻松。

刘老师：想得美，你们玩心太重，只能加重作业量，我累点无所谓，看着你们成绩上来了，我很欣慰。

徐志茂：其实……作业再多，他们也会踢球的。

刘老师：说，怎么回事？

徐志茂离开：我困了，睡觉去了。

刘老师想了想，把作业本摊开，仔细地查看了一下，靠在椅子上。

眼前的台灯灯光，逐渐变得朦胧。

37. 教室　日　内

英超和几个同学一个个在刘老师面前低着头。

刘老师：你们几个能认识到传抄作业的错误，这次就不追究了，我希望不再有下次。

英超：刘老师，我们的作业太多了，做不完。

蛋娃：我们就是想挤出点时间，多练练球。

刘老师：你们踢的不是足球，而是前途。

38. 英超家　夜　内

英超坐在跃进对面，手里依旧抱着足球。

跃进：刘老师的一些观点虽然我不认同，但是在作弊这件事上，刘老师是对的，做人一定要堂堂正正。

范跃进：金校长和我说你了，再这样下去，就把你调到别的班去。

英超一愣：爸爸，我错了，以后改正。

范跃进：明天训练，先罚你做 30 个俯卧撑。

英超：爸爸，看在亲儿子份上，就饶过这一次。

范跃进：不行，我是教练，必须公正。

英超：大义灭亲还是挥泪斩马谡啊！

范跃进：我第一次升堂，要树立威信，配合一下好吗？

父子击掌。

39. 球场　日　外

范跃进组织大家训练。

范跃进：范英超带头抄袭作弊，违背公平精神罚做三十个俯卧撑，张晓航、蛋娃互相传抄作业，每人做二十个。

范英超和张晓航坚持做完，蛋娃因为太胖做了几个瘫在地上，改做引体向上，又像麻袋一样挂在单杠上。

蛋娃无奈：英超害病，给咱吃药，一点都不公平。

蛋娃的话惹得大家哄笑不止。

范跃进严肃地说：不许笑，想要踢好球，得先学着做人，今后谁要是弄虚作假都要惩罚，有本事就先把学习搞好，不好好学习还捣乱的就开除出队。

范跃进组织大家进行体能训练：开始训练。

40. 集市　日　外

热闹的集市一角。

范跃进坐在路边，旁边放着他贴着足球广告的摩托车。

王晓丹漫不经心地走过来，他看到不一样的摩托车和挂着拐杖的范跃进，仔仔细细打量着摩托车，又看了看范跃进。

王晓丹：这车想卖多少钱。

范跃进：八千元。

王晓丹笑了笑：不值吧，这车啊跟人是匹配的，人废了车也就不值钱了，撑死五千元。

范跃进：新车两万多呢，你看才骑了几年，要不是急用钱，我才不舍得卖呢！

王晓丹：大哥你腿是咋回事？

范跃进：踢球摔断了，看着车骑不成心里烦，忍痛割爱。

王晓丹：吓我一跳，我还以为是辆事故车。

范跃进：这车是我连续三年当选单位劳模的奖励，平时把它当宝贝似的，掉块漆也会心疼。

王晓丹仔细地看了下：看着也是，老兄，还不知道有这回事，我也是看到车的装扮才问的。肯定是球迷，我能理解你，割爱就是要忍住痛，长痛不如短痛。

范跃进：其实我只是个采油工，因为喜欢足球，才走到这一步。

王晓丹：看来这摩托车不仅有意思，而且有故事。我也是球迷，球迷的心是相通的，我决定买下来。

范跃进：踢球我是没戏了，但我是校园球队的业余教练，我娃特有天赋，估计以后当个中国梅西不成问题。

王晓丹：真的假的，这牛吹大了吧。

范跃进：信不信由你，我今天卖车就是为了给他们置买队服。

买家：有个你这样的爸，我敬重，这车一万元我买了，权当提前赞助。

范跃进摇摇手：就八千，多一分也不卖。

王晓丹对范跃进有些刮目相看，一把抓住范跃进的手：你这朋友我交定了。

41. 操场　日　外

范跃进在用木头搭一个简易球门。

42. 刘老师办公室　日　内

刘老师批改作文，拿出英超的作文本，翻开。在《最快乐的一天》的题目下，写了密密麻麻一页多字。刘老师反复看了几遍，在最后空白处先写下了"良好"二字，又迟疑了一会，划掉，重新写上"优秀"。

43. 学校公示栏前　日　外

金校长和师生在观看优秀作文展览。英超的作文是第一篇。

（英超画外音，插进他们踢球的一些快乐场景闪回）：周末，我和几个同学在河边踢足球，白云悠悠，凉风习习，芳草青青，河水潺潺。我们忘记了课堂的苦闷，忘记了作业的烦恼，忘情地追逐飞奔的目标，心中充满无限的快乐。虽然只有短暂的小半天，但给我留下了难以磨灭的印象。

44. 英超家　日　内

梨花从厨房端菜上桌，范跃进，奶奶坐着，英超要帮忙端菜。

梨花：今天不用你动手，坐着等吃饭吧。

范跃进：怎么了？太阳打西边出来了。

梨花：那也是因为儿子才从西边出来的。英超作文得了优秀，看见没，我抓学习有效果吧。

范跃进：好啊，你有功劳。

梨花给英超夹菜：来，多吃点。我看这样发展下去将来一定能出人头地。英超，你将来想上什么大学？

英超：我想上足球大学。

范跃进：哈哈，哪有足球大学，是体育大学。

梨花：再别提足球了，我的头快炸了。

英超：那我就不上大学了，就专门踢足球，代表中国冲出亚洲。

梨花放下碗筷叹气：你们吃吧，我没胃口。

欢乐的气氛一下子没有了

45. 英超家　夜　内

英超在屋子里做作业，卷子铺满了桌子，他看着桌子上的足球，很不安静，忍不住反复拿过来又放下，最后，藏在书包后面才平静下来。

梨花推开门，看见英超埋头学习。梨花悄悄关上门，坐在范跃进旁边。

梨花：我还以为英超在房里玩游戏，没想到他在抓紧时间学习呢。

范跃进：英超最近还是有变化。

梨花：懂事多了，还是我教子有方吧。

范跃进：你成天逼着娃死读书，当心学成书呆子，长大连媳妇都娶不上。

46. 篮球场 日 外

英超一群孩子踢球，你追我赶，足球在脚下你来我往，激烈拼抢。

英超带球狂奔，志茂想拦球，把英超绊倒。

英超闷哼一声倒地，在地上的石子把膝盖划了个大口子，血流如注。大家赶紧围过来。

47. 英超家 日 内

范跃进抱着英超（腿部包扎，棉纱裸露在外），英超手里抱着足球，走进家门，梨花黑着脸跟在后面。

奶奶扑到英超身边：超，怎么样，严重不？

范跃进：妈，没事，就是肌肉损伤，没伤筋动骨。

奶奶双手作揖：谢天谢地，没事就好。

范跃进把英超放在沙发上，英超顺手把球放在桌子上。

奶奶走到英超身边抓住手：超，让奶奶看看。

英超：没事，擦破点皮。

梨花：还没事呢，都缝了五针呢。儿子，妈求你不要再踢球了。

英超：妈，真的没事，你看我刚才缝针都没哭。

范跃进：好样的，是个纯爷们。

梨花含泪回过头，眼睛如同刀子一般：范跃进，以后你再让儿子踢球，我就跟你拼了。

范跃进：踢球受伤是难免的，没伤着骨头就好，你别老动不动就不准娃踢球。

梨花冲到范跃进面前：你说得轻巧，缝了五针还不打紧，你的心是石头啊？

范跃进：孩子受伤我也心疼，但足球是他的兴趣，妈都说了，只要英超高兴就行。

梨花：妈是老糊涂了，你也糊涂了，你要把我娃害成残废啊，我不能看着我儿子最后跟你一样。

梨花从顺手处拿出一把剪刀，照着足球就扎了下去：我让你踢，我让你踢。

范跃进被梨花疯狂的举动惊呆了。

梨花用剪刀在足球上乱剪。

英超哇的一声大哭：妈，不要剪我球，不要啊，妈。

范跃进气得满脸通红，冲上去一把将梨花推倒在地。

梨花负气，抓起包推门而出。

奶奶出门：梨花，梨花。

48. 陕北高原　日　外

梨花在空旷的路上一个人行走，不时揉着眼睛。

49. 英超家　夜　内

英超躺在床上，抱着破损的足球，用手指抚摸着足球上破损处。

范跃进端了碗水：把消炎药吃了。

英超一动不动。

范跃进：不就一个足球吗，旧的不去，新的不来。

英超把药片拿在手中，接过碗。

50. 英超家　清早　内

范跃进在屋内焦躁地来回走动，手里拿着手机。

范跃进不停地给梨花打电话。

范跃进：二舅，梨花去你家了吗？

一组范跃进打电话的镜头叠画。

范跃进把手机扔在桌子上，一屁股坐在沙发上，有些失魂落魄。

51. 街道　清早　外

梨花走在大街上，电话不停地响，显示"跃进"两个字。

52. 院内　日　外

奶奶在院子里追着一只老母鸡，鸡飞狗跳，好不容易才抓住。

范跃进从屋子里沮丧地出来。

范跃进上前拿住：妈，大清早和老母鸡过不去，也不怕你的身体。

奶奶把鸡递给范跃进：梨花不在，你去把它杀了，给英超补补身子。

范跃进：妈，你也舍得，它可是咱家的大功臣啊，稳产高产，母鸡中的战斗机，不看功劳也得看苦劳。

奶奶：你没听说吗，学校要开运动会选拔队长，英超受伤了，没有营养能好吗？

范跃进拿过鸡，摸了摸：妈，这鸡肚子里还有蛋呢，等它下了蛋再杀吧。

奶奶：哪怕啥呢，杀鸡取卵，鸡肉炖汤，鸡蛋炒菜，都是营养东西，英超的身体不能等。

范跃进：这可是剖腹产，技术不比教练差啊。

奶奶：少贫嘴，我都把水烧开了。

范跃进安慰母鸡：大功臣，对不住，你得为中国球星光荣献身了。

53. 县人才市场　日　外

范跃进卖掉的摩托车停在路旁，王晓丹站在一边。

梨花看到摩托车打扮和范跃进卖了的车一模一样。蹲在跟前仔细看，并摸车上的装饰。

王晓丹好奇：我这车酷吧，没见过吧？

梨花点头：见过，这个车坐上可舒服了。你是开摩的的？

王晓丹诧异：你看我像开摩的的吗？

梨花：看着不像。

王晓丹：我是给家里找保姆的。

王晓丹上下打量着梨花：你呢？

梨花：我就是来打工的，会照顾老人，会做陕北饭，工钱由你定。

王晓丹：行啊，但你要想好，这不是一年半年的事，签了劳务合同就得共同遵守。

梨花点头答应。

54. 英超家　日　内

英超床边放着足球，奶奶给他喂鸡汤。

英超：明天就开运动会了，要是去不了，队长肯定是志茂当了。

奶奶摸着英超的头：当不当队长不打紧，先喝汤，才能养好伤。

英超点点头，抱着鸡汤咕嘟咕嘟地喝。

跃进走进房间。

英超急切地问：爸，找到我妈了没？

跃进显得失落，一屁股坐在沙发上，双手捂着脸，摇了摇头。

奶奶：你好好找找。

跃进：能找的地方都找了，唉。

英超：爸，等我腿好了，咱们一起找。

跃进打开电视机，出现了英国超级联赛的场面，英超很兴奋。

英超：阿森纳的范佩西我超喜欢，帅呆了。

奶奶：肯定么，咱们姓范的，哪有不帅的。

英超：那我爷爷一定很帅。

奶奶进入短暂的幸福回忆中。

英超打断奶奶：那咱们给阿森纳加油，他们进了球，咱们就鼓掌。

奶奶：奶奶看不见，快进了你提醒我。

突然，阿森纳队有了进球的机会。

英超大喊：进，进，进。

奶奶举了半天的手，终于卖劲地鼓起来。

英超：你鼓早了，球没有进。

奶奶：都怪我的眼睛，看不清楚啊。

正说着，刘老师提着水果进来。

刘老师：我来看英超，顺便把这几天的作业题交给他。

范跃进：谢谢你刘老师，英超调皮捣蛋，给你添麻烦了。

刘老师：我想和你商量一下，你看老人家眼睛不好，梨花也不在，英超现在也要人照顾，你一个人够忙的，不行就把足球队停下来。

范跃进：不行，刚有点眉目，停下来就白练了。

刘老师：我是来求你的，现在复习紧张，先把周末让出来，我给大家办补习班。哪怕是先把周六让出来也行。

范跃进：一天也不能让，马上要和宁陕队比赛了。

刘老师拿出一堆作业题放在床上：不让也可以，先让英超把落的作业做完。

刘老师转身出门。

55. 英超家院子　昏　外

英超蹲在院子里，身边放着那只被剪破的足球。足球上画有一个倒三角形，爸爸和妈妈是两腰，英超是上边，三角形内是一颗红色的心。

英超一下一下地铲着泥土，放进球里面。

范跃进下班回家，看到了这一切。

范跃进：儿子，你在干吗呢？

英超并没有正面回答，只是淡淡地说道：我想妈妈了。

范跃进一时语塞，只能默默地蹲下来帮着英超。父子二人将一株山丹丹花栽进了这个用足球做成的"花盆"里。

56. 英超家　夜　内

范跃进拨打梨花的电话，电话意外接通。

范跃进一下子站了起来：梨花，你在哪？

梨花：英超腿好些了吗？

范跃进：你快回来吧，儿子想你。

梨花：管好儿子啊。

范跃进：你到底在哪？

梨花：在一个医生家里当保姆，好着呢，你不用担心。

范跃进：那你什么时候回来？

梨花：等你们俩啥时候不玩足球了，我自然会回去，照顾好咱妈和儿子。

梨花挂了电话。

范跃进再次拨打，电话提示已经关机。

57. 学校操场　日　外

范跃进：今天我们选队长。

他们班的学生在围观秦兵队选队长，

徐志茂和三个同学在操场上热身，充满自信，

刘老师在旁边看着操场，若有所思。

裁判喊：预备……

突然英超抱着球冲到徐志茂身边。

枪声响起，徐志茂带球矫健如飞。许多女同学都在议论。

英超一瘸一拐地和他们一起跑着。

范跃进看到英超，准备上前拦下，刚跑了几步，停下。

几个男同学喊：徐志摩，加油！徐志摩，加油！

同学们看到英超一瘸一拐地带着球跑着。

有同学大喊：英超加油，英超加油。

英超表情痛苦，龇牙咧嘴，坚持着。

同学们的助威声，此起彼伏。

英超突然倒地。

徐志茂分心回头，放慢脚步。

英超瞪着徐志茂：跑，快跑。

徐志茂加快步伐冲过终点，姚婷婷远远看着，把手放在下面轻轻地鼓掌。

58. 操场主席台　日　外

金校长拿着新队服给队员边发边说：今天队长已经选出来了，从今天起，你们要刻苦训练，给咱们学校争光，也给自己争光。队服是范教练卖摩托车给你们买的，可要珍惜啊。

队服发完，金校长：范教练给大家说几句。

范跃进：足球是世界第一运动，它集力量、速度、激情、美感、艺术、悬念于一体，一场球就是一台戏；它需要智慧、战术、配合、协调、团队意识和拼搏精神，一场球就一段人生。

一阵掌声。

59. 教室一角　晨　内

同学们朝学校蜂拥而至。

姚婷婷：徐志茂。

徐志茂停住回头。

姚婷婷拿着一本《徐志摩诗选》递给徐志茂。

徐志茂打开一愣。里面有红色的队长袖标。

姚婷婷：你现在是队长了，送你个队长袖标。

徐志茂伸手接住。

60. 延长油田　日　外

一个个磕头机有节奏地上下运动，石油从出口流出。范跃进在每台磕头机跟前仔细观察，然后回到工作室做有关记录。墙上贴有足球明星，桌子上有足球教学方面的书籍，另外还有语文和数学课本。

一阵汽车喇叭声音，徐广林的车开到房子外面。

徐广林：接范大教练上县，请上专轿。

范跃进迎徐广林进室，徐广林到处乱翻。

徐广林：我说范大教练，你看这些小学课本是晚上无聊还是想参加高考啊？

范跃进：没什么，和孩子们沟通容易，检查作业方便。

61. 徐广林车上　日　内

范跃进：我觉得你家志茂真是个好苗子啊，好好培养一下，说不定以后和我儿子一样成球星呢。

徐广林：可惜我家儿子要开溜了。

范跃进：你说什么，志茂是队长，他要去哪？

徐广林：你知道，学校没有足球场，在篮球场上踢足球太危险。英超伤了腿，我老婆怕得不得了，非要把志茂转到县上去不可。

范跃进：你这兄弟太不厚道了，我刚上场你就换人。英超和志茂是最佳组合，非要活生生分开吗？

徐广林：你不是不知道，我老婆的风格是跟着屁股抓落实，我今天就得去办。

62. 徐广林羊肉馆　日　内

梨花坐在饭店看电视（足球）。

跃进和徐广林走到门口，跃进看到梨花，着急进门，被门槛绊了一下。脚下的大可乐瓶被跃进无意间勾起，径直踢到梨花脚下，梨花也是一愣。

英超和志茂走进饭馆。

英超：妈。

梨花一脚把瓶子踢到跃进脚下。

跃进把瓶子踢给梨花。

志茂学着解说员串词：英超爸停下球做了个漂亮的倒脚。

再次把球踢还给了英超妈。

梨花又一次把瓶子踢了过去。

志茂：英超妈再次把球踢还给英超爸。

跃进差点没接住瓶子。

志茂：英超爸出现了小小的失误，通过及时地调整，没有丢球。

跃进把瓶子再次踢出。

志茂：夫妻二人打出了一个精彩的战术配合。

梨花又气又恼，一脚把瓶子踢进了垃圾筐。

志茂：射门，球进了。

胖师傅把饭送到了梨花面前，梨花提着饭，头也不回地离开，跃进和英超追了出去。

63. 王医生家　黄昏　外

梨花在前而快走，范跃进跟在后边，梨花进门，顺手把门重重关上，范跃进后仰。

范跃进：梨花，是我错了，不该推你，老妈和儿子离不开你，关于踢球的事咱们回去再说。

梨花靠着门带泪：我觉得足球比我更重要！

范跃进：这是两码事啊！

范跃进手机响，接起，脸色着急：噢，噢，好的好的，我马上回来。

范跃进：梨花，刚才队长来电，抽油机有问题，我必须马上回去，完了我再来找你。

64. 篮球场　日　外

范跃进组织队员训练。

进行罚点球的训练，先由蛋娃踢球范跃进守门，范跃进没有准备好，蛋娃就一脚开过来，足球正中范跃进脸上，打倒在地，满脸流血，孩子们慌了神围过去。

刘老师走过来蹲在跟前，小声问：范教练，你确定他们不是用这种方式评价你的教练水平？

范跃进起来擦了脸上血：刘老师，我是教育他们，守门员就得有牺牲精神。

刘老师：噢，我明白了，你是要告诉他们，守门员脸部和其他部位功能是一样的。

训练继续。徐志茂当守门员，英超来射门，志茂每次都要腾空扑救，摔得很重。

刘老师很心痛，上前拉起地上的志茂：跟我回教室复习去，学习这么紧张，还有心踢足球。

范跃进挡在前面：刘老师，不能回去，说好的周末训练。

刘老师拿出课程表：你看清楚，这上面哪一天安排踢足球啦。

范跃进：我不管，我是教练，就要给他们教。

刘老师：请问范教练，中考高考有足球内容吗？都给我回教室去。

范跃进：不能回去，必须把课目进行完。

刘老师：为什么让志茂守门英超来罚，你也知道心疼你儿子，我要向校长反映，足球队必须解散。

范跃进：不行，我是学校聘请的教练，我要负责。

刘老师：你认为你能负得起这个责任吗？

范跃进：我能。

刘老师：你考虑过这些孩子的前途吗？你扪心自问，这些孩子将来会有几个能从事足球运动？难道要让他们最后像你一样？

范跃进：只要他们付出了，肯定会有回报的。

刘老师：你付出的少吗？你的回报呢？

范跃进：我，我，我收获了快乐，这就够了。

刘老师：你的快乐，是建立在梨花的痛苦上，要不然梨花也不可能走。

范跃进愣住了。

刘老师拉着志茂离开操场。

65. 校长办公室　日　内

刘老师坐在金校长对面，脸上带着怒气。

金校长：刘老师，你的担心我能理解，你也要支持我呀，足球队刚成立就解散，这不是笑话吗？

刘老师：校长，你看，没有正规的足球场地，在篮球场踢危险性很大，我要对家长负责，小升初也快到了，把球队的事情停下来，让学生安心复习吧。

金校长：踢球主要在周末，对学习影响不大。你不是说蛋娃的成绩上升很快吗，这说明运动和学习矛盾不是很大，其他学校也有校园足球队。

刘老师：您是校长，我拗不过您，我只好把志茂转走。

金校长：志茂是队长，你征求过他的意见吗？如果他不愿意，那就事与愿违。你就让他留下来，我保送他上县重点中学。

刘老师：您不是保险公司，您能保证他上重点中学，您能保证他不发生意外吗？

金校长无话可说，刘老师起身离去。

66. 学校门口　日　外

志茂和队员们依依惜别。

几个孩子簇拥志茂朝徐广林车走去。

志茂打开车门，朝着队友们挥挥手。

几名队员都呼喊着志茂的名字。

志茂上车，车辆缓缓离开，几个孩子跟在车后奔跑。

蛋娃追出队伍，被绊倒。

67. 宁陕队人工球场　日　外

秦兵队和宁陕队战斗激烈。范跃进在教练席大喊，队员们在奔跑，球传到英超脚下，只见英超飞起一脚，将球踢进大门。观众一块站起来欢呼。宁陕队也不甘示弱，上半场连进两个球，比分领先。

英超他们奋起直追，张晓航将对方球半路截住，穿过人群，一脚将球踢向对方球门，英超和小伙伴们都快跳起来了，没想到球被对方守门员牢牢抱住，蛋娃看得直跺脚。

宁陕队一脚长传将球踢进秦兵队禁区外，英超赶紧跑过来，双方队员纠缠在一起，小龙大力远射，球进了。蛋娃还没反应过来就失了球，他悔恨地把头往门柱上撞。最终，秦兵队以1:3失败。

比赛结束，英超和小龙一起往学校外面走，边走边挤兑对方。

英超：今天你们是主场，主要靠气势，赢得不体面。

小龙：不服气再换个地儿。

英超：反正县上联赛就要开始了，到时咱们再战。

小龙伸出一个小指头：随时恭候。

68. 足球场外　日　外

输了球的队员垂头丧气。

范跃进：大家打起精神，不就输场球嘛。

英超：他们的球场太棒了，真让人羡慕。

蛋娃：教练，我们要是有那么好的足球场，该多好啊。

范跃进：听校长说了，县体育局的领导已经来学校看过了，准备给咱们整修操场，还有几个企业家也是要支持我们校园足球呢。

69. 英超家　日　内

英超把衣服往沙发上一扔，跑进卧室。

英超：气死我了。

范跃进也赶进来：怎么还生气呢。

英超：都怪你不好好教，水平太臭，跟人家的教练是天地之差。

范跃进走过去要摸英超的头，被英超拨开。

范跃进：输了球爸爸也很自责，但你作为队长，应当知道是胜败乃兵家常事，只能赢不能输，这样的心态可不好。

英超：你光会讲大道理，要是我妈在，她起码能安慰我一下。

范跃进：是不是想妈妈了？

英超：当然了。

范跃进沉吟片刻：好吧，过几天带你找妈妈去。

英超跳起来：真的？

范跃进：那还有假，教人踢球不行，带人找妈水到渠成。

70. 学校会议室　日　内

一批足球器材的箱子放在一边。

学校开会，一群老师领导围坐在一起，范跃进和王晓丹在列。

金校长：各级领导和全社会都很关心校园足球，企业家王晓丹准备给我们捐赠一个人工草坪足球场地，下学期咱们就会有一个新的足球场。我代表全校师生对他的公益行为表示衷心的感谢！有了场地怎么踢也不会受伤，今天在校园踢，明天走出陕西，上北京，进世界杯。

台下掌声如雷。

71. 学校操场　日　外

王晓丹和范跃进聊得很热火。一群学生簇拥着，记者们扛着摄像机跟拍。

王晓丹：真是无巧不成书，想不到在这儿遇见你。还干上教练了。

范跃进：这不，金校长一招呼就来了，满腔热血，又怕误人子弟啊。

王晓丹：摩托车我一直舍不得用，保养得很好。

范跃进把英超拉过来：这就是买咱们摩托车的王叔叔。

王晓丹摸英超头：嗯，不错，先让叔叔看看你的球技。

英超玩起了足球。

王晓丹：果然是块好料，好好踢，等着叔叔给你加油。

72. 王医生家　夜　内

王医生看电视新闻，梨花也在一旁边打扫卫生，边瞅电视。

梨花看见电视机播放捐赠仪式的新闻，突然电视里出现了王晓丹的身影。

梨花：王医生，快看，是您儿子。

电视里镜头出现王晓丹和范跃进握手，王晓丹抚摸着英超的头。

梨花看到之后情不自禁，眼眶含泪。

王医生回头：校园足球，支持一下是好事。

王医生看到梨花的表情有些惊讶：你怎么了？

梨花尴尬：没，没事。

接下来转台看足球比赛，有个队进了球，王医生鼓掌，梨花也情不自禁地鼓掌。

　　王医生回头：你也喜欢看足球比赛？

　　梨花：我爱人孩子都喜欢足球，我看不懂。

　　王医生：我虽然是医生，也算是个球迷。

　　梨花：我孩子上学，爱人是个采油工，平凡人爱好有啥用？

　　王医生：平凡人有个人爱好，这个人就不平凡了。

　　梨花回到屋里拿着手机里英超的照片，轻轻抚摸，情不自禁流泪。

73. 王医生家　日　内

　　门铃响起，梨花放下手里的活，一路小跑来开门。

　　梨花看到是英超父子，大惊：你怎么又来了？我不会跟你回去的。

　　英超从范跃进身后赶紧扑到妈妈怀里：妈妈，我想你了，我们回家吧。

　　范跃进：看在儿子的份上，回家吧。

　　梨花：你有能耐把我打出来，就有本事把家撑起来。

　　范跃进：我就是一时冲动，我今天专门带着儿子来，就是想把你接回去。

　　英超：妈，你别生气了，我替爸给你道歉。

　　梨花：我提的条件你兑现了吗？

　　英超和范跃进对视，都没有说话。

　　梨花：还不愿意是吧，那好，你们回去吧。

74. 马路上　日　外

　　英超父子在街上走着，英超突然站住。

　　英超：我妈妈的条件也太苛刻了，你说足球以后还能踢吗？

　　范跃进：你妈看起来口气很硬，但她的心思我知道，只要你学习好，她比谁都高兴。

　　英超点点头。

　　范跃进摸着英超的头：既然都出来了，爸带你逛逛延安吧。

75. 空镜沿路上的延安风光　日　外

76. 革命历史博物馆门口左　日　外
英超：爸爸，今天我妈没回来，我以后又想踢球又不想踢球。
范跃进：学习和运动其实就是一码事儿，只要你用心了，都能做好。

77. 革命历史博物馆门口右　日　外
安塞腰鼓表演，打得像暴风骤雨一样。英超看得入了神。
范跃进：咋样，有气势吧。
英超：什么时候中国足球踢成这个样子，那还有谁能挡得住？
范跃进：是啊，今天虽然没有把你妈叫回去，但也大有收获。你看呐，不管学习还是踢球，都要有精气神，泄了气肯定失败。
英超：我不光要刻苦练球，还要好好学习，让我妈自己回来。

78. 篮球场　日　外
篮球架下两个新的五人制球场使用的球门，英超戴着护膝和队友训练，球员有时会被不平的地面绊一下。
范跃进指导。奶奶和金校长等观看。
金校长对奶奶：大老远地您也来看训练。
奶奶的眼睛一直盯着操场的地上，应付校长：噢，我来给他俩弄饭吃。
校长：是放不下孙子，怕他受伤吧。
奶奶：嗯，他的腿刚好。
校长：你放心，学校的人工球场就要动工了，以后他们不会再受伤了。
奶奶：那就好。
奶奶不理校长，仍然盯着地面上并不起眼的杂物。
一颗球冲着金校长飞过来，他瞟了一眼，抬起左脚拦住足球，右脚踩球，稍作调整，飞脚一踢，任意带着弧线划进球门。
孩子们个个都很惊讶，范跃进：老队长的基本功还在啊，上场吧。
金校长脱掉衣服，活动筋骨，和孩子踢得热火朝天。

79. 学校房子一角　日　外

徐志茂躲在墙角，羡慕地看着小伙伴和校长踢球，刘老师觉得有点眼熟，追了过去。

80. 徐志茂家　夜　内

刘老师捧着儿子的脸像不认识一样。

徐志茂：妈，我梦里尽是足球，都回来过两次了，偷偷看他们踢球。

刘老师：他们光知道玩，考不好试后悔都来不及了。

徐志茂：我亲眼看到，范教练也抓学习，还帮你检查作业呢。

刘老师：踢球还检查作业，有这事？

徐志茂：不信你自己去看。

刘老师：你学习能跟得上吗？

徐志茂：妈，我每天都很孤独，没心思，学习有点吃力。

刘老师：我再给你找点学习资料。

徐志茂：妈，我还是想跟他们踢球。你还记得我那时踢的那个球吗？再准点绝对是个世界波啦，上次和宁陕队踢球如果我在，绝对能拿下他们。

徐志茂手舞足蹈地说着足球的事。

刘老师严肃的脸开始变得若有所思。

81. 篮球场　夜　外

月光如水，树叶摇曳。

奶奶跪在地上挪动，用手抚摸篮球场每块地方，生怕遗漏。她把每个砖块都要用棍子敲敲拍拍，然后把杂物拿起来看一下，放进一个塑料盆中。

英超和爸爸走过来。

英超：奶奶，我和爸爸到处找你，你怎么在这儿？

奶奶：我今天在操场看了一天，就是要等到晚上把这些小石子捡出去，英超不能再受伤了。

范跃进：有你给做的护膝，英超以后不会受伤的。

奶奶：有时间我给每个孩子们都做一对。

范跃进拉过奶奶的手,看见磨出了血。

英超见状扑上去抱着奶奶哭了起来:奶奶!我一定会成为梅西!成为C罗!将来请您去世界上最好的球场看球!

范跃进也蹲下来,将母亲和儿子拥入怀中。

82. 窑洞球场　日　外

英超和徐志茂在球场上互相传着球。

英超:你还记宁陕队吗?前几天跟咱踢了场友谊赛,1∶3,纯粹是个大失误!要是有你,咱们一定能赢!

徐志茂:啊?1∶3?你爸不是金牌教练吗?

英超撇撇嘴:我爸才刚来几天啊!想赢比赛,还不是得靠你这样的核心主力!没你秦兵队就是一盘散沙。

徐志茂得意地点点头:嗯……

英超:为了红袖标你也得回来吧。

徐志茂顿了一下,一拍胸脯:行!回去我就给我妈下最后通牒,如果她不让,我就自暴自弃!

英超:夹道欢迎!

说罢英超唱起了"GO GO GO! O LE O LE O LE!"两个孩子一起手舞足蹈的唱着,跳着,无比兴奋。

83. 篮球场　日　外

队员们跑步热身,但不是正规步伐,而是盘带足球的罗圈步,嘴里用英语喊着:"一二三四"。然后开始踢足球,快乐气氛很浓。

范跃进打出停的手势,对队员:停止训练。

大家围过来。

范跃进:你们感到踢足球快乐吗?

众队员齐声:快乐,爽死人了。

范跃进:快乐就好,把上周作业拿出来,现在开始检查。

蛋娃:啊?踢足球还要做作业?

范跃进:我是替刘老师检查,谁没有做完,回家去做。

书包摆了一地,范跃进一一检查,有几个人因没有做而离场。

范跃进：我们开展校园足球，不一定要当球星，而是为了强身健体，保持快乐心情，更好地学习，将来为社会服务。你们一定要争气，用实力证明踢球也能学好，让人看得起。大家有信心吗？

众队员：有信心！

范跃进：下面，我们进行一个益智训练，叫知识守门。

球门前站一个守门员蛋娃，不停地运动，另一个带球射门的同时，说一句成语，对方扑球出去的同时接龙一个成语得2分。对1项得1分，全失败换人。

蛋娃："一心一意！"

队员1："登峰造极！"

蛋娃："二龙腾飞！"

队员2："势如破竹！"

蛋娃："三阳开泰！"

队员3："无懈可击！"

蛋娃："四喜临门！"

队员4："行云流水！"

蛋娃："五谷丰登！"

队员5："固若金汤！"

蛋娃："六六大顺！"

英超最后一个出场，拔脚怒射，大喊道："单刀赴会！"

蛋娃一把将球扑住，举起球来得意地晃着屁股："功亏一篑！"

众孩子看不惯一起冲上前去，蛋娃一看情况不妙转身就跑。孩子们在操场上追着笑着，范跃进站在一边更是乐开了花。

刘老师站教室栏杆旁边看着这一切，也忍不住露出一丝笑容。

84. 徐广林家　夜　内

刘老师在书桌前工作着，手边放着几张已经批改好的试卷。可以看到范英超：93分，李亦辰：100分等等不错的分数。

徐志茂缓缓地推开门，轻轻走到刘老师身后，伸出手来抱住了刘老师。

徐志茂（撒娇地）：妈！你不在我身边，我根本就没办法安下心来学习么……求求你,就让我回来吧……

刘老师:什么没法学习,我看,你是惦记着回来跟英超他们踢球吧?

徐志茂嘿嘿地笑着。

刘老师拿开徐志茂的手,转过身来,笑呵呵地看着徐志茂:如果我不同意呢?

徐志茂听闻此言,一下子立正站好,握紧拳头做宣誓状:妈!您放心!我保证不会因为踢球耽误了学习!一定不会辜负组织上对我的信任!绝对完成任务!

刘老师笑着摆摆手:好了好了,赶紧睡觉去吧!

85. 学校门口　日　外

英超跟几个队员背着书包站在学校门口焦急地看着远处,只见徐志茂背着书包从远处跑来,跟大家兴奋地击掌拥抱。

这时,小龙跟宁陕队的几名队员从马路对面边玩着球边走过。英超拉了拉徐志茂的衣角,指着小龙他们。

英超:看,宁陕队的!

这时小龙也看到了英超等人,抱起球停下了脚步。

英超隔着马路对小龙喊道:我们的核心主力回来了!

两队孩子们各列一队,在马路两边伫立对视,如同西部片之中决战之前的场景。微风吹来,一张报纸缓缓地在马路中间飘过。

几个孩子有说有笑的骑着自行车过来,却被眼前充满杀气的氛围惊得大气不敢出,赶紧逃跑般地加速通过这条马路。

小龙:好,那我们就在联赛中见了!

英超和徐志茂等人用一脸酷酷的表情看着宁陕队众人。

86. 教室　日　内

教室黑板上写着:欢迎徐大帅志摩归队几个大字。

姚婷婷把作业放在讲台上,对大家:课余时间,我们班召开欢迎会,为徐志茂同学接风。为了活跃气氛,我朗诵一首徐志摩的诗《再别康桥》。

姚婷婷眼睛微闭:轻轻的我走了。

英超:不送!

一阵哄笑。

姚婷婷瞪着英超：别捣乱好吗？

英超：你继续，你继续。

姚婷婷酝酿了下情绪：轻轻的我走了……

蛋娃表情夸张：啊……正如我蔫了吧唧的来。

又一次大笑。

姚婷婷深情地挥舞着双臂，特别深情的：我挥一挥衣袖……

英超也站起身来，学着姚婷婷的动作和语气：扇起了一屋子的尘土！

姚婷婷：哼！

姚婷婷涨红着脸走下讲台。

徐志茂：行了行了大家都别闹了！联赛马上就开始了，咱们现在需要一支啦啦队，我觉得就让姚婷婷当队长吧！

蛋娃蹭地一下站起来：呦——！

众孩子也跟着一起起哄，姚婷婷羞红了脸。这时，刘老师走进教室，大家赶紧安静下来。

刘老师笑着说道：从今天开始，只做课本上的作业，轻装迎接考试。

咚、咚、咚，下面有人把试卷扔上头顶，近乎疯狂。

87. 球场　日　外

范跃进在旁边指挥：踢足球，不光要靠技术，还得要有知识，有团队精神。关键时候就得往前冲，往死拼。

英超：我们这次和宁陕队比赛，志茂回来了，一定能胜。

范跃进：咱们和宁陕队虽然都是刚刚成立，但是他们的训练体系非常完善，综合素质的培养也很到位。不过，只要我们努力，一定会有好成绩！志茂刚回来，今天就给他加餐。不过今天李亦辰请假没来，英超，你来守门。

徐志茂和英超：好嘞。

徐志茂一遍一遍射门，英超一遍一遍扑球，累得快站不起来了。

范跃进喊着：英超，快起来，快起来！

英超一个猛扑在地上打了个滚，再也站不起来了，这时旁边一双手扶起了他，原来是刘老师。

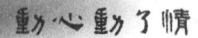

刘老师轻拍英超身上的土：英超你可得小心点，你的腿过去受过伤。

刘老师递给英超一瓶矿泉水，又拿了一瓶走过去递给范跃进。

刘老师：范教练，你也真狠心，英超还小啊。

范跃进：踢足球，不狠能行吗？秦兵队就得像狼一样。

刘老师：过去因为足球闹了许多不愉快，真不好意思啊。

范跃进反而不好意思起来：我也是家长，能理解你当班主任的难处。

刘老师点点头：我从志茂身上也能看出来，足球确实给他带来了快乐。我为你们加油。

88. 英超家厨房　日　内

奶奶正在厨房里和着面，准备做黄面馍馍。

但是由于视力不好，奶奶吃力地分辨着各种食材。甚至要将食材贴近眼睛才能看得清楚。

89. 回家路上　日　外

英超和范跃进返家。

英超蹦蹦跳跳地走在前边，兴奋不已。

英超：今天的训练真是——嘹咂咧！

英超转过身来：爸，你看着没，今天刘老师还扶我哩！

范跃进：白眼狼，你亲爹扶你也没见你乐成这样。

英超：被人理解的感觉比踢球还爽，再说你的手能和刘老师的手一样吗，粗得跟树皮似的。

范跃进扬起手：揍你个臭小子。

英超向前跑去，范跃进紧跟其后。

范跃进：站住，让我抓住有你好看。

90. 英超家里　日　内

英超和爸爸回家，桌子上摆着两三个家常菜，奶奶笑着端着一盆黄面馍馍从厨房走来。

奶奶：这段时间啊，我大孙子和大儿子辛苦了，做点好吃的犒劳你们。

父子二人坐下来狼吞虎咽，奶奶在一旁眯着眼睛看着他们。

奶奶：我呀，就想看看英超踢球。唉，可惜喽，我这眼睛越来越不行了，看不清楚英超赢球了。

范跃进：只要听到他赢球也行啊。

奶奶：不行不行，耳听是虚，眼见为实，我要清清楚楚地看着孙子踢足球！

范跃进：行，妈，您放心，我给您想办法！

91. 人工草坪球场　日　外

英超、志茂、蛋娃和队员们正在踢着球，姚婷婷带着几个女孩在一边练习腰鼓舞蹈。刘老师拿着教材路过，看到婷婷她们的动作还不是很熟练，便走过去亲自给她们做起了示范。阳光下众人挥洒着汗水，男孩们兴奋地拼搏着，女孩们在刘老师的带领下优美地舞动着。

金校长路过此处，看到了这一幕，露出欣慰的笑容。

92. 羊肉馆　日　内

徐广林在餐厅忙碌着，梨花走进。

徐广林：梨花。

梨花：我来给王医生买碗羊肉汤。

徐广林冲着厨房喊：羊肉汤一碗，带走。

徐广林忙碌着：你先坐，一会就好。

梨花站在徐广林身边没动。

徐广林回过头：有事啊？

梨花：我们家英超最近学习怎么样？

徐广林停下手中的活计：听说进步很大，想娃了还是想跃进了？

梨花：没正经。

徐广林：想娃了就回去。

梨花：那得看他们的诚意。

胖厨师提出一个塑料袋交给梨花，梨花给桌上扔了钱离开。

93. 英超家　夜　内/外

足球放在院子里。

英超刻苦地开着台灯在做作业。

94. 黄土地　昏　外

姚婷婷和腰鼓队的女孩子们在排练着舞蹈。

95. 操场　日　外

秦兵队的队员们汗流浃背地进行着训练。

96. 羊肉馆　昏　内

孩子们围坐在一张桌子边认真地写着作业。旁边几桌的人们都在关注着电视里的球赛，但这丝毫没有影响到他们。

97. 徐志茂家　夜　内

徐志茂挑灯夜读着，刘老师走进来，递给他一杯牛奶，微笑地抚摸着儿子的头。

98. 学校公示栏前　日　外

许多家长都围着看小升初考试成绩。

英超和志茂，蛋娃等几个人看着名单，紧张兮兮，随后各个喜笑颜开。拍手庆祝。

金校长：考试成绩证明，学习和足球并不矛盾。现在，县上要全面推广我们的校园足球经验。

底下一阵欢呼声。英超、志茂、蛋娃等队员大家抱着，跳着。

金校长摆摆手：要放开了踢，这是你们给学校最后一次出力，要好好珍惜，不留遗憾。

99. 王医生家　日　内

门铃声响起。

梨花半开门。

范跃进站在门口：梨花。

梨花压低声音：你怎么来了？

英超从范跃进身后走出，表情兴奋：妈妈，我考上县一中了。

梨花露出笑容，弯下腰捏了捏英超的脸：真的？太好啦！

王医生走到梨花身后：这是？

梨花：我儿子和他爸。

王医生一脸热情：快请进，请进，坐坐坐。

范跃进情真意切：梨花，咱们回家吧。

梨花低着头。

英超：奶奶白内障又严重了，都快看不见了，天天在家念叨你。

梨花把头扭到一侧，看着王医生。

王医生微笑着点头：回去吧，一家人好好过日子。

梨花抿着嘴点头。

范跃进如释重负。

王医生：国家有白内障复明工程，免费为白内障患者做手术，我帮你联系一下。

范跃进握住王医生的手：那太感谢了。

王医生似乎想起了什么：哦，对了，你们等一下。

王医生走进房间。

范跃进和梨花目光交汇。

王医生拿出一件球衣对着英超说：这是我收藏的范佩西的一件球衣，送给你了。

范跃进赶紧上前推脱：这可不行，太贵重了。

王医生：拿着，谁让咱们有缘呢，我是老球迷，他是小球迷。

英超接住球衣，一脸兴奋。

100. 回家路上　昏　外

英超穿着新球衣，时不时地显摆着。

梨花把英超搂在怀里。

范跃进在车内高歌。

101. 英超家堂屋　夜　内

梨花正在做着针线活。奶奶走了过来。

梨花：妈，您怎么还没睡啊？

奶奶：梨花啊，那个王医生，真的能给我治好眼睛？

梨花：妈，您就放心吧。

奶奶：哪怕是得花不少钱吧？

梨花：政府有光明工程，咱不用花钱，王医生帮咱联系医院。

奶奶：我现在闭上眼全是英超踢球，睁开眼什么也看不清楚。

梨花：妈，您早点休息吧。养足精神了，才好给英超加油啊！

奶奶应了一声，起身离开。

102. 范跃进卧室　夜　内

范跃进和英超都睡着了，梨花端详着熟睡的爱人，为他们盖好被子，脸上露出微笑。

梨花转过视线，看见了摆在英超书桌上的那只足球花篮。那只被梨花剪破的足球里，英超之前栽着的那棵小花已经成长了不少，足球上画有一个倒三角形，爸爸和妈妈是两腰，英超是上边，三角形内是一红色的心。梨花轻轻摩挲着球上的画，眼泪禁不住地从脸上流了下来。

103. 商场　日　内

梨花抱着一个足球，向商场外走，旁边鞋柜上各式运动鞋琳琅满目。

梨花不由自主地被吸引过去。

梨花一眼就相中了一双球鞋。

104. 英超家卧室　日　内

桌上摆放着新买的足球和运动鞋。

英超训练回家，看见桌上球鞋和足球，兴奋不已。

105. 英超家厨房　日　内

梨花在灶台前做饭，英超冲到梨花身后，紧紧地抱住梨花。

106. 医院病房　日　内

王晓丹和英超一家围着奶奶。

王医生为奶奶拆开纱布。奶奶睁开眼睛，抬起手来摸着英超的脸。

奶奶：真是清楚，我第一次看清我孙子这么帅呀。

王医生：这回您可以去看孙子踢球喽！

英超把一个望远镜交给奶奶：要是看不清，还有这个。

范跃进握着王医生跟王晓丹的手：咱们这真是因为足球得来的缘分啊！过两天英超比赛，您二位一定要来看啊！

王医生和王晓丹点头应允，大家其乐融融。

107. 河边　昏　外

英超、徐志茂、蛋娃和姚婷婷四个人坐在河边。

英超：终于可以痛痛快快踢场球了。

徐志茂：这场比赛，绝对不可轻敌。

英超若有所思：上次输球，气势上就不占优势。

姚婷婷：我相信以后不管跟谁比赛，咱们秦兵队必胜。

英超、徐志茂、蛋娃：为啥？

姚婷婷：因为有我给你们当啦啦队呀，哈哈！

蛋娃：那你们到时候可得加把劲啊，别给我们拖后腿！

姚婷婷：切，还要你说！

四个人都笑了起来。逆光下，四双手紧紧握在一起，向天空一挥。

四人一起：加油！

108. 陕北路上　日　外

王晓丹骑摩托车载着王医生在飞奔。

王晓丹：爸，您平时忙得不可开交，今天为什么抽时间去看孩子们踢球。

王医生深有感慨：四十多年前，我从北京下乡到志丹县，知青没有什么业余生活，打篮球没场地，就踢足球，条件艰苦也很快乐。虽然现在手里拿着手术刀，但心里总有一个足球梦。你答应了人家，咱就一定得去给英超加油。

109. 英超家　日　外

徐广林的车在路边等，车上坐了秦兵队员和刘老师、姚婷婷和其他同学们。

奶奶胸前挂着望远镜，梨花扶着她往车跟前走。

英超从车窗向奶奶招手：奶奶！

110. 赛场　日　外

观众席坐满了人。

几名陕北汉子，抡起木槌，锣鼓喧天。

足球场内热身有武术表演棍术，空翻等。

奶奶胸前挂着望远镜，英超父母，志茂父母，金校长，王医生，大厨等人在现场等待着比赛开始。

范跃进在球员面前叮嘱着。

腰鼓等正在一一进行。

两队队员，背着手站成一排。

英超穿着新买的球鞋，自信心爆棚。

随着一声哨音，比赛正式开始。

球员在场上生龙活虎。英超带球冲向对方球门，攻门未果。

小龙拿球，一脚远射，先下一局。

宁陕队的啦啦队远远欢呼。

秦兵队的亲友团啦啦队略带失落。

场上双方再次拼抢进攻，蛋娃用身体冲撞，拼抢到球，飞起一脚。

徐志茂抢到落点，头球破门得手。

徐志茂在球场狂奔，做出激情澎湃的庆祝动作。

秦兵队的助威团瞬间沸腾。

随着哨音，上半场结束。

队员们休整，表演队上场表演。

下半场开始。双方拼抢激烈。

范跃进时不时地在场边看表，指挥调度。

范跃进看了看手表，急得直跺脚。

英超终于在后场拿球，娴熟盘带过人，形成单刀。

英超奋力起脚，皮球应声破网。

范跃进腾空而起，挥舞着拳头：单刀赴会，太牛啦。

英超张开双臂，疯狂地奔跑在球场。

秦兵队的队员追着英超，扑在他身上。

一声长哨，比赛结束。

表演团应声入场。

111. 球场　日　外

成人油田队正在与秦兵队进行着一场友谊比赛，徐广林和范跃进奔跑在场上，脚法娴熟，风采不减当年。

秦兵队中，不仅有英超、志茂等人，宁陕队的小龙也在其中。孩子们之间配合熟练，虽然身体上不如大人，但劲头十足，不落下风。

几名教练员正在教几名小朋友做着基础的带球动作。小朋友们还不能很熟练的控球，但都是认认真真，兴趣盎然。

王医生和王晓丹以及胖大厨，金校长等人正在和一群女生踢球。女生队中，不仅有姚婷婷等腰鼓队员，还有一身运动装扮，展露不同往日的飒爽英姿的刘老师，甚至，连英超奶奶也是一身球衣，并且还带着队长的袖标。胖大厨虽然人胖，但是脚下却还算灵活，憨憨的身姿让人忍俊不禁。王医生老当益壮，同儿子王晓丹之间几次精彩的配合也是引得众人连连鼓掌。球来到奶奶脚下，她踢了几脚都没有把球踢远，不禁不好意思地笑了起来，大家也跟着一起笑了起来，其乐融融。

阳光之下，球场上呐喊声、笑声不断，一片生机盎然。

后　记

　　我是一个文化人，还是一个至今没有出过书的作家。我的一生基本上交给文字了，二十岁出头进入机关，从此奋笔疾书不曾停歇，写下文章无数。因为没出书就没有版权，我好像一个没有生过孩子的女人，不能享受做母亲的权力。几十年下来，我写下的文章大致有三类：一是以机关名义下发的文件，盖有印章，版权当然实至名归。我除了无奈之外还略有欣慰，因为我为国家献出了智慧，"铁肩担道义，妙手著文章"的自豪感油然而生。二是给领导做的嫁衣。我常常加班加点，苦思冥想，几乎把脑子想成马蜂窝，腰杆子累成骆驼背，眼睛熬成鸡屁股，满纸美妙言，一把辛酸泪。领导拿到台上嘴皮轻轻一碰，版权瞬间转移为他的，比网银转账还快。为此，我心里虽然多少有些不平衡，但每每自我安慰，就权当借领导的口讲话了。况且这些嫁衣是按领导的体型尺寸做的，我穿上也不合身。三是利用业余时间创作、发表在各种报纸杂志上的文章，有小说、散文、报告文学、影视剧本等作品，我一一收藏，如数家珍。它们虽然数量不多，分量很轻，但都是我的亲生孩子，一个个血统纯正，活泼可爱，像是我身上掉下的肉。还是因为没有出书，它们没有户籍，成了文字"盲流"。出于对作品的生养之情和文责自负精神，我决定出一本书，让它们重见天日，同时证明我是一个会生孩子的母亲。

　　当今社会，文化活动烟雾腾腾催生了出书热。听说前些年上海滩的坐台小姐人手一本《文化苦旅》煞有介事地阅读，企图证明她们从事的是文化产业。这也能说得过去，她们提供精神消费，广义上好像与文化百搭。还有一些明星也人模狗样或口述或找人代笔，接二连三地出书，这让我有些忐忑不安，难道作家就这么好当吗？他们把常用的汉字与个人经历、情感、观点搅拌一番，一盘杂碎下水端给读者，文采修辞，诗情画意全然不要了。在局外观察久了，我又觉得恢复了一些自信，你看，那些板凳队员都上场了，咱还怕什么？

后 记

　　近乡情更怯，自壮胆亦虚。在一个乱纷纷你方唱罢我登场的年代，什么事情都可以发生，这些年乱拳打倒老师傅的事情司空见惯。别人出书碍你什么了，人家不差钱。说到钱我又缩了回去，书出还是不出？陷入了哈姆雷特的矛盾之中……现在我已经是身怀重孕、过了预产期的高龄产妇，得赶快进产房，否则，要么生在厕所里，要么胎死腹中。

　　言归正传，我决定尽快出书，书名定为《动心动了情》。列位看官，不要以为作者又要玩情感游戏或炒作绯闻，吸引眼球，仔细推敲，这个书名并不是牵强附会，而且很有意义。我们每个人出生就像一台电脑裸机出厂，从此要安装各种程序，这就是加注情感的过程。人成熟了感情也就丰富了，这时候所做文章必然带有情感色彩，正所谓世界上没有无缘无故的爱和恨，我也不能例外。

　　这本书的内容看起来五花八门，我以为主线还是写感情。第一辑是怀旧散文。人是感情动物，我的亲朋好友都是前世修来的，是情分加缘分。当兵驻守边关，我把青春年华献给祖国，像恋人一样痴情，男儿有泪不轻弹，柔情未必真丈夫。许多记忆都藏在大脑深处，回忆需要搬移挪动，触及神经系统，不动情感行吗？第二辑是小说作品，这是我一生的追求，倾注了大量的情感和心血，仍然是量少质次，实在拿不出手，真有些丑媳妇怕见公婆的惶恐，谅解为盼。第三辑是评论文章，评论是讲道理，入情才能入理，自古就有动之以情晓之以理的说法。第四辑是电影剧本，也是我的影视情结，这些年因为工作关系，我参与了不少影视剧策划，自己也创作了几部作品，选上一部权当了却心愿。

　　按道上规矩出书最好要请人写个序，作为铺垫引导，就像农村妇女教小母鸡下蛋，先要在鸡窝里放一颗引蛋，这样做既可避免唐突，又能狐假虎威。是啊，第一次出道人生地不熟，孩子上幼儿园还要大人领呢。我也想请人作序，又担心这些作品大都个性鲜明，调皮顽劣，活蹦乱跳，长毛带刺，请谁好呢？思来想去，决定请曾为军人的高建群兄长，他是专家，名医切脉，肯定准！

2016 年 10 月